# PSychO
## TOO

기괴한 상상력과 낯선 즐거움의 발견

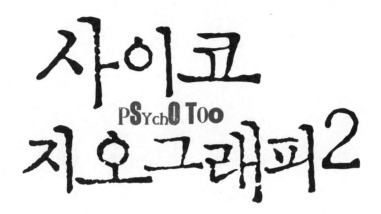

# 사이코
## 지오그래피2
### PSYchO TOo

윌 셀프 지음 | 랠프 스테드먼 그림 | 박지훈 옮김

21세기북스

For Claire
and in memory of
"J.G. BALLARD"

# 차례

# '더 월드'를 향한 발걸음

나는 셰퍼튼Shepperton에 있는 발라드J. G. Ballard의 집에서 '더 월드The World'(두바이의 인공섬으로 세계 각국의 지도를 본떠 만든 해상도시 프로젝트. 300여 개의 인공섬으로 구성됨-옮긴이)까지 걸어가기로 마음먹었다. 짐은 크리스마스 내내 병원 신세를 졌다. 이 병원은 웜우드 스크럽Wormwood Scrubs(런던 서부 해머스미스와 풀햄 자치구 북동부에 위치한 지역-옮긴이)이라는 도시의 벨트(남부 아프리카에서 고지대 초원을 가리킴-옮긴이) 위에 꿋꿋이 선 해머스미스Hammersmith 지방의 화학정제시설이었다. 짐에게는 참으로 유익한 경험이었으리라.

"병원 사람들은 병동 끝자락에 있는 독방에 그를 가두려고 했죠."

짐의 여자친구인 클레어의 말이다.

"독방에 가둔다는 것이 어떤 의미인지 잘 아실 거예요."

어찌 모를 수가 있으랴. 영국인의 삶에서 건강관리에 쓰는 시간의 90퍼센트는 인생의 마지막 6주로 집약된다. 그 시간을 맞이하기 전까지 일관적이지 못했던 복지 시책도 최후의 순간을 눈앞에 둔 시민에게는 예외 없이 완벽한 서비스를 제공한다. 다만 병원비를 신속하게 계산한다는 전제하에.

클레어는 짐을 병원에서 빼내 셰퍼드 부시Shepherd's Bush에 있는 그녀의 아파트로 데려왔다. 두 사람이 함께 접어든 인생의 단계는 일정한 리듬을 그렸다. 들락날락하는 방문 간호사, 작은 알약들이 후드득 떨어지는 모습이 눈에 선했다. 클레어와 전화 통화를 했을 때 그녀는 무의미한 영웅주의에 사로잡힌 병원 의료의 손아귀에서 그를 해방시켜 가정의 손길에 맡긴 것만으로도 더없이 기쁜 눈치였다. 공상가 중에서도 가장 기발한 발라드는 늘 난로를 쬐며 상상의 날개를 펼쳤고, 플로베르의 격언을 몸소 실천했다.

당시 클레어는 짐의 심부름을 하기 위해 마우스 패드 옆에 유아용 경보기를 둔 채 컴퓨터로 작업하며 하루하루를 보냈고, 잠자리에 들 때는 알람을 들고 갔다. 그녀는 나에게 이렇게 편지했다.

"위층으로 알람을 가져갈 때, 작은 플라스틱 머신에 숨이 붙은 그를 담아 들고 올라가는 느낌이었어요……(그에게 차마 말은 못했지만요)."

내가 보기에 그녀의 편지글에는 그에 대한 애정이 뚝뚝 넘쳐흘렀다. 두 사람과 내가 오롯이 함께한 시간은 이해하기 어려우면서도 지독히 생생했다.

나는 부엌의 책꽂이에 꽂힌 짐의 회고록 『인생의 기적Miracles of Life』의 집필을 도왔던 적이 있다. 그래서인지 아침에 계단을 내려올 때마다 상하이에서 자전거를 타던 어린 짐의 이미지가 떠올랐다. 소멸해가는 작가와의 유대감 속에서 신비의 세계가 활짝 열린 듯한 느낌이었다. 우리 두 사람을 정신적으로, 또 육체적으로 가깝게 이어준 무언가는 상상 속에 자리했고, 이를 비롯해 그와의 친밀감이 현실이 아닌 평행 우주 속에 존재한다고 말하는 편이 나으리라. 기껏해야 대여섯 번밖에 만나지 않고서 친한 티를 내는 것은 무색한 과장에 불과할 테니.


짐을 처음 만난 것은 1994년이었다. 그해 그는 『천국으로의 질주Rushing to Paradise』를 출판했다. 이 책은 셰익스피어의 「폭풍우The Tempest」를 환경보호의 관점에서 변형한 작품으로, 핵무기 실험 장소로 쓰인 산호섬에서 그린피스 활동가들과 남태평양의 시바리스 사람들이 분주하게 활동하는 이야기를 다룬다. 다른 사람들과 마찬가지로 나는 신문에 낼 인터뷰를 쓰기 위해 이 작품의 선구자를 만나러 셰퍼튼Shepperton의 서리Surrey 베드타운을 찾아 순례를 떠났다. 시야에 들어오는 모든 것은 수많은 기사에서 본 대로였다. 고요한 교외 거리를 따라 늘어선 단정한 작은 세미들과 창문의 둥글린 멀리온(중간 문설주)에 기댄 돌연변이 실유카들, 도로에 널브러진 포드Ford의 그라나다Granada가 보였다. 안으로 들어가니 아담한 방에는 짐이 몸소 주문한 것이 분명한 폴 델보Paul Delvaux의 누드 복제품이 가득 차 있었다. 기묘한 느낌을 안기는 이러한 그림을 제외하면, 여타 장식은 무관심 속의 습작에 불과할 뿐 깊이 고심한 흔적이 묻어나지 않았다.

"술 한잔 하시겠어요?" 넥타이를 매지 않은 흰 셔츠 차림의 그는 자신만만한 태도로 물었다. "모든 술이 다 있어요."

물론 나는 짐과 함께 스카치위스키를 홀짝홀짝 들이켜는 상상을 해본 적이 있다. 그의 주량은 전설적인 수준이었다. 그는 아이를 등교시키고 나서 집에 돌아온 아침에 그날의 첫 술잔을 가득 채우고 하루 종일 글을 쓰며 홀짝홀짝 들이켤 준비를 마친다. 달각거리는 술잔 소리와 함께 시간당 2온스 정도를 들이켜고, 손가락으로 정신세계를 누비면서 글을 자아낸다. 하지만 나는 여느 알코올중독자들처럼 오후에, 특히 일하는 시간만큼은 술을 마시는 위험을 감수하고 싶지 않다. 갑자기 나른해져 마시는 양을 늘릴 수밖에 없었기 때문이다. 게다가 이 순간에는 여유로운 느낌이 들기보다 갑작스레 기분이 가라앉아 이렇게 부탁했다.

"차 한잔 주실래요?"

짐은 얼굴을 찌푸렸다.

"아, 조금 번거로운데요. 물도 끓여야 하고 차를 꺼내려면…….."

그는 내키지 않는 듯 몸을 으쓱했다.

나는 물 한잔으로 자위했다. 우리는 거실에 앉아 햇살이 든 정원의 프랑스식 창문 밖을 쳐다보았다. 짐은 낄낄대며 농을 던졌다.

"그래서 코카인 밀수 사업에서 간신히 벗어난 거로군요?"

그는 내가 예전에 몇 달 머물렀던 오크니 군도Orkney Islands에서 마리화나 소지로 경찰에게 급습당했던 사건을 언급했다. 커크월Kirkwall의 셰리프 법원에서 심문이 열렸고, 남부 잉글랜드 신문에까지 기사가 실렸던 사건이다. 나는 상황을 설명했으나 그는 내가 뭘 소지했는지, 어디에서 얻었는지, 필로폰인지 코카인인지 등 자세한 내용에는 아무런 관심이 없는 듯했다. 그의 태도를 보아서는 이러나저러나 매한가지였다. 생각해보니 짐이 내 행동을 비난하거나 위로해야 할 의무가 있다는 생각에 빠져 그의 초연한 태도에 민감했던 것 같다. 그래, 그가 나보다 서른한 살이 많을지 몰라도 나 또한 성인이다. 게다가 내 아버지도 아니지 않은가. 최소한 생물학적으로는 말이다.

문제가 뭔지 깨달아서 다행이었다. 또한 윤리를 버리고 감정을 자제하지 못하는 태만에 빠진 성정을 남 탓으로 돌리고 싶은 것을 보니 문제를 대처하는 방식에 유아증이 깃든 모양이다. 나는 발라드의 정신세계를 따르는 어린아이로 자신을 취급해왔다. 내 비대한 창조성의 본능이 그의 동그란 이마에서 뿜어 나와, 그의 희끗희끗한 머리칼이 양수로 범벅이 될 것 같다는 상상에 빠질 정도였으니. 내 글이 다른 작가에게 미치는 영향을 한 번도 고심해본 적이 없지만, 창작은 문학의 세습이라는 관점에서 볼 때 민감한 부분이 있음을 부인하기 어렵다. 내 마음을 사로잡는 작가들은 분명 있으며, 오든W. H. Auden의 인상적인 표현에 따르면 이들이 쓰는 기교, 비유, 문체 등은 GETS, 즉 '훔치기에 안성맞춤Good Enough to Steal'이다. 그중에서도 그들이 구축한 관념의 공간에 빠져, 나만의 스타일을 찾고 싶은 생각이 들도록 만드는 작가는 선택받은 극소수에 불과했다. 짐은 이들 가운데서도 특히 돋보이는 작가였다.*

1987년 10월, 근원지를 알 수 없는 폭풍이 몰아쳤다. 하늘이 적갈색으로 물든 새벽, 쇠가 찢기는 불협화음을 듣고 잠에서 깼다. 베니션 블라인드를 통해 바깥을

---

* "나는 내가 탐험하고 싶은 신세계를 '이너 스페이스Inner Space'라고 이름 붙였다. 이 정신적 영역(예컨대 초현실주의 회화에서 명백하게 드러난다)에서는 의식이라는 내면의 세계와 현실이라는 외부의 세계가 만나고 융합된다." 발라드, 『크래시Crash』(프랑스어판) 서문, 1974.

보니 3×6제곱피트 크기의 주름 잡힌 철판이 고색창연한 LCC 블록 건너편의 비계(높은 곳에서 공사를 할 수 있도록 임시로 설치한 가설물 – 옮긴이)에서 찢겨진 채 삐져나왔다. 바람이 워낙 강하다 보니 철판이 선 채로 도로 표면을 긁어 불꽃을 일으켰다. 광대한 확장을 거듭한 도시의 지붕, 벽, 펜스에 막혀 감히 범접하지 못했던 자연이 비로소 그 방벽을 깨뜨렸다. 이처럼 사람의 손길이 묻은 도시만 아니라면 바람이 아무리 강하더라도 어디에서 불어오는지 충분히 알 수 있다. 조금 북쪽에 자리 잡은 캠던타운Camden Town이 그 근원지다.

내가 짐 밑에서 견습생으로 수련하던 기간이 이 시기와 일치한다. 나는 20대 중반의 나이에 4개월간 재활시설에서 치료를 받고 마임 아티스트가 꿈인 요정 같은 분위기를 풍기는 친구와 함께 이즐링턴Islington의 반스베리 로드Barnsbury Road의 한 아파트에서 같이 살기 시작했다. 우리는 바닥을 빨갛게 칠하고, 구식 밸브 전축에서 흘러나오는 남부 소울 음악을 들었다. 종종 그 친구는 팜플로나Pamplona에서 황소를 피하기 위해 습득했던 공중제비돌기 기술을 선보였다.

나는 늘 긴장한 채로 카페인과 니코틴에 찌들어 있었다—어느 날 아침, 나는 커피를 잔뜩 마신 뒤 별다른 성과를 얻지 못하고 있었다. 당시 사귀던 여자친구는 나보다 실력이 좋았다—자신만의 스타일을 구축한 그녀는 소설 한 편을 집필해서 출판했다. 나에게는 그녀의 경지에 다다르기가 버거웠다. 어느 무더운 여름밤부터 시원한 새벽이 찾아올 때까지 그녀의 가느다란 팔을 억지로 떼어놓느라고 뒤척였다. 아버지로부터 물려받은 허름한 리넨을 입고 리버풀 가의 가구창고에서 가져온 등이 부러진 침대에 몸을 맡겼던 기억이 생생하다. 그녀가 내 기교 넘치는 애무에서 벗어나 몸을 돌리는 순간, 맨 등과 짧은 목에 그려진 특이한 나선형 흔적이 눈에 들어왔다. 백선이었다. 백선은 그녀뿐 아니라 나에게도 있었다. 단기 임대 숙소의 벌레 모양 세공이 회벽을 뚫고 우리 살까지 침투했던 것이다.

우리는 구충제 대용으로 『크래시Crash』를 읽어 내려가며 첫 문장을 음미했다.

"보한Vaughan은 어제 생애 마지막 자동차 사고를 겪고 세상을 떠났다. 나와 친구로 지내는 동안, 그는 수많은 자동차 사고를 겪으며 죽음의 예행연습을 했다. 하지만 오직 이번 사고만이 진정한 사고였다."

이 문장이 모든 것을 말해주었다. 실험적 연습과 절박한 죽음의 교차점이랄까. 준비된 자기 폭력이 현대 사회에 고이 자리 잡은 기계와 인간의 매트릭스에서 거대한 일탈을 시도한 것이다. 밖으로 나가 그녀의 르노5 밴을 몰았을 때 그녀는 내 팔을 잡고 운전대를 홱 잡아당겼다.

"박아버려Crash!"

그녀는 내 귀에 대고 소리쳤다.

"박아버려!"

나는 숨을 골랐다. 아마도 이 경험은 쌀쌀한 오후, 밴의 뒷좌석에서 사랑을 나누었던 경험 다음가는 완벽한 합일의 순간이었으리라.

우리는 런던에서 템스 강 어귀의 그레인 섬까지 운전을 계속했다. 지난여름, 메이페어의 햇살 가득한 거리에서 깨달음을 얻은 이후, 나는 점점 많은 시간을 들여 런던 외곽을 누비고 다녔다. 고향을 관통해서 지나가는 강의 시발점을 한 번도 방문하지 않고, 머릿속에 그려보지도 않았던 이유는 무엇일까. 내 발걸음을 이끈 황량한 지대는 유통업체와 상업지구 사이에 수렁처럼 자리 잡아 쇠락한 중화학 공업을 빨아들인다. 에리스 마시Erith Marsh, 템스메드Thamesmead, 틸베리Tilbury에서 울티마 튤 오브 그레인Ultima Thule of Grain에 이르기까지 잡초와 시금치 밭을 관통한 정유시설의 녹슨 파이프라인이 이리저리 갈라진 보도의 틈을 봉합한다. 플라스틱 가방들의 괴저성 살점이 철조망 펜스에 꽂혀 퍼덕이고, 까마귀들은 진흙으로 덮인 들판에서 시신을 찾는다. 갈매기들은 고강도 케이블로 줄다리기 중인 철탑과 쟁기, 양 우리 위로 층층이 쌓인 먹구름 주위를 맴돈다. 남부 잉글랜드의 마지막 공영 주택 단지의 둔탁한 막다른 골목에는 어린이용 자전거가 잡초 무성한 길가에서 주인을 찾지 못하고 널브러져 있다. 물길을 방해하는 콘크리트 방조제 너머로 수평선을 향해 마운셀 타워Maunsell Towers가 웰스의 트라이포드처럼 성큼성큼 발을 내딛는다.

나는 이 같은 중간지대를 파고 들어가며 사진을 찍었고, 나를 비롯해 그 누구도 들춰보지 않을 알쏭달쏭한 기록을 남겼다. 매우 중요한 프로젝트에 몸을 담은 느낌이었다. 본질적인 불변의 현실을 발견하는 일이 내 앞에 펼쳐진 것 같았다. 이러한 현실은 대지를 이리저리 분할해 이윤을 추구하는 세태와는 영합할 수 없으리라. 이곳은 영국의 시골이나 전원지대도 아니며 테일러식으로 활용되는 공간 속에서 인위적인 환경, 운송 수단, 도시민들이 각각 제 역할을 담당하는, 원만하게 작동하는 기계 같은 대도시에 속해 있지도 않다.

그레인 마을 밑으로 펼쳐진 진흙탕 갯벌에는 금이 간 전차 방어용 콘크리트 구조물이 놓여 있고 돌로 만든 오래된 둑길이 기름진 해초에 덮여 푸른색으로 반짝인다. 둑길은 제2차 세계대전 당시 포상砲床으로 쓰인 그레인 타워Grain Tower 쪽으로 뻗어 있었다. 나는 메드웨이 강과 발전소 사이에 자리 잡은 둑 밑으로 뻗친 울퉁불퉁한 길을 따라 르노 자동차를 몰고 갔다. 화물선들이 조류를 타고 해안으로 밀려들어왔다. 온통 흰색에 어찌나 높고 거대한지 꼭 아파트를 보는 것 같았다. 성욕이 차올라 차를 세우고 천천히 행동을 개시했다.

상쾌한 3월의 하루, 격렬한 섹스는 어울리지 않는다. 여느 때와 마찬가지로 부드러운 신음소리를 곁들인 오럴 섹스 정도로 충분하다. 하지만 주름 잡힌 철판이 깔린 밴의 바닥, 축소된 구획에 갇혀 상대방의 품속으로 들어가기 위한 어색한 자세는 어찌할 도리가 없다. 르노의 문짝 뒤에 놓인 인터존이 짜릿하고도 강렬한 합일을 이루었다. 우리는 용해로와 냉각탑, 발전기, 석탄 호퍼와 관계를 맺었다. 숨을 헐떡이며 쥐가 난 채로 나눈 정사는 차디찬 땅과 시린 하늘을 요동치게 만들었다. 런던으로 돌아오는 길에 우리는 주유소에 들러 치즈와 피클 샌드위치를 사 먹었다. 샌드위치를 나눠 먹는 순간 누리끼리한 격자무늬 피클이 수소폭탄 희생자의 살점처럼 무릎 위로 떨어졌다. 나는 피클이 떨어진 그녀의 속옷을 내 재킷 주머니에 쑤셔 넣었다.

우리의 관계는 9개월간 지속되었다. 1988년 초에 어머니의 암이 정확히 말기로 접어들었다. 나는 날마다 켄티시 타운Kentish Town의 아파트로 와서 어머니의 혀 아래에 마약성 진통제를 비롯해 서투른 처방을 했다. 엄청난 일을 겪다 보니 지나치게 마음의 여유가 없어졌거나, 여자친구의 어리광을 감당할 수 없었던 것 같다. 무엇이건 간에, 여자친구가 운전대를 잡은 내 팔을 당기며 "박아버려!"라고 외치는 꼴을 더 이상 받아줄 수가 없었다. 나는 정말로 내 인생을 박아대고 있었다. 그녀와 나는 발라드의 작품을 함께 읽었고, 그레인 섬에서 사랑을 나눴다. 그것으로 충분했다. 『잔혹의 전시The Atrocity Exhibition』, 『주황색 하늘Vermillion Sands』, 『헬로 아메리카Hello America』 같은 책들은 10대 초반에 정복했는데, 이스트 핀츨리 도서관에서 5층 선반을 빽빽이 채운 공상과학소설을 정신없이 탐독했던 기억이 생생하다(고무 솔이 달린 스니커즈를 신고 매끈한 바닥을 걸을 때마다 났던 끽끽 소리, 에스프레소 머신과 컴퓨터 단말기 등장으로 사라져버린 쥐죽은 듯한 고요, 한때 에드워드 7세의 영역이었으나 지금은 햄스테드 가든 교외Hampstead Garden Suburb가 자리 잡은 들판에서 양떼를 모는 데임 헨리에타 바넷Dame Henrietta Barnett의 낡은 벽걸이 사진이 떠오른다).

당시 나는 발라드에게 특별한 관심을 두지 않았고, 그저 내가 시간을 때우던 반이상주의 서적 중 하나로 취급했다. 하지만 그의 작품에서 확실한 접점을 찾아냈는지도 모르겠다. 일상과 환상 사이를 잇는 더없이 부드러운 이음매를 찾으면서 욕구의 씨앗을 의식 속에 심었는지도 모르겠다. 그렇지 않으면 어떤가. 하지만 발라드의 작품을 다시 읽기 시작하자 이 씨앗은 내 머리 구석구석에서 무서울 정도의 속도로 싹을 틔웠다. 나는 모든 작가 지망생들과 마찬가지로 내가 쓸 만한 소재를 두고 씨름했다. 내 인생 경험은 썩 참신하지 않은 세속적인 것뿐이었다. 푸른 쥐똥나무 사이로 난 컨베이어 벨트처럼 매끈한 타맥 길, 샌더슨Sanderson의 벽지처럼 일정한 패턴으로 자리 잡았던 결손 가정의 신경증, 철제 틀 유리창 밖으로 비둘기가 울 때 주삿바늘로 가느다란 하박을 뚫고 마약을 주입하던 고통스런 마약 중독의 기억이 전부일 뿐.

"인체는 인간 스스로가 내키지 않는 방관자로 선 잔혹한 전시장이다."*

나는 내 경험이 보잘것없었다는 사실을 잘 알고 있었다. 타불라라사Tabula rasa(아

무엇도 쓰여 있지 않은 흰 종이-옮긴이)에 불과한 내 정신세계에 코카인과 헤로인 과
립을 집어 드는 침 바른 손끝이 얼룩을 남겼을 뿐이다.

재활시설에 입소하기 전 나는 에세이 몇 편을 탈고했다. 이 가운데 아포칼립스
이후 세상을 다룬 『보살피는 자들The Caring Ones』이라는 중편소설이 있었다. 이 소
설은 폭격에서 살아남아 고통에 신음하는 사람들이 로열 프리 종합병원Royal Free
Hospital의 대재앙실Mass Disaster Room에서 보관하던 엄청난 양의 헤로인을 권력 투
쟁의 대상으로 삼는 내용이었다. 나는 이 작품의 초고를 보관하고 있다. 하지만 종
이를 버리는 게 아까운 강박증에 불과할 따름이다. 작품의 초고는 쓰레기에 불과했
으니까. 정말 쓰레기 그 자체였다. 이것 말고도 코믹한 비네트vignette 몇 편이 있었다.
자존심 있는 픽션 작가라면 결코 용납하지 않을 제멋대로식의 일기 뭉치도 있었다.
아이디어는 있었으나 아이디어를 지탱할 진솔함이 없었던 것이다.

발라드가 길을 열어주었다. 21세기의 픽션, 중요하게 취급될 픽션이 그레인 섬,
바로 그 인터존에 있었다. 웨스트웨이 고가로를 만드는 3마일에 걸친 음험한 시케인
(자동차 속도를 줄이게 하기 위한 이중 급커브길-옮긴이)을 고마워하는 우리의 정신세
계 속에 있었다. 넘쳐나는 시공간을 향한 우리의 기계적인 응답 속에 있었다. 이들
은 우리의 자아도취적 주관성과 더불어 마크 아우게Marc Augé가 이름 지은 '초근대
성'의 본질을 구성했다. 발라드가 이러한 경지에 가장 먼저 그리고 가장 멀리 도달한
것은 그의 천재성을 여실히 드러내는 증거다. 그는 결과를 두려워하지 않고 창작의
다이몬(고대 그리스 신화에 나오는 반신반인-옮긴이)에게 의식을 맡겨 원하는 것을 만
들어낼 준비를 갖춘 예술가였다. 홀로코스트와 히로시마 원폭의 참화에 뒤따른 후
기 랩사리언Post-Lapsarian 사회(인류 타락 후의 사회를 뜻함. 아담과 이브가 에덴동산에
서 쫓겨나기 전의 낙원, 리어 왕이 권력을 잃기 전 불행과 비극이 없는 이상적인 세상을 '프

---

* 발라드, 『잔혹의 전시The Atrocity Exhibition』, 1970.

리 랩사리언', 즉 인류가 타락하기 이전 사회라고 함. 후기 랩사리언 사회와 대비되는 개념—옮긴이)에서는 특히 그러한 면면을 절감할 수 있었고, 어떠한 가치도 재평가를 피할 수 없었다. 발라드는 이른바 3인칭 시점이 특징인 자연주의적 픽션의 안락한 감성주의에 등을 돌리고 1인칭 관점에서 인간의 내면을 관찰했다. 또한 소설가는 종이로 접은 학과는 달리 더 이상 페이지를 접는 것으로 운명을 확정할 수 없다고 단언했다.

6년 후, 나는 셰퍼튼에서 출판 작가로 발돋움했다. 하지만 이보다 훨씬 기쁜 것은 발라드가 내 작품을 읽고 인정해준 것이다. 나는 테이프 녹음기를 켜고 몇 시간 동안 편안히 대화를 나누며*, 우리의 대지가 펼쳐진 공상의 영역을 자유롭게 활보했다. 짐은 내게 한 가지 일화를 말해주었고, 이 주제는 내가 전혀 예상하지 못한 것이었다. 1970년대부터 자신에게 편집증이 있다는 사실을 안 윌리엄 버로william Burroughs는 폐쇄된 인생을 살며 끊임없이 방문객을 배척하는 데 비상한 재주를 자랑했다. 위스키 이야기도 빠지지 않았다……. 하지만 전체적으로는 글쓰기와 글이 현실로 가져온 세상, 세상에 관한 대화, 세상이 촉발한 글쓰기가 대화의 주를 이뤘다.

그림자가 손수건 같은 잔디밭을 스멀스멀 덮었다. 처음에 짐을 아버지처럼 생각했다면, 떠날 무렵에는 자꾸 그가 친구 같다는 느낌이 들었다. 나는 데미안 허스트Damien Hirst와 그의 친구들을 만나기 위해서 소호로 돌아오는 중이었다(짐은 이렇게 말했다. "그야말로 진정한 소설가야, 아주 짧은 책을 즐겨 쓰지."). 술집과 호객꾼이 들끓는 어두운 밤 속으로 끝없이 침잠해 술과 코카인을 진탕 즐길 것이 분명했다. 그도 그랬을까…… 감히 물어보기 그렇지만……. 그도 자주 밖에 나가서 이렇게 즐겨보았을까. 그를 다시 만날 수 있을까.

바로 이 시점에 나는 낙담하고야 만다. 발라드의 촌철살인적인 대답이 내가 들었던 인생과 문학에 대한 교훈 가운데 가장 폐부를 찔렀기 때문이다. 그래, 이러한 교훈을 지금 깨닫는다는 것은 조금 늦은 감이 있다. 하지만 당시만 해도 이러한 말

*이 원고는 내 저널리즘을 집대성한 처녀작 『정크 메일Junk Mail』에 실렸다. 블룸스베리Bloomsbury 출판, 1995.

을 해주는 사람이 없었다. 그의 입에서 아
니라는 대답이 돌아왔다. 그는 외출을 자
주 하지 않았다. 공통적인 사회적 기반을
찾기에는 그와 나는 나이 차이가 너무 많
이 났는지도 모른다. 친분이 있는 작가들
은 의사소통이 겉도는 경우가 대부분이다.
진정한 의사소통은 글 속에 있고 발라드
와 나는 그러한 교감을 이룬 상태였다.

　나 자신을 문하생으로 내놓아 개성을
잠재우고, 외면당할 위험을 감수하고 나니
얼마나 착실한 학생이 되었는지 스스로도
놀랄 지경이었다. 역으로 걸어왔을 때 모든
것이 발라드가 말하고 발라드가 의도한 것
때문이라는 생각이 들었다. 게다가 이 모
두는 진실에 가까웠다. 사실 따지고 보면 터미널 해변으로 가는 길에 버려진 이리저
리 꼬인 차량 더미에서의 만남이 가장 거대했던 셈이다. 그의 책에서 알 수 있듯이,
동성애를 쉽사리 용납했기에 나는 그의 몸뚱이를 가늠해보고, 그의 성기 모양이 어
떤지 파악해보았다. 발라드도 조금이나마 나와 같은 심정을 느꼈다면 내가 지금껏
맺어온 우연한 인연에 비해 훨씬 가까운 인연으로 남았을 것이다.

　그래서 나는 그의 말을 곧이곧대로 받아들였으나, 그 이후로 특별히 만난 적은
없었다. 1년 남짓 지나, 데이비드 크로넨버그David Cronenberg가 발라드의 『크래시』
를 영화로 만든다는 소식을 듣고 다시 그에게 연락했다. 소설에서 차가 충돌하는 기
묘한 무대는 히드로 공항 인근 암흑가, 힐링돈과 헤이스의 관목림, 페리메터 로드의
휑뎅그렁한 창고와 격납고, 스테인과 셰퍼튼의 분화구를 이룬 저수지였다. 게다가
여기는 발라드의 또 다른 자아, '짐'이 사는 곳이기도 했다. 이를 토론토로 옮긴다는

것은 끔찍한 실수에 불과했다.

나는 짐과 통화했다.

"아니, 그렇지 않아요."

그는 나긋나긋한 영국 공군 장교의 목소리로 반박했다.

"당신이 이해를 잘못한 거예요. 『크래시』의 핵심은 도시화를 겪은 곳이라면 어디에서라도 그런 사태가 일어날 수 있다는 거예요. 나는 토론토에서 영화를 찍으려는 크로넨버그의 생각이 아주 마음에 들어요. 익명성이 보장되는 으슥한 장소로 안성맞춤이거든요."

셰퍼튼에서 멀리 떨어져 있던 나는 그에게 가끔 짤막한 소식을 전하고, 새로 출판된 내 책이나 그가 좋아할 법한 스카치 한 병을 보내는 것이 고작이었다. 셋째아이가 태어났을 때 짐은 내게 편지를 보냈다.

"이제 아이들 수가 당신들 부부 두 사람보다 많아졌네요!"

하지만 그 또한 아내가 1964년에 세상을 떠나고 나서 완전히 같은 처지에 처했다. 마침내 나는 2006년이 되어 인터뷰를 구실로 돌아왔다. 하지만 이번에는 접히는 자전거를 타고 외곽 거리를 통했다. 이것 말고는 모든 것이 똑같았다. 창문을 뒤덮은 쥐똥나무, 집채를 집어삼키는 트리피드(공상과학소설에 나오는 식물괴수-옮긴이)와 어우러진 나른한 세미 속에서 가까스로 차 한잔을 부탁했다.

나는 짐이 아프다는 소문을 듣고 왔다. 하지만 그는 더할 나위 없이 건강해 보였고, 내 접이식 자전거에 관심을 보이며 한껏 나를 환영했다. 우리는 거실의 테이블에 같이 앉았다. 그는 나에게 이렇게 소리쳤다.

"진작 좀 오지 그랬어요!"

이 말과 함께 형형색색의 생선비늘이 우수수 떨어져 나가듯 지난 12년의 세월이 허무해졌다. 나는 순간 발끈하며 "하지만 그때 말씀하시길……!"이라 내뱉었지만, 서둘러 자제했다. 나만 그렇게 느꼈을 수도 있으나, 이번에는 예전과는 달리 스스럼없이 서로를 대할 수 있었다. 이 모든 것이 시간의 덕택이다. 시간은 여러 인생들 사이의 간극을 없애 어느새 풋내기 문하생을 원숙한 동료로 만들었다. 짐은 상하이의 인턴 캠프에서 겪었던 나날과 어린이의 시각으로 바라보았던 엄청나게 친숙한 공포를 이야기했다. 곧 출판을 앞둔 소설 '왕국이 오다Kingdom Come'는 한편으로 『고층건물High Rise』(1975)을 구상하면서 집착했던 생각을 재탕한 작품이었다. 물질적 풍요는 끔찍한 권태의 서막이며, 폭력은 권태에 처방하는 해독제로 작용해서 마침내 부르주아의 반란이 일어난다. 하지만 그가 과거를 논했던 방식을 돌이켜보면 그 당시 벌써 회고록 『인생의 기적』의 집필을 시작했던 것이 아닌가 싶다.

셰퍼드 부시에서의 만찬이 두세 차례 이어졌다. 우리는 브라켄베리Brackenbury나 에산 커Esarn Kheaw에 있는 북부 타이 스타일 레스토랑을 이용했다. 짐과 클레어Claire, 내 아내 데보라 오어Deborah Orr와 나, 네 사람이 모인 아주 조용하고도 사교적인 만남이었다. 대화는 요즘 주변에서 일어나는 시사 문제나 가족들의 일을 비롯해서 작가, 편집자, 기자로 대변되는 직업군의 관심사가 주를 이뤘다. 여러 면에서 우리의 만남은 짐의 책에서 접한 거친 만남과 대비되었다. 1970년대 무렵 그가 의심의 여지 없이 아방가르드에 빠져 소요를 적대시하는 사회 구조를 난도질하며 관념의 세계로 침잠할 때 나는 그를 따라 뒤틀리고 위험한 터널 속으로 들어갔다. 하지만 지금은 촛불을 켠 테이블을 두고 마주 앉아 런던의 혼잡통행료London Congestion Charge(센트럴 런던 지역으로 진입하는 차량에 대한 수수료-옮긴이)를 논한다. 나는 두 주제 모두 싫지 않았다.

짐은 말기 전립선암에 시달린다는 사실을 솔직하게 밝혔다. 그는 언론이나 만나는 사람들에게 숨기는 것이 없었다. 하지만 내가 느끼기에 죽음을 덤덤히 받아들이는 듯한 자세와 세상과의 이별이 곧 영원한 삶의 시작임을 시사하는 듯한 태도 사이에는 기묘한 불협화음이 존재했다. 우선 그는 회고록을 집필했고 세상과의 작별을 다룬 두 번째 책을 준비하고 있었다. 이 책에는 그를 담당하는 종양학자, 조나단 왁스맨Jonathan Waxman과 나눈 대화가 담겨 있었다. 나는 이러한 금욕주의를 후퇴하는 인생과 동일시했다. 처음 30년간은 촘촘히 떨어지는 폭탄 같은 타나토스Thanatos(공격적인 본능으로 구성되는 죽음의 본능을 일컬음. 자기보존적 본능과 성적 본능을 합한 삶의 본능은 에로스–옮긴이)의 시절을 겪는다. 이후에는 점점 더 많은 것들이 선명하게 드러나, 손거스러미가 생겼다고 아침 내내 징징대는 신경증적 왕자병과 대비되었다. 중년의 얼굴에도 여전히 출몰하는 사춘기의 흔적에 발맞추려고 청소년기의 히스테리가 고개를 든 것이리라.

이러한 생각들이 어우러져 '더 월드'까지 걸어가기로 마음먹은 결과, 거대한 땅덩어리 속으로 나를 밀고 들어갔다. 이곳은 아랍 해로부터 퍼낸 인공섬들의 집합소다. 이곳은 구글 어스로만 볼 수 있는 두바이의 최신 개발지로, 트루셜 코스트Trucial Coast(영국은 걸프 해에서 페르시아 쪽으로 영향력을 확대하던 카와심Qawasim 부족연합과 분쟁을 일으켰고, 1820년 영국 함대의 승리로 그 지역 9개 아랍 왕국에 일반평화조약을 강요하고 주둔지를 설치함. 전투가 종결된 뒤 유럽에서는 이 지역을 '트루셜 코스트'라고 부름–옮긴이)를 아이들이 그린 낙원의 그림으로 바꿔놓았다. 모래밭은 여전히 인간의 손길이 닿지 않은 것으로 묘사되어 얕은 바다와 대비되는 인공섬 팜 주메이라Palm Jumeirah의 콘크리트 몸통과 콘크리트 가지를 제대로 그린 지도가 없다. '더 월드'는 원근미를 갖춘 그림 같은 공간 구조와는 전혀 관련이 없이 주름 잡힌 푸르스름한 종잇장 위에 털썩 안착했다. 이 주변으로 나선형의 빛이 뻗쳐 우주의 은하수 뭉치를 형성한다. 왼편으로는 건축 중인 팜 제벨 알리Palm Jebel Ali가 있고 오른편으로는 분쟁의 한복판에 있는 팜 데이라Palm Deira가 자리 잡았다.

공항에서 뻗어 나온 세이크 제이드 로드Sheik Zayed Road를 따라 '더 월드' 쪽으로 걸어가면서 세계에서 가장 높은 빌딩 '버즈 두바이Burg Dubai'의 위용에 발걸음을 멈췄다. 버즈 두바이는 시어즈 타워를 능가해 160층이라는 세계 최고의 층수를 자랑한다. 세계에서 가장 높은 독립 구조물인 CN타워(1,815피트)를 비롯해 세계에서 가장 높은 구조물인 KVLY-TV 마스트(2,065피트)마저도 능가했다. 사막의 하늘에서 살짝 흔들리는 히메노칼리스(카리브 수선)의 꽃잎을 추상화한 듯 철근콘크리

SUBURBAN ODYSSEY

트로 만든 꽃의 수술과 꽃잎 세 장으로 이슬람 건축 양식을 구현했다.

"이후 발코니에 앉아 개고기를 먹으면서, 로버트 랭Robert Laing 박사는 지난 3개 월간 이 거대한 아파트 빌딩에서 벌어졌던 독특한 경험을 떠올렸다."

『고층 건물』은 런던에서 가장 높은 카나리 빌딩의 부지를 굴착할 때보다 10년 이나 먼저 쓰였기에 조금 과장된 예언을 감행한 측면이 있다. 발라드는 소설 속에서 타워가 자리 잡은 부지를 개의 섬Isle of Dogs의 버려진 항만구역으로 상상했다. 그래서 나는 그의 집을 떠나 이 두려운 그노몬을 찾아 나섰던 것이다. 버즈 두바이가 드리운 그림자는 우리의 시간이 끝났다는 것을 말해줄 뿐이었다. 나는 그의 쇼핑센터와 저수지 속을 헤치고 도로와 자갈 채취장을 둘러가며 그가 떠올렸던 공상의 소재거리를 터벅터벅 밟고 지나갔다. 이윽고 히드로 공항 5번 출구에 도착하면서 내 몸뚱이가 나를 하이 모더니즘의 조종간으로 인도했을 것이다. 이 조종간에는 내 자아를 이끄는 지배자Maître가 심오한 모순에 시달리고 있었다.

기계더미가 생명체를 게걸스럽게 빨아들인 다음 하늘을 향해 솟구친다. 공군 파일럿이었던 발라드는 『여성들의 친절The Kindness of Women』에서 비행의 환희를 자연스러운 즐거움으로 묘사했으나, 나는 5만 파운드짜리 기계더미가 공간으로 진입하면서 권태로 빠져드는 느낌이 들었다. 하지만 곧 착륙 시간이 다가와 공항에서 비롯된 쿵쾅대는 굉음이 두바이 시내에 울려 퍼질 것이다. 이곳에도 코스타 커피Costa Coffee의 진부함이 자리 잡고 있으며, 프랜차이즈 상표를 지구 전체로 확장한 모양이리라. 터미널에서 나오자마자 위태롭기 그지없는 허상과 마주칠 것이다. 인류 역사상 가장 엄청난 자산 버블의 팽팽한 껍데기가 확장을 거듭하며 보행자들을 받아내고, 이 껍데기가 없었다면 버블은 순식간에 꺼졌으리라. 두바이 공항의 고층 주차장이 빚에 허덕이며 도망친 유럽인들의 벤츠와 BMW로 가득 차 있는 것이 바로 그 증거다. 두들겨 패서 만든 이 공국에서는 구속 사유가 되는 범죄다.*

프로메테우스다운 민첩성을 발휘해 릴리푸트 공국을 거인국의 마천루 세상으로 만든 두바이의 붐은 기 드보르가 제시한 '스펙터클의 사회Society of the Spectacle'

SHEIKS CAN'T DO PERSPECTIVE FOR TOFFEE!

PATTY-CAKE MIRAGE WITH UK FLIES—

라는 표현을 가장 뚜렷하게 대변한다. 쌓기와 내치기를 반복하면서 수도 자체를 하나의 이미지 또는 우상으로 만드는 작업이었다. 파이프로 모래를 가로지르는 걸프의 오일 머니나 러시아 마피아와 인도, 중국, 일본의 조직범죄가 낳은 돈이 이 모든 것을 가능하게 했다. 그리고 2001년 9월 11일 테러리스트들의 공격으로 마천루 두 개가 먼지 속으로 사라진 이후, 대서양을 전자기술로 가로지른 투자의 광풍이 몰아치면서 또 다른 마천루의 숲이 유동성의 공급에 힘입어 '세상'의 이면에 자리를 잡았다. 아니, 이 모든 사무실 공간과 호화로운 아파트들이 아라비아의 거대한 엠프티

---

＊단순히 차량을 버린 것이 아니었다. 조한 해리Johann Hari는 거품이 꺼진 두바이의 현실을 다룬 탁월한 분석 자료(《인디펜던트Independent》 2009년 4월 9일자)에서 빚더미에 묻혀 랜드로버Land Rover 자동차에서 숙박하는 영국 여성을 인터뷰했다.

쿼터Empty Quarter(룹알할리 사막을 의미함-옮긴이) 끝자락에 있을 하등의 이유가 없었다. 두바이는 오일로 떼돈을 번 자들과 마약, 총기, 매춘으로 벌어들인 돈의 자본 도피를 위한 임대공간이라는 점에 그 누구도 이의가 없을 것이다. 산더미 같은 더러운 재물은 자연스럽게 전 세계의 항공편을 끌어 모았다. 영국만 해도 두바이로 온 항공편의 수가 10만 건에 달했다.

날개를 단 운이 좋은 사람들도 있었다. 한국과 인도의 토목기사들은 마음만 먹으면 언제든 이곳을 떠날 수 있었다. 하지만 개미들은 그럴 수 없었다. 건설 현장에서 막노동을 하는 파키스탄인, 발루치인, 방글라데시인들은 택시를 몰고 호화로운 아파트의 청소를 담당했다. 에티오피아인과 수단인들은 보도에서 쓰레기를 치웠고 필리핀 '가정부'들은 변기에서 유럽인, 미국인, 아랍인의 똥을 치웠다. 이들 대부분은 극악무도한 깡패 두목에게 끌려와 임금을 생활비 명목으로 '원천징수'당하고 여권마저 빼앗겼다. 견디다 못한 이주노동자들이 소요사태를 일으켰던 적이 있으나, 가장 극악한 부당대우만이 시정되었을 뿐이다. 지금, 레이저 와이어로 화관을 두른 아지만Ajman과 소나푸Sonapur의 콘크리트 요새에는 수많은 이주 노동자들이 일감 없이 어슬렁댄다. 그들은 '참호에 갇힌 사람들The Entrenched'로 불렸다. 갈색 피부의 왜소한 남자들은 궁핍한 인생을 작은 황갈색 스낵으로 버텨내고 있었다. 1디람이면 구입할 수 있는 채소 파코라였다. 집에 돌아갈 수도, 돈을 보낼 수도 없는 그들이 두바이에 남아 있는 유일한 이유는 블록 사이의 골목에 쪼그리고 앉아 시간의 모래밭으로 얼굴을 갉아먹기 위함이다……. 과거에도 그랬고 지금도 그렇다. 아프리카인을 유독 희생양으로 삼은 노예제도가 아랍에서 지난 세기까지 지속되어온 것이다. 한편 유인원을 연상시키는 버려진 매춘부들은 한데 구겨져 비행기에 짐짝처럼 실리고, 폭압적인 정액을 좀 더 흡수하기 위해 세상 곳곳으로 날아갔다.

다른 시각에서 본다면, 이러한 지금의 메트로폴리스는 과거에는 프티 트리아논 Petit Trianon(베르사유 궁전의 마당에 있는 작은 성-옮긴이)과 포템킨Potemkin 빌리지에 불과했다(1787년 러시아의 예카테리나 여제가 새로 합병한 크림반도 시찰에 나섰다. 극도로 낙후된 그 지역의 지사는 여제의 정부인 그레고리 포템킨이었다. 그는 여제의 환심을 사기 위해 두꺼운 종이에 아름다운 마을 풍경을 그려놓고 여제의 배가 지나는 강둑에 세워뒀다. 여제가 지나가고 나면 부랴부랴 그림을 하류로 옮겨 빈곤을 감추고 개발이 잘된 것처럼 보이게 했다. 과장된 이야기가 분명하지만 그 뒤 초라하거나 부끄러운 모습을 숨기려고 꾸며낸 눈가림을 뜻하는 '포템킨 빌리지'라는 말이 생겨났다–옮긴이). 아마도 셰이크 모하메드 빈 라시드 알 막툼과 165만 주민 가운데 1/8밖에 되지 않는 순수 아랍에미리트 혈통의 작은 무리가 도시민인 척하고 싶은 정신적 욕구에 가득 차 엄한 조상들로부터 격세 유전되는 신경증으로부터 탈피하고 싶었는지도 모른다. 무리를 지어 파리, 런던, 로스앤젤레스로 도망친 다음 영구히 안착한다는 것은 생각하기 힘든 일이었다. 따라서 그 대신 그들의 힘으로 피터팬 나라의 광역 도시권을 건립했던 것이다. 이 도시에서는 허머를 타고 도로를 질주해 스키 활주로를 갖춘 쇼핑몰이나 냉방 시설을 갖춘 해변에 갈 수도 있고, 사막으로 남은 곳에서는 말이나 래너매(북유럽산, 특히 매 사냥용의 암매–옮긴이)를 부릴 수도 있다. 그들은 마천루의 외피를 바라보면서 그 건물 안에 목적의식이 뚜렷한 관료, 혈기 왕성한 기업가, 창의력 넘치는 전문가들이 있다고 철석같이 믿고 있을 것이다. 셰이크와 그의 민족들이 케케묵은 조상의 교지를 뒤집으려면 시민권을 부여받을 동료들 말고 이주 노동자들이 필요했을 것이다. 그저 내 상상일 수도 있지만, 그들의 스파르타식 사고에 따르면 사막에서 타이거 우즈 두바이 골프장을 만들기 위해 헤롯인들을 영구히 정착시킨다는 대안은 너무 끔찍해 고려대상이 되지도 않았을 것이다.

'더 월드'로 걸어간다는 발상이 나의 상상력을 한껏 자극했고 탑승 수속, 호텔 예약을 비롯해 현실에 영합하는 고분고분한 홍보관과 버즈 두바이를 세운 건축팀과의 인터뷰 계획 수립 등 실무적인 일들을 마쳤으면서도 책을 읽기가 힘들어 안타까웠다. 도시화의 테마에 사로잡힌 셰이크 모의 회오리바람 같은 환상과 신기루에 현혹되지 않으려면 『아라비아 사막Arabia Deserta』이나 『지혜의 일곱 축The Seven Pillars of Wisdom』 같은 책을 읽어야 했다. 그 대신 나는 10년 만에 가장 추웠던 겨울이 막

바지로 접어들 무렵, 침대에서 1908년부터 1909년에 걸친 섀클턴의 남극 도전기를 다시 읽어보았다.

"……우리는 더 이상 나아갈 수 없고 이곳에서 떨며 누워 있는 수밖에 없다. 음식이 떨어지고 추위에서 허약해질 수밖에 없어도 원래 목표인 대륙 횡단을 넘어서는 그 무엇인가라도 해야 한다……. 유빙이 가방 속을 파고들어 가방이 축축하게 젖었다 해도……."

100년이 지난 지금, 내 이불 안은 더할 나위 없이 건조하고 따뜻하다. 오직 제 길을 찾은 것은 떨어져 나온 비스킷 조각이었다(당시 섀클턴은 유빙에 갇혀 비스킷으로 연명했다. "섀클턴은 은밀히 자신의 아침식사용 비스킷을 내게 내밀며 먹으라고 강요했다. 그리고 내가 비스킷을 받으면 그는 저녁에도 내게 비스킷을 줄 것이다. 나는 도대체 이 세상 어느 누가 이처럼 철저하게 관용과 동정을 보여줄 수 있을까 생각해본다. 나는 죽어도 섀클턴의 그러한 마음을 잊지 못할 것이다. 수천 파운드의 돈으로도 결코 그 한 개의 비스킷을 살 수 없을 것이다"-옮긴이). 보통 이 같은 시간여행을 시도하면서 남의 불행을 보고 즐기는 샤던프로이더Schadenfreude의 심정에 빠져든다. 오직 집착에 사로잡혀 관념으로 변해버린 목적지에 닿기 위해 스스로를 박해하는 남자들의 고통을 음미할수록 나른한 휴식이 더욱 좋아진다. 버버리로 꽁꽁 싼 탐험가들이 눈보라가 가득한 대서양의 빙원에서 텐트에 갇힌 장면을 상상할수록 우리 집은 더욱 안락해졌다. 하지만 지금은 아니다. 라디오를 켠 채 남부 런던의 침대에 누워, 수백억 파운드가 공허한 허공으로 사라지는 런던 주식 시장을 걸러내는 전자파의 눈보라를 뉴스로 들으면서 내가 계획한 발걸음이 단지 섀클턴의 노력을 그로테스크하게 축소한 것에 지나지 않는다는 생각이 떠올랐다.

크레바스와 사스트루기(바람이 강한 극지에서 볼 수 있는 눈 위에 생긴 물결무늬-옮긴이)를 가로질러 썰매를 끄는 섀클턴처럼, 나는 사람을 끌기 위해 콘크리트와 아스팔트길을 가득 채운 효율적인 운송 수단을 모두 피했다. 그 대신 섀클턴처럼 지리적 위치에 로마 신화를 결부시키려 시도했다. 그와 제국주의를 옹호하는 동료들에게 그것은 개인의 용기를 알려진 세계의 개척지로 이어주는 연결고리였던 반면, 나에게는 개인의 괴팍함을 사람들이 미처 상상하지 못하는 세상의 인터존에 얽매는 셈이었다. 이 세상은 실제 모습보다는 지도가 더 잘 알려진 세상이지만, 두바이 지도만큼은 그나마 정확하다고 말할 수 있다.

1947년, 월프레드 세시저Wilfred Thesiger는 아라비아 엠프티 쿼터를 횡단하며 셰이크 모의 할아버지와 함께 매를 사냥했고, 섀클턴에 뒤지지 않는 역경을 겪으면서도 트루셜 코스트를 여유롭게 거닐며 여행을 끝맺었다. 여행 중에 연달아 등장하는 거대한 모래언덕, 유사, 와디(중동과 북아프리카의 우기 때 외에는 물이 없는 계곡 또는 수로-옮긴이)에 대한 정보가 전무했지만, 세시저는 나침반과 세오돌라이트에 의지해 이러한 정보를 몸소 수집했다. 그는 베두인족 여행 동무와의 대화를 적는 것이 즐거운 모양이었다. 이처럼 베두인족 동료에게도 수시로 물어보았지만 조악한 지도의 방향을 제대로 맞추지 않는 한 아무리 베두인족이라 해도 어디가 어딘지 헤맬 수

MONEY BLIZZARD

Ralph Steadman 2009

밖에 없었다. 그 뒤 60년이 지나 엠프티 쿼터 끝자락에 자리 잡은 두바이의 남겨진 배후지 지도는 새로 그려야 했다. 이번에는 1 대 400,000의 축척이라는 점이 달랐으나, 시속 3마일의 속도로 걷는 여행자에게는 한참 익숙하지 않은 지도일 것이다.

　좀 더 알아보기 쉬운 축적의 두바이 지도도 많았지만, 완성된 정경을 묘사하기보다는 앞으로의 포부를 담은 듯했다. 지도에는 도시의 인근이 건축의 신이 그은 나스카 문양처럼 황량한 사막을 거대하고도 거친 기하학적 형상이 둘러싸고 있었다. 지도의 기호 설명표를 읽어보니 '골프 시티Golf City(U/C)', '알 막툼 국제공항Al Maktoum International Airport(U/C)', '익스트림 스포츠 월드Extreme Sports World(U/C)', '두바이 헤리티지 비전Dubai Heritage Vision(U/C)', 건축 중인 타이거 우즈 두바이 골프장도 어김없이 들어 있었다. 이곳들은 으스스해 보였으나 시가지라고 해서 더 매력적인 것은 아니었다. 마치 셰이크와 동료들의 개발 구역으로 들어가기 위해 썰어낸 느낌이 들었을 뿐이다. 셰이크의 개발 구역은 각종 부동산 자산들이 얽히고설킨 복합망이며, 중심부를 차지한 이른바 '입헌군주국'은 두바이 홀딩스가 99.67퍼센트의 지분을 보유한다. 알 쿠오즈 산업 지역 3번Al Quoz Industrial Area 3과 에미리트 힐스 2Emirates Hills 2의 도표식 윤곽은 각각 고속도로로만 연결될 뿐이다. 지도를 보고 나는 여기가 곧 발라드의 소설과 이야기에서 나온 세상이라고 자신 있게 말할 수 있었다. 모듈식의 내향적인 지대로, 여기에서는 모든 사회적 관계가 CAD-CAM 프로그램에 따라 규정되며 보행 자체가 소비와 분리될 수 없는 레저 활동과 다름없다.

　공항에서 출발해 도시를 가로질러 버즈 두바이 부지를 지나 팜 주메이라까지 걸어가는 내 계획은 아주 고된 과정이 될 것이다. 하지만 '더 월드'까지 보트 여행을 한 나로서는 정남향으로 방향을 잡아 사막을 향해 걸어가며 내 몸을 모든 주변 사물의 측정수단으로 삼고 시간이라는 직물의 실밥을 한 올 한 올 풀어내며 대지가 장식을 벗을 때까지 몇십 년의 세월을 걸어낼 요량이었다. 아니면 오일이 바닥나고, 마천루가 썩어 들어가 몸통이 없는 거대한 밑동만 남고, 사막을 움푹 파낸 해자들이 위성 궤도에서밖에 보이지 않는 미래의 모습을 엿볼 특권을 누릴 수도 있다. 내 이름이 타이거 우즈라면 망가진 골프 세상을 바라보며…… 절망에 빠질 것이다.

어쨌건 상관없다. 문제의 본질은 구글 어스와 대축적지도를 활용해 내가 직접 예약한 값비싼 '사막의 호텔' 밥 알 샘Bab Al Shames의 위치를 대략으로밖에 가늠할 수 없다는 것이었다. 호텔과 주메이라 빌리지 사우스(U/C)에 자리 잡은 두바이 시티의 끝자락 사이의 거리는 18마일에 달했고 세시저와 그의 라시드 동료들이 아부다비 해변에서 낙타를 타고 전진할 때와 마찬가지로 여전히 미지의 세계에 불과했다. 이처럼 작은 황야가 나를 괴롭힌다는 것은 내가 얼마나 컴퓨터 그래픽이 만든 세상에 종속되어 있는지 알 수 있는 소박한 증거였다. 밤마다 나는 서재에 앉아 컴퓨터 화면과 부실한 지도를 들여다보며 이 두 자료를 어떻게든 맺어주어 앞에 놓인 것을 발견하기 위해 헛된 힘을 쓰고 있었다. 3월 초인데도 사막의 기온은 37도가 넘게 올라가, 길을 잃는다는 것은 상상할 수도 없었다. 나는 할 수 있는 한 위성사진 크기로 자신을 축소하고, 컴퓨터 화면의 방향이 정확하다는 가정으로 길을 따라 '걸어'갔다. 조악한 지도가 인도하는 방향을 도무지 믿을 수가 없었기 때문이다. 결국 최종 분석은 세시저와 마찬가지로 나침반에 따른 추측 항법에 의지해야 했다. 빌어먹을 변화를 추구해보았자 거기서 거기다.

"모래밭의 일부를 대변하는 듯한 100피트 길이의 패널이 자리 잡고 있었다. 네이산 박사는 이를 자세히 들여다보며 장골능 위로 엄청나게 확대된 피부의 일부라는 사실을 깨달았다."*

나는 이른 3월의 햇살 가득한 오후 집을 나서 포르투갈식 카페와 거의 눈에 띄지 않는 사우스 램베스 로드의 편의점을 지나쳐 벅스홀 역까지 걸어갔다. 고개를 드니 벅스홀 크로스에 있는 성 조지 와프St George's Wharf의 갈매기 날개 펜트하우스가 보인다. 10년의 세월이 흘러도 없어지지 않는 흉물이다(U/C). 지금까지는 아주

* 발라드, 『잔혹의 전시』, 1970.

가볍게 걸었으나, '더 월드'로의 발걸음은 많은 짐으로 허덕인다. 게다가 '더 월드'를 개발한 나킬Nakheel의 홍보관이 홍보를 앞두고 있으니 여행의 순수성마저 퇴색한 셈이다. 며칠 전 나킬 사에서 나에게 이메일을 보냈다. 신기하게도 언제든 옮길 수 있는 예언자의 생일 파티가 일요일로 바뀐 탓에 그날 군도로 가려는 계획이 무산되고 말았다. 그래서 그 대신 사막의 리조트로 걸어갔고, 월요일에 '더 월드'로 걸어 돌아와야 했다. 실망감이 밀려오는 동시에 우울증마저 찾아들었다. 이번 계획은 분명 고별의 발걸음 또는 일종의 오마주가 아니었던가. 나는 짐에게 전화를 걸어 몇 번이고 지난 몇 주간의 경험을 이야기했다. 그가 옆에 있는 듯 느껴졌지만 동시에 두 장소에 존재할 수 없는 능력의 한계는 분명했다. 떠나는 기차에서 손을 흔들면서 역사에 서 있기는 불가능한 일이니. 대개 자신의 델보 그림이나 초현실주의 작품을 인쇄한 엽서에서 짐은 빈틈없이 날카로운 시각을 유지했다. 그는 엽서에 "화학 요법은 상한 굴을 계속 먹는 것과 같다"라고 썼다. 또한 엽서에 따르면 그는 "모르핀을 맞고서 내 회계사에게 가장 사무적인 용건을 편지로 쓰는 것조차 불가능했다." 그래서 최대한 모르핀조차 맞지 않으려 했다.

짐과 소통하면서 그가 동의의 표시로 '명료하다'라는 표현을 자주 쓰는 것이 심상치 않음을 느꼈다. 20년간 간헐적으로 아편에 중독된 나로서는 조금 늦게 명료함에 다다르고 회계사와도 조금 늦게 인연을 맺었으나, 지금은 그에 못지않게 이 단어를 사랑한다. 시간의 경과, 철도 독점 사업권의 재배치와 무관하게 매우 특정한 종류의 먼지에 집중하는 데 필요한 명료함 덕택에 영국 기차의 좌석 덮개는 늘 모피 같은 매끈함을 유지할 수 있다. 객차 주변에 버려진 무가지의 헤드라인을 살피는 데도 명료함이 필요하다. "1,500억 파운드, 마지막 주사위를 던지다"라는 문구는 돈을 찍어낸다는 말을 지저분한 완곡어법으로 표현한, 이른바 정부의 '양적 완화' 계획을 시사한다. 경제는 만성 변비에 시달리며, 브리타니아(브리튼의 상징인 여성상으로, 보통 투구를 쓰고 방패와 삼지창을 들고 앉아 있는 모습임 – 옮긴이)는 몸을 뒤틀며 변기 위에 앉아 있었다. 아편…… 변비…… 세시저의 『아라비아 사막』 등 이어진 객차처럼 꼬리에 꼬리를 무는 생각이 딸깍거리며 시냅스를 관통하려 해도 명료함이 필요하다.『아라비아 사막』에서 세시저는 그의 동료들 가운데 한 명을 괴롭혔던 의식을 묘사했다.

"열두 명 가까운 친구들이 무릎을 꿇고 그를 둘러싼 채 노래를 불렀다. 참가자들이 흥분할수록 노래는 더 빨라졌다. 노래를 부르다가 한 명씩 나와 몸을 앞으로 숙이고 무살림의 위장에서 고기 한 덩이를 꺼냈다. 그럴 때마다 부글거리는 이상한 소리가 들렸고, 곧이어 무살림은 설사를 했다."

셰퍼튼에서 출발한 기차가 윔블던을 덜컹거리며 지날 때 이런 생각이 떠올랐다. 내가 엠프티 쿼터로 걸어가는 진짜 이유는, 일상의 질곡이었던 긴장된 타이핑에서 벗어나 완벽히 고립되어야 정말 만족스럽게 변을 볼 수 있기 때문이다.


우울증Melancholia은 유머의 과잉을 의미한다. 하루 전날, 나는 바스Bath의 아담한 쇼핑몰에 자리 잡은 리얼 차이나The Real China라는 뷔페 식당에서 철학자 존 그레이John Gray와 저녁을 먹었다. 짐 발라드의 친구인 존은 '더 월드'로 걸어가겠다는 내 생각에 지대한 관심을 보였다.

"두바이는 자본주의의 몰락을 목격할 수 있는 완벽한 장소일 거예요!"

그는 검은콩 수프에 담긴 치킨을 두고 이렇게 환호했다. 우리는 발라드의 모음집『버밀리온 샌즈』를 화제로 삼았다. 볼 장 다 본 망나니와 몰락해가는 여배우, 떠돌이 예술가가 외딴 사막의 리조트에 머무는 스토리는 기억이 났지만, 이 상상 속 이야기가 일어난 장소를 정확히 짚을 수가 없었다. 존은 국제 컨소시엄의 미래학자로 초빙되어 걸프에 갔던 경험을 말해주었다.

"라마단 시기에 도착했더니 먹을 것이 아무것도 없더군요. 저는 먼지 하나 보이지 않는 대형 호텔에 갇혔어요. 식당을 찾지 못해 35층 부근에서 1975년 스타일의 와트니 주점으로 개조한 술집에 들어갔어요. 안쓰러워 보이는 통통한 영국인 방랑자들이 모여 앉아 위성 텔레비전의 다트 게임을 시청하고 있더군요. 정말 생지옥과 다름없었어요."

우리는 「요한계시록」에 나오는 네 명의 기사가 남부 잉글랜드에 은근슬쩍 강림한다면 어디로 피신을 할지 이야기했다. 나는 이미 최악의 상황을 경험했고, 힘겨운 자급자족에 익숙한 아이슬란드를 떠올렸다. 베두인 친구는 용암원을 말한 반면, 존은 미국의 중부를 선택했다.

"버지니아 같은 곳에는 마을이 있어요. 완벽하게 안전한 곳이죠. 거기 사람들은 심지어 대문을 잠그지도 않아요. 이러한 마을은 국가의 일부를 구성하는 거주지일 뿐더러 농장으로도 손색이 없어요."

우울증의 연속이다. 셰퍼튼 역에서 나는 일회용 라이터를 구입하려 신문가판대 앞에 멈췄다. 《서레이 애드버타이저》에는 다음과 같은 헤드라인이 실려 있었다.

"한번 당해볼래? 앙심을 품은 운전사가 스피드 카메라에 화풀이를 한 것일까?"

사방이 만신창이가 된 문제의 카메라 사진으로 보건대 정말 그런 것 같았다. 1960년대 이후로 발라드가 줄기차게 부르짖었던 풍요에서 비롯된 폭력이 외눈박이 감시 사회를 목표로 삼아 이런 변두리마저 휘젓고 있었던 것이다. 짐의 도로는 여전했다. 팜파스 그래스(남미 초원 지대가 원산지인, 갈대와 비슷한 풀―옮긴이)와 방갈로, 1911년에 개교한 견고한 에드워디언 스타일의 로렐 학교The Laurels, 짐이 가진 메탈릭 실버 색상의 포드 그라나다Ford Granada가 진입로의 턱에 주저앉아 있는 모습 또한 그대로였다. 돌연변이 쥐똥나무가 프랙털 형상으로 느릿느릿 주위를 덮은 정경만 시간의 흐름을 암시했다.

길 끄트머리에서 정교한 문법을 갖춘 짐의 도로는 주점이라는 마침표로 문장을 끝맺었다. 그 뒤로는 애시 강River Ash의 탁류를 곁에 낀 질펀질펀한 습지가 모호함을 가미하고, 또 그 뒤로는 골프장이 자리 잡고 있다. 나름 완벽한 나선형 구조를 자랑하는 철근 콘크리트 육교는 화려한 기교를 덧붙이며 나를 들어올려 M3고속도로로 인도한다. 육교를 건너가서 도로를 포기하고 인터존으로 뛰어들었다. 묘목의 임분林分 사이에서 가시나무 덤불과 트위스터 놀이(밀턴 브래들리 사에서 출시한, 네 줄로 나뉜 색색의 플라스틱 매트 위에서 하는 놀이－옮긴이)를 즐겼다. 고속도로와 물에 잠긴 자갈 채취장 사이에서 이렇게 게으름을 피우다 보면 도중에 포기할 수도 있으리라. 깊숙이 들어가니 사방이 가시덤불이었다. 정강이를 찢어내는 가시를 제거하려 안간힘을 쓸 때 햇살이 덤불 사이를 뚫고, 중앙분리대 건너편에서 자동차들이 휙휙 소리를 내며 지나간다. 우울증이 살짝 자리를 옮겨, 옆길을 타고 재빨리 이동해 단순한 슬픔으로 변한다는 느낌이 들었다.

　삐딱한 발걸음으로 기존의 관습을 거스르는 공간으로 향하며 이러한 의문을 빠뜨릴 수 없었다. 왜 이토록 급하게 가고 있는 거지? 왜 A부터 B까지 가고 있는 것일까? L부터 F는 안 되는 이유라도 있는 걸까? '명백한 운명Manifest Destiny'(19세기 중반에서 후반의 미국 팽창기에 유행한 이론으로, 미합중국은 북미 전역을 정치·사회·경제적으로 지배하고 개발할 신의 명령을 받았다는 주장－옮긴이)의 공허함을 발가벗긴다. 배수로 저편에 서 있는 꾀죄죄한 사람, 햇살이 비추는 황갈색 들판, 고랑에서 짝짓기 중인 캐나다기러기와 흑기러기, 깊고 푸른 물과 맞닿아 빗어 올린 머리를 연상시키는 오리나무숲, 퀸 메리 저수지의 푸른 경사면으로 둘러싸여 2행시를 이룬 세미들이 눈에 들어온다. 땅바닥에서 60피트까지 올라온 2억 갤런의 물 위로 3제곱킬로미터의 메니스쿠스가 표면을 이룬다. 나는 펜스를 타고 넘어가 내해를 지켜보기 위해 트랙을 거닐었다. 걸프와 서방의 구름이 한데 어우러져 머리 위에 드리웠다. 나는 정신세계를 뒤지며 숨겨진 심오함을 찾았다. 이 맑은 물과 사막의 병치는 짐의 선견지명이 돋보이는 환경 재앙 소설 『홍수, 가뭄에 시달리는 바람 한 점 없는 세상』에서 언급된 과잉과 고갈의 실례인 걸까.

　오후 내내 나는 저수지에서 셰퍼튼 스튜디오까지 걸어갔다. 스튜디오에서 잠시 청바지와 트레이너 차림으로 칼싸움을 하는 리허설 장면을 구경할 수 있었다. 곧이어 레일햄Laleham으로 가서 템스 강의 예선로曳船路에 진입해 제1·2차 세계대전 사이에 들어선 빌라와 아파트 블록을 지나 상류로 성큼성큼 걸어갔다. 펜튼 훅Penton

Hook의 기다란 굽이를 돌아 스테인을 향해 종종걸음을 재촉했다. 스테인은 몹시 가혹한 타운 센터로, 겉만 번지르르한 영국건강보험BUPA(British United Provident Association) 본부가 지배한다. 이곳에서 살아남고 혼란스러운 도심의 요새로 진격하려면 개인 건강보험이 필요했다. 또한 이 혼란스러운 도시는 엠스레이 센터Elmsleigh Center의 휘하에도 있는데, 발라드의 『킹덤 콤』이 그린 쇼핑몰과 과히 다르지 않은 모습이다.

"늘어선 조명이 밤새 꺼질 줄을 몰랐다. 포로수용소 주변을 밝힌 빛처럼, 정치범을 수용한 유형지에서 수용자들이 쇼핑을 하고 소비하는 것 같았다……."

버섯 요리, 기다란 에멘탈 치즈 빵으로 배를 채우고 얼 그레이 티를 중국식 잔에 담아 즐긴 다음, 코스타 커피 전문점과 함께 위층 몰에 입점한 리버 아일랜드, 톰슨, 라 센자 매장에 들어가 앉아 있으니 쐐기풀에 찔리고 가시에 긁힌 상처가 화끈거렸다. 옆에서는 코를 뚫고 배꼽티와 핑크색 트랙슈트 차림에 핑크색 아이팟을 든 스테인의 처녀들이 귀엽게 수다를 떨고 있었다.

아래 층 몰의 점포들은 텅 비어 있었다. 몇 년간 그토록 공허해 보이는 사물—사람이 아닌 사물—은 처음이었다. 사람들의 욕심만이 실체를 부여할 수 있을 테지만, 이때만 해도 딕슨Dixon(전자제품이나 공구를 취급하는 영국 브랜드-옮긴이)의 검정색 박스는 풍선처럼 비어 있었고 박스를 흔들면 마른 콩 같은 작고 동그란 물체가 덜걱대는 소리가 들렸을 것이다.

조용한 길을 따라 걸으며 도심 밖으로 발걸음을 재촉할 때 주택들의 정문에 꽂힌 깃대 위에서 유니언 잭이 펄럭였다. 조지 6세 저수지George VI Reservoir의 봉분에 도착하자 '깊은 수심'을 경고하는 표지판이 라이프 프리저브(사람이 익사하지 않게 물에 떠오르도록 유지해주는 장치-옮긴이)를 건 채로 저 높이 서 있다. 거칠고 작은 삼지창을 연상시키는 펜스 기둥이 저 멀리 '두개골Bone Head'이라는 어울리는 이름을 가진 곳까지 뻗쳐 있었다. 나는 스테인 무어Staines Moor 쪽으로 우회했다. 사람 키에 맞먹는 살랑대는 갈대 속에 앉은 채 콜느 강변을 둘러싼 무른 버들을 벗 삼아 담배를 피웠다. 히드로의 푸른색 성벽에서 발사한 미사일이 노을빛을 받아 은색으로 빛나는 장면을 지켜봤다. 짐의 비유를 논리적으로 확장한다면, '세계화'라는 단어는 인간의 법령과 싸우는 포위전의 형태라는 생각이 떠올랐다.

버림받은 축축한 땅덩이에는 황량하고 질척대는 농장이 자리 잡고 있다. '구제역 발생, 출입 금지'라는 문구를 희미하게 새긴 테이프가 들판의 입구를 장식하고 있다. 과거에 바다로 덮여 있던 이 땅을 통해 유대인의 피가 섞인 사람들 일부가 탈출한 역사가 있다. 내해의 동서쪽이 수십 년간 폐쇄된 뒤 양들이 풀을 뜯으며 편안히 배를 불리고 있었다. 이러한 현실이 한꺼번에 바뀔 수도 있다는 생각이 들었다. 이윽고 나는 지도를 잊은 채 발걸음을 재촉했다.

슬픈 어스름이 밀려드는 페리미터 로드를 낑낑대며 걸어가니, 둔탁한 물결무늬를 이룬 안전 펜스 뒤로 히드로 공항 5번 터미널이 보석 상자처럼 반짝인다. 그 덕택에 공항의 남서부에서 해튼Hatton까지 3마일에 걸친 풀밭이 환히 보인다. 영국의 심장에 자리 잡은, 인간의 손길이 닿지 않은 대초원이다. 활주로가 더 건설될 수도 있고, 그렇지 않을 수도 있다. 건설되지 않는다면 포위전이 지속될 것이고, 있는 활주로를 들어낼 수도 있다. 어찌 되든 무슨 상관이랴. 비행기 날개는 변함없이 바람을 가를 테고, 5번 터미널은 여전히 윙윙 소리를 내며 약동할 것이다. 우리와의 가까운 만남을 촉진하기 위해 건립한 공개된 군사 시설은 영원무궁하리라.

게이트의 대기 장소에서 까다로운 부모들이 아이들을 여러 차례 불러 모았다. 클레어에게 전화를 걸자 짐을 바꿔주었다. 나는 짐에게 셰퍼튼에서 히드로까지 걸어온 이야기를 해주었다. 물과 땅이 뒤바뀐 광경, 해저의 방갈로와 레일햄 로드를 따라 보이던 침수된 매립지를 떠벌리자, 그는 이렇게 대답했다.

"잘 알겠지만 나는 당신 작품을 정말 좋아해요……."

말이 끝나자마자 갑자기 수화기를 클레어에게 넘겼다. 클레어는 이렇게 말했다.

"엽서 꼭 보내세요. 우리는 엽서가 좋아요."

그녀 또한 말이 끝나기가 무섭게 전화를 끊었다. 슬픔이 점점 짙어져 우울한 기분으로 변했다. 나는 우울한 기분을 벗 삼아 홀로 남겨졌고, 중년의 부유한 고아는 불러 모으기에 여러 번 응한 후 비행기 좌석으로 밀려 들어갔다.

두바이로 가는 비행기에서 옆에 앉은 작은 소녀가 내가 아는 작가가 저술한 역사 추리소설을 읽고 있었다. 어렴풋한 기억으로는 작고 불안한 세상을 배경으로 삼았던 것 같다. 소녀는 책을 읽다가 바구니 속의 고양이처럼 포근하게 잠들었다. 나는 빈 라덴 일가가 사우드 가문과 약속을 맺고 개발업자로 부상한 이야기를 읽고 있었다. 몹시 흥미로웠는데, 예멘의 돌탑과 바위 협곡을 떠나 예다의 냄새나는 항구에 다다른 모하메드 빈 라덴의 헤지라를 다루었다. 그가 마지막으로 정착한 예다는 끈적대는 산호 조각으로 접착된 고대 건물이 가득한 곳이었다. 그로부터 3년 뒤, 그는 사막의 한 건설 부지를 방문하다가 경비행기 사고를 당해 사망했다. 그의 후계자이자 아들인 살렘Salem 또한 아버지가 죽은 지 20년이 지나 텍사스에서 초경량 항공기를 타다가 사망했다. 이것이 바로 그들 가족의 운명이었다. 공간과 중량, 콘크리트의 현실과 성층권의 꿈을 병치한 형국이다. 살렘의 배다른 동생이자 후계자인 바크가 1990년대 후반 전 세계를 누비며 메카의 그레이트 모스크를 '무슬림월드' 테마파크로 바꾸려는 계약을 추진할 무렵, 그의 또 다른 배다른 동생 오사마는 수단에 머물렀다. 한편으로 오사마는 장엄한 광경을 유도해 성소聖所를 모독함으로써 움마Umma를 치욕에 빠뜨릴 계획을 준비하고 있었다. 다른 시각에서 본다면 건설계약을 따내려고 엄청나게 번잡스러운 수단을 썼을 수도 있다. 지하

드, 테러와의 전쟁은 가족 기업의 이사회가 대리 투표한 결과였다.

잔뜩 먹으며 지겹도록 책을 읽었고, 스튜어디스에게 초콜릿을 더 달라고 주문했다. 포근히 잠을 청하자 담요 속에서 방귀가 나왔다. 음식이 소화되지 않고 장에서 작고, 단단하고, 은박지로 포장된 직사각형 조각으로 재구성되는 느낌이 들었다. 어느덧 새벽이 찾아왔고, 먼 좌석에 앉아 있던 젊은 여성이 자리에서 일어나 화장실에 가더니 30분 뒤 멋진 여름용 원피스로 갈아입고 나왔다. 내 옆에 앉은 소녀는 회색 고래의 등처럼 솟은 오마니 산 위에서 비행기가 덜컹거리며 하강할 때 몸을 부르르 떨었다. 책이 재미있었을까. 내가 물어보니 소녀는 귀엽게 한숨을 쉬며 대답했다.

"아뇨, 내용이 너무 산만해요."

소녀에게는 불안정한 서술기법이 몹시 불편했으나, 불명확한 시공간은 문제가 아닌 듯했다. 앞서 '서너 번' 와본 적이 있었던 소녀에게 두바이는 '주말을 보내기에' 안성맞춤이었다.

소녀의 아담한 허벅지 위로 몸을 기울여 창밖을 보니, 스모그로 덮인 산호 같은 도시가 바다에 우뚝 서 있었다. 대화를 이어가려고 소녀에게 두바이를 걸어본 적이 있느냐고 물었다. 소녀는 잠시 생각에 잠기더니 조심스럽게 대답했다.

"솔직히 말하면 가장 오래 걸었던 적은 버스 투어를 다닐 때였어요."

소녀가 앉은 자리 저편으로 보이는 마이크로 집적회로 같은 계획도시 안에 인도가 있는지 살펴보았다.


사우디아라비아의 동명이인 빈 라덴과 마찬가지로 셰이크 모는 아직 공개되지 않은 건축 부지를 즐겨 방문한다. 형식에 구애받지 않는 매력적인 성격에서 그의 자비가 비롯된다. 그의 통치를 비난하는 웹 사이트는 포르노 사이트와 마찬가지로 접근이 불가능하다. 포르노를 금지하다 보니 아주 기묘한 안티모니(매장량이 적고 독성이 큰 원소의 이름으로, '홀로 있기를 싫어한다'라는 뜻을 가짐 – 옮긴이)가 뒤따른다. 두바이 시에서는 돈만 있으면 언제든 창녀와 잘 수 있다. 성범죄나 동성애가 법전에 확고히 규정되어 있는데도 그렇다. 엄밀히 말해 매춘은 불법이지만 돈 있는 남자들이 모스크바 호텔에서 보드카 한잔을 들이켜고 창녀와 함께 위층으로 올라가는 것까지 막지는 못했다. 나아가 호주머니 깊이 린트에 싼 마약을 조금이라도 넣고 두바이에 착륙한다면 화를 면치 못하리라. 두바이는 1994년 1월 커크월 공항에서처럼 양말 속에 대마초를 숨길 수 있는 곳이 아니었다.

나는 기성 체계에 대해 이처럼 불순한 생각을 품고 있었다. 또한 지난 10년간은 깨끗했을지 몰라도, 한때 마약에 관해서라면 조개가 소금물을 빨아들이듯 몸이 반응했던 적이 있었다. 그래서 묘한 긴장감에 떨며 출입국 심사장으로 이동했으나 흰색 두건을 쓰고 있는 남자는 아무렇지도 않게 도장을 찍어 나를 내보냈다. 유령처럼 존재감이 없었을 수도, 외화의 환영처럼 보였을 수도 있으리라. 여정은 계속되었고, 카페인과 니코틴에 취해 버려진 벤츠가 넘쳐나는 다층 주차장을 지나 거리낌 없이 출구로 걸어갔다. 사막의 도시로 접어드니 사실상 전혀 눈에 띄지 않는 존재가 되고 말았다.

나는 잘 꾸며놓은 에어포트 로드Airport Road의 인도를 활보하며 에어컨과 에스컬레이터를 완비한 육교를 건너갔다. 보행자를 위한 개선문일까. 이러한 시설에만 의지한다면 내 여정이 식은 죽 먹기일 거라는 어리석은 상상에 빠졌다. 셰이크 라시드 로드Sheikh Rashid Road의 교차로에 다다르자, CD 꽂이의 건축학적 장점을 갖춘 건물이 나타났다. 셰이크 모가 이 건물에 붙은 거대한 빌보드에서 선견지명의 눈빛으로 나를 깔보았다. 런던에서 나는 포스트모더니즘이 자극한 축적의 왜곡을 두고 몹시 불편한 느낌에 종종 휩싸였다. 영국에서는 중간관리자들이 무소불위의 힘을 두서없이 발휘해 장난감 같은 중역들의 책상으로 스카이라인을 만들었으나, 이곳 두바이는 세상에서 가장 엉망인 유럽의 오피스 공간을 경건한 대사원의 도시로 만들어 역사의 정취를 간직한 훌륭한 삶의 공간으로 변화시켰다.

나는 육중한 체구를 자랑하는 두바이 시 센터 몰로 향했다. 시가도를 보니 센터 몰 뒤로 가면 다우 배 선창이 있는 개울가에 갈 수 있고, 거대한 페이퍼클립 통과 철제 노트 홀더 사이에서 사람 키에 맞춘 축적을 가늠해볼 수 있겠다는 생각이 들었다.

어림도 없다. 6차로가 전부 건축 중인 엘리베이터 섹션으로 가득 찬 마당에 길을 건널 방법을 찾을 수가 없었다. 어쩔 수 없이 서둘러 돌아갔다. 나는 여전히 지도 없이 여행하기가 걱정되었다. 떠나기 전, 최후의 수단으로 주문한 두바이의 오프로드 맵은 '아랍에미리트에서 구할 수 있는 제일 큰 지도'임을 자랑했다. 이 반짝이는 위성사진을 구매하기만 하면 오지를 마음대로 들락날락할 수 있었다!

이런, 웃음만 나온다. 지도는 험머Hummer 사의 후원 아래에 제작되었다. 안타깝게도 내 손에 있는 2번 지도에는 내가 걸어가려고 하는 사막이 나와 있지 않았다. 내가 필요한 것은 5번 지도였다. 가이드북을 보니 데이라 시티 센터 몰에는 괜찮은 서점이 있었다. 제대로 된 지도를 찾고 싶은 불안감이 이러한 내용을 발견하게 했으리라. 뒤돌아 오다 보니 두바이에 관한 기묘한 진실이 나를 괴롭히기 시작했다. 어디에든 걸어가려면 꼬리를 무는 차량 행렬을 횡단하고, 건축 현장을 지나쳐야 했다. 하지만 걸어가다가 고립되고, 중장비에 바싹 붙어 길을 헤매거나 심지어 아크 용접기로 다가가도 아무도 신경을 쓰지 않았다. 몇 시간이 걸려서야 내가 투명인간이 된 이유를 깨달을 수 있었다. '더 월드'로 걸어오는 길에 마주친 수많은 보행자들은 하나같이 피부색이 검은색 또는 갈색이었다. 유일하게 마주친 백인은 빌딩 주변에서 운동을 하고 있었다. 우선 이처럼 인종적인 차이가 있을 뿐더러 더 으스스한 오메르타Omerta(마피아의 일원이 되기 위해 맹세를 할 때 서로의 손가락에 바늘을 찔러 피를 내고 의식을 실시하는 시칠리아 마피아의 규칙, 흔히 '마피아 십계명'이라고도 불림－옮긴이)가 있었다. 백인이라면 적법한 직업을 가져야 하고, 이주 노동자들은 누군가 먼저 말을 걸어주어야 대꾸할 수 있을 뿐, 그들이 내게 먼저 말을 건다는 것은 허용되지 않았다.

느지막한 아침, 바깥 기온은 이미 26도를 넘어섰지만 쇼핑몰 안은 서늘했다. 나는 헌 느낌이 나는 맵시 있는 데님을 전시한 점포에 들러, 슬라브인 점원에게 물어보았다. 스위스 워치를 전시한 점포를 맡고 있는 인도 점원에게도 물어보았다. 하지만

A WELCOME SITE...

서점이 어디 있는지 아무도 몰랐다. 짜증이 머리끝까지 밀려와 아랍인을 잡고 물어보았다. 그는 예의바른 태도로 서점이 문을 닫았다고 말해주었다. 그의 말에 따르면 두바이 시티 몰에는 서점이 하나밖에 없었다. 잠시 생각해보더니 스피니의 슈퍼마켓에 서적 코너가 있다고 가르쳐주었다. 찰나의 시간에 내 승리감은 패배감으로 몰락했다. 다른 점포를 찾아 나서면, 날리지 시티Knowledge City의 홀리데이 인 익스프레스Holiday Inn Express를 찾기에도 빠듯한 시간을 더욱 깎아먹을 것이다. 스피니에서 쪼그려 앉아 있는 내 주위로 세계 각지에서 온 사람들이 화장실 휴지를 구입하고 있었다. 지도가 전시된 코너를 살피며 신경을 한껏 곤두세우고 런던에서 살 수 있는 지도와 똑같은 지도를 찾았지만 보이지 않았다. 엉뚱한 지도를 찾기 위해 유효기간이 지난 가이드북을 참조했던 가슴 철렁한 상황이었고, 마치 이러한 딜레마가 쓰인 숨은 종잇조각을 펼쳐 보이려는 것 같았다. 왔던 길을 되돌아가는 초라한 순간,

나는 전자제품 매장의 현란한 스크린을 응시하며 휴대용 위성항법장치GPS를 구입할까 하는 유혹에 빠졌다.

순간 스스로를 자제하고 힘차게 걸어가, 워터버스를 타고 개울을 건넜다. 버즈 두바이의 거대한 굴뚝에 꽂혀 남동쪽을 향해 흔들리는 바늘은 신기루가 아닌 현실이었고, 매끈한 철제와 색유리로 뒤덮인 개울가 건물들은 HSBC와 롤렉스를 우렁차게 노래하며 각자의 자막을 발산하고 있었다. 우리 배의 항적을 부수고 지나가는 수상택시들은 아시아 노동자들을 태우고 있었고, 부두에 정박해 있는 거대한 다우 배는 뱃전에 옷 뭉치, 건축자재, 세탁기가 잔뜩 쌓여 최소한 활용 가치가 많아 보이는 미덕을 지녔다.

저 멀리 보이는 둑은 더 오래된 빌딩으로 덮여 있었다. 심지어 윈드 타워가 달린 빌딩 몇 개는 1940년대의 세시저라도 목격할 수 있을 정도였다. 배에서 내려 지나친

옷 시장에는 사람들이 북적대며 개인화된 공간에 옹기종기 모여 흥정을 하고 있었다. 두바이를 '인도 최고의 도시'로 언급하는 사람들도 있다. 하지만 인도는 특유의 냄새와 분리해 생각하기 어렵다. 내가 버 두바이Bur Dubai와 알 라파Al Raffa 구역을 헤치고 알 망쿨 로드를 따라 사트와Satwa 주거지역으로 향할 때 석유, 석탄, 기름 타는 냄새를 풍기는 공기만이 느껴졌다.

에어컨을 켠 버스정류장을 지나 힘겹게 인도를 걸어가면서 나는 자신을 자책했다. 이번만큼은 무빙 워크가 작동하지 않았다. 집에서 뉴욕, 로스앤젤레스, 취리히까지 갈 때만 해도 오직 두 발로 모든 거리를 좁혀 이 거대한 땅덩이들을 서로 맞닿을 정도로 당겨놓았다. 비행기 좌석에 앉아 있을 때만 지루한 끊김을 경험했을 뿐, 이 모든 여정을 두 발로 걸은 덕분에 나무숲으로 가득 찬 취리히버그와 볼드윈 힐스가 헤이스, 미들섹스, 자메이카, 롱 아일랜드, 얼리콘의 질서정연한 교외를 내려다볼 수 있다는 느낌이 들었다. 내가 바라는 대로 공간이 접합되지 못한 이유는 우리 집이 아닌 짐 발라드의 집에서 출발한 탓이라는 생각이 뇌리를 스쳤다. 그밖에도 사트와와 논리적으로 대응되는 사우스올 아시아인 구역이나 런던 외곽을 들를 시간이 있었다면 이곳을 좀 더 편안하게 느꼈을 수도 있겠다는 생각이 들었다. 피곤하고 소외된 기분에 휩싸여 이번 탐험의 실효성을 의심하기 시작했다. 내가 왜 이곳에서 어슬렁거리고 있는 걸까. 이미 알고 있는 이상의 답이 나오지 않았다. 내가 택한 방법은 경험의 데이터를 정해진 화법으로 포장할 뿐이었다. 모든 장소가 똑같았고, 모든 사람이 같은 도로, 철도, 항로를 따라야 했다. 오직 나만이 사람과 기계의 매트릭스에서 탈출해 맨발로 중앙분리대를 따라 느릿느릿 걸어갈 뿐이었다.

하지만 내 의지가 분명하다는 것만은 사실이었다. 나아가 탈것을 멀리하면서 이 미지의 땅을 바라보는 시야가 좁아질 수밖에 없었고, 야심찬 돌파 거리를 생각하면 시샤 카페에 앉아 현지인들과 비겟덩이를 씹는 것 말고는 멈춰서 뭔가를 바라볼 시간이 없었다.

동방의 남자들은 오직 그늘에서 쉬고 싶을 따름이다. 졸졸 흐르는 개울가 옆이나 향나무 밑의 시원한 그늘에 앉아 파이프를 물고 커피 한 잔, 샤베트 한 컵을 즐길 때 더없이 행복하다. 하지만 무엇보다도 심신을 혼란시키는 모든 것을 최대한 줄여야 한다. 불쾌한 기억, 공허한 생각이 카이프Kayf(Pleasure, serenity – 옮긴이)를 방해할 때가 가장 접접하다.*

그 대신 두 발의 속도를 최고로 가동해 뜨겁고 흐물거리는 두개골 속에 스스로를 밀어넣고 좌절감에 허덕이며 스크린 같은 두 눈을 통해 앞을 바라보았다.

이처럼 우울한 생각이 『배회하는 기계 속 유령The Ghost in the Machine』(1967년에 출판된 심리철학을 다룬 아서 케스틀러의 논픽션 작품 – 옮긴이)의 뒤를 쫓았다. 사트와 사원의 미나렛이 시야에 들어올 때까지 이러한 생각이 끊이지 않았고, 이내 유령은 뒷골목에 표류해 점심을 먹으러 라비Ravi 레스토랑으로 들어갔다. 비트겐슈타인Ludbig Wittgenstein은 "늘 같은 것을 먹는다면 뭘 먹는지는 중요하지 않다"라고 말했다. 나는 이 말을 내 섭생의 모토로 받아들였다. 두 발로 셰퍼튼과 사트와를 맺어주지 못한다면 이빨로라도 그렇게 할 것이다. 런던의 인도 레스토랑에서 먹는 카시 케밥, 차파치와 달을 여기에서도 같은 요금으로 먹으면 되는 일 아니겠는가. 나는 라비의 '패밀리 룸'에 앉아 음식을 우적우적 씹어 먹었다. 옆 테이블에는 적갈색 레이스 무늬의 헤나 문신을 손에 새기고, 비치는 속옷 밑에 이보다 친숙한 맨살을 숨긴 여성들이 아바야스와 니캅을 두르고 앉아 있었다. 유로화 전문가 두 명이 코너의 스크린에 나오는 경제 뉴스를 시청하며 대화를 나누고 있었다. 정면에 걸린 셰이크 모 초상화의 예지력 넘치는 시선이 내 껌뻑거리는 눈을 향하고 있었다. 이 그림 옆으로는 메카의 카바 신전을 찾아온 엄청난 수의 순례자 무리가 보였다. 타와프Tawaf는 하즈Hajj의 가장 성스러운 의식 중 하나다. 순례자들은 블랙스톤에서 시작해서 고대

---

* 리차드 버튼Richard Burton, 『알마디나에서 메카까지의 순례Personal Narrative of a Pilgrimage to Al-Madinah & Meccah』, 1885.

건축물 주변을 시계 반대 방향으로 일곱 번 돌며, 돌 때마다 입맞춤 대신 손가락으로 블랙스톤을 가리킨다. 무슬림들은 신이 자신을 접견할 제단의 장소를 아담과 이브에게 불의 흔적으로 보여주기 위해 블랙스톤을 땅 위에 던져주었다고 믿는다.

나는 이러한 이슬람의 차원 공간을 곱씹어보았다. 하루에 다섯 번 카바를 향해 엎드려 수백만 구획의 격자무늬를 땅 위에 그린 봉헌의 현장이었다. 하즈를 통해 거대한 유입과 유출이 반복되면서 무수한 여정이 모여 본질과 현상을 융합한다. 블랙스톤과 카바는 모하메드 전부터 있었으나, 전설은 사라지고 지구촌을 이룬 믿음의 행렬에는 편리한 정치가 깃들어 있다. 하지만 여기에도 엄연히 순수한 측면이 존재하는데, 아마도 심리지리학의 최종점이 될지도 모른다. 논리적으로 모든 이슬람의 교리는 '신은 유일하고, 모하메드는 선지자다……'라는 단일한 명제에서 비롯되어, 모든 무슬림 의식이 이 지역에서 이루어지기 때문이다. 그렇다면 2,000개나 되는 버즈 두바이의 콘크리트 첨탑으로 나섰던 나의 순례는 어떨까. 한 종교에 휘말려 있는 나의 실체는 무엇일까. 나는 런던으로 전화를 걸어 데보라와 통화했다.

"별일은 없어. 그렇지만 다시 올 생각은 안 드네."

시계수리공들이 다리를 꼰 채 작업공간에 앉아 있었고, 벽에 붙은 전단은 '필리핀 여성들을 위한 숙소'를 광고하고 있었다. 나는 단층으로 된 주거단지를 따라 걸어갔다. 이곳은 외국인 노동자를 위한 통나무집으로, 창살을 댄 유리창을 통해 남자들이 2단 침대에서 나뒹구는 모습이 보였다. 자갈밭 골목에서 크리켓을 하는 남자들도 있었다. 수탉이 쓰레기더미 속으로 부리질을 하고 있었고 건축 현장의 먼지가 오후의 아지랑이 속에 자욱했다. 뒤엉킨 안테나 뒤로는 다운타운 두바이 개발 부지의 웅장한 스카이라인이 드리워 있었다. 다운타운 두바이는 거대한 립스틱 모양의 마천루가 초입을 장식하고, 각 코너가 타워로 가득 찬 직사각형 성곽의 2구역, 리야드의 으스스한 킹덤 타워처럼 핸들이 꼭대기에 달려 타이탄이 지나가다가 이를 잡고 뿌리째 흔들 것 같은 3구역, 위층을 코브라의 목처럼 내쌓기로 쌓은 4구역, 총신의 주형을 닮은 라이플 모양의 5구역, 외벽에 철제 통풍기와 아라스 직물 벽걸이의 캐리커처가 달린 6구역, 작은 맨해튼을 표방하며 대부분 완공되지 않은 7·8구역으로 구성되어 있었다. 내 눈은 필사적으로 휴식을 취할 곳을 찾았으나 버즈만 보일 뿐이었다. 이 순간 버즈는 세계에서 가장 높은 빌딩(이 타이틀이 선사하는 장엄함은 둘째 치고)이 아니라 비슷비슷한 건물들 가운데 첫 번째일 뿐이었다.

나는 불모지의 먼지 쌓인 길 한가운데 멈춰 방갈로르Bangalore(인도 남부 카르나타카 주의 주도 - 옮긴이)에서 온 바북과 대화를 나눴다. 안경을 쓴 그는 고개를 절레절레 흔들어 인도식으로 긍정했으나, 누가 봐도 부정의 표시로 보였기에 계속 그러다 보면 직장에서 해고를 면치 못할 것 같았다. 그는 토목기사로 15년간 두바이에서 일했고 이곳은 그의 집과 다름없었다. 동료들 절반이 해고되었는데도 그는 여전히 직장을 유지하고 있었다. 그는 자신이 세우고 있는 타워를 가리켜 보였다. 타워는 4면 피라미드로 600피트 가까이 솟아 이스Ys를 멋지게 표현한 뇌문세공으로 둘러싸여 있었다. 건물이 정말 진부하기 그지없다고 말한다면 무례한 일이겠지만 이와 별도로 바북이 한 역할은 개미 한 마리가 개미집을 쌓는 데 맡은 수준에 지나지 않았다. 아니, 어쩌면 그 이하였는지도 모른다.

부지의 거대한 그림자 속으로 총총 걸어가니 철제가 서로 부딪혀 만든 만트라가 귓속에 울려 퍼졌다. 형식이 기능을 따른 걸까, 아니면 기능이 형식을 말살한 걸까. 루스Loos(오스트리아의 건축가 - 옮긴이)는 건축물 장식을 '범죄'라고 생각했다. 하지만 지배적인 스타일이 과거의 장식을 모방하고 탈취한 것에서 나아가, 오피스 빌딩을 거대한 장식품으로 변신시킨 시대를 어떻게 평가할 수 있을까. 이처럼 립스틱과 CD 꽂이 같은 외관으로 마무리되고, 컴퓨터 단말기의 노예가 된 사람들로 넘쳐나는 건물을 두고 무슨 이야기를 할 수 있을까. 이러한 자산 버블이 꺼지는 순간 이 무수한 빌딩들이 할 수 있는 일은 세계 무역의 상징인 성난 스타벅스로부터 거품을 걷어내는 것이 전부이리라. 형식은 오직 기능에 종속되고, 마천루의 기능은 계속해서 동일한 기제를 복제해나가는 것에 불과하다. 이미 조성된 환경이 끔찍할 정도의 자가인공수정을 거듭해 분열하는 현실에서, 건물의 대들보가 승강기 통로를 뚫고 들어가는 형국이 아니겠는가. 다운타운 두바이는 텅텅 비어 있었다. 오죽하면 1마일 떨어진 곳에서조차 이 도시의 찌르는 듯한 공허감을 느낄 수 있었다. 한 번도 밟지 않은 널찍한 카펫 타일, 메아리가 울리는 아트리움, 물이 빠진 인공 장식 호수가 한없이 펼쳐졌다.

"2,500제곱피트의 AED에서, 가장 선택받은 주소를 가질 기회를 놓치지 마세요! 다운타운 두바이가 당신 손에 있습니다!"

꿈 깨세요. 셰이크 모, 저 먼 지평선에 당신의 선견지명이 넘치는 시선을 맞춰보라. 보이는가. 당신의 말에 혹한 사라진 부족Lost Tribe들이 이미 탈출한 사람들의 빈자리를 메우려는 모습이? 내가 그토록 원했던 양상과는 조금 달랐지만, 이내 합일의 순간이 찾아왔다. 이는 세상을 인류애로 묶으려는 것도 아니며, 원시기술의 향수 어린 승리도 아니었다. 나는 내 의식을 짐 발라드의 선견지명이 넘치는 시선에 의지했고, 매트로 센터가 다운타운 두바이를 향해 건네는 대화는 인간의 통역이 필요 없었다. 이들은 바람을 뚫고 전진하며 공허감을 이야기했고, 덕트와 벤트에 이는 기관지 통증을 호소하고, 부서진 유리창, 갈라진 표면, 뼈가 앙상한 대들보만 남은 파괴의 현장에 신음하며 죽음의 순간을 예견하고 있었다. 울퉁불퉁한 덧니를 연상시키는 시체의 행렬이 핏빛 노을과 대비를 이뤘다.

다운타운 두바이의 요새를 기습할 때마다 셰이크 재이드 로드의 일산화물로 가득 찬 해자에 막혔고, 연이은 콘크리트 방벽으로 인접한 도로를 막아놓은 6차로에 막혀 패퇴할 수밖에 없었다. 6차로는 곳곳이 융기된데다 지하철 공사 현장마저 들어서 있었다. 나는 인도를 터벅터벅 걸어 크라운 플라자 호텔을 지나쳤다. 목표물로 삼은 육교가 아직 건축 중이라는 사실을 깨닫고 하만 일렉트로닉스Harman Electronics로 발걸음을 돌렸다. 입구에는 42인치 평면 텔레비전이 빈센트 반 고흐의 완벽한 붓놀림이 묻어나는 〈오후의 시에스타Afternoon Siesta〉(1889)를 깜빡이지 않는 균일한 화면으로 보여주었다. 그림 속의 농부들은 궁색한 느낌의 황금색 건초더미가 만든 그늘에 웅크리고 누워 있었다. 케랄라Kerala에서 온 아킨티야Achintya와 마닐라에서 온 암람Amram과 도로를 건널 방법을 두고 딱딱하게 대화를 나눴다. 버스 두 대를 지나 보낸 탓에 택시를 잡아야 했다. 걷기를 고집했다면 플라자 호텔로 돌아가는 도보 터널을 이용할 수도 있었다. 하지만 나는 걷기에 지쳐 있었다. 오죽 지루했으면 하만 일렉트로닉스에 있던 세 사람이 하품을 참지 못했을까. 우리는 곧 아킨티야가 장사가 '정말' 안 되는 모양이라고 말했던 하만 일렉트로닉스를 떠났다.

　나는 다운타운 두바이의 에메랄드 시티에 등을 돌리고 알 와슬Al Wasl의 고급 주거 지역을 둘러 사트와를 향해 힘차게 걸어가 주메이라 해변에 닿았다. 다음 네 시간을 내리 걷다가 에너지 드링크를 사러 주유소에 들렀고, 손에 난 땀을 식히며 쭈그리고 앉아 그토록 찾기 힘든 5번 지도가 혹시 있는지 지도가 꽂힌 코너를 살폈다. 주유소에서 나와 축 늘어진 고양이 시체와 잡지 가판대를 연달아 지나쳤다. 가판대에 전시된《오케이 중동OK Middle East》은 말기 암환자의 결혼 이야기와 리얼리티 TV 스타로 명성을 떨쳤던 제이드 구디Jade Goody를 다루고 있었다. 곧이어 지나친 주메이라 비치 클럽에서는 대부분 피부가 까무잡잡한 대가족이 녹색 잔디밭에서 바비큐 테이블을 펼쳐놓고 요리를 하고 있었다. 이 광경을 보고 다시 한 번 자신을 바보 또는 매조키스트라 자학했다. 오만 산에서 주말에 드라이브를 즐길 것이라 말했던 소녀와 함께 느긋한 팔자를 즐길 수도 있었을 텐데 왜 이런 고생을 사서 하는 것일까.

　팔콘 상을 지나쳤다. 하나하나는 두바이의 예술가 사이디 알리 나사르Saidi Ali Nasser가 '셰이핑 더 퓨처Shaping the Future'의 기치를 내걸고 화려하게 장식했으나, 겉에 그린 파울 크레Paul Klee식 추상화를 보니 남다른 거부감이 일었다. 곧이어 험머 매장을 지나칠 때 나는 캐딜락 에스컬레이드에 대한 미움이 다시 일었다. 이미 몰락 중인 6리터, 8기통 스포츠 유틸리티 차량과 자동차가 기름을 소비하듯 정부대여금을 맘껏 소비하는 제조사를 내치는 것은 별일이 아닐 수도 있겠지만. 전통 마을을 흉내 낸 개발지가 곧이어 등장했다. 이곳의 주택 하나하나는 네모난 윈드 타워와 무어 스타일의 디테일이 특징이었다. 해변을 구경할 수 있는 텅 빈 공용 비치에 도착했

DUBAI FLYOVER

으나 해변을 따라 걸으려다가 개인이 운영하는 요트 클럽에 막혀 다시 육지 쪽으로 방향을 틀었다. 곧 미라지 아트센터와 사가 월드에 이어 건설 중인 모스크 행렬을 지나쳤다. 흰색 대리석 마감이 검정색 표면을 미처 가리지 못했고 영국 계약자인 밸푸어 비티Balfour Beatty의 표지판이 자랑스럽게 우뚝 서 있었다.

'낙타를 타고 가는 동안 아라비아 사막처럼 끝없이 이어지는 곳은 세계 어디에도 없다는 사실을 깨닫는다.'

"월프, 고맙습니다."

무에진(이슬람 사원에서 예배 시각을 알려주는 사람─옮긴이)이 외치는 소리를 듣고 그들 사이에 끼고 싶다는 생각이 오락가락했다. 누군가 이렇게 말했던 기억이 난다.

"기도할 때는 무릎을 꿇어요. 그래야 내가 차를 몰고 있지 않다는 사실을 상기할 수 있거든요."

나는 걸음을 멈추고 유쾌한 이란 사람 몇 명과 잡담을 나눴다. 그들이 운영하는 가게는 바람을 불어넣어 부풀리는 염소 장난감을 취급하고 있었다. 발걸음을 재촉하자 어스름이 밀려왔다. 앞을 보니 과일장수들의 희망인 야자나무 사이로 빛이 분수를 이뤘고 철로 두른 푸르스름한 모래둔덕 형상의 주메이라 비치 호텔이 어둠 속에 솟아올라 인공섬 위에 자리 잡은 도우 배의 돛을 본뜬 버즈 알 아랍 호텔을 가리고 있었다. 두 호텔 안에는 부호들이 돈을 뿌리고, 창녀들이 몸을 팔고, 하인들이 바삐 움직이고 있었다. 뒤로는 버즈 두바이 옆의 월드 트레이드 센터에서는 아들을 끔찍이 아끼는 아버지, 셰이크 모를 비롯해 3,000명에 이르는 청중들이 자리에 앉아 크라운 프린스, 셰이크 함단 빈 모하메드 빈 라시드 알 막툼 폐하의 시 낭송을 감상하고 있었다. 《걸프 뉴스》가 나중에 보도한 것처럼 "……애국심과 사랑이 뚝뚝 떨어지는 시"였다. 셰이크 함단은 파자Fazza라는 필명으로 이 작품을 썼는데, 이 필명은 '국민들 속으로 몸소 파고들어 이들을 돕고 생명을 구하는 사람'을 의미했다. 나는 그 이후로 국민들 속으로 몸소 파고들어 이들을 돕고 생명을 구하는 사람이 쓴 시의 영문판을 구할 수가 없었다. 이 시는 그의 아버지가 쓴 시와 마찬가지로 나바티 아랍Nabati Arabic 방언으로 쓰였다. 하지만 셰이크 모가 "번뇌와 고독의 비애에서 하나 둘씩 하품의 눈물을 흘린다"라고 몸소 번역한 영역판을 보면 아마도('아마도'라는 단어를 강조하고 싶다) 번역에서 무언가를 놓친 것 같다.

주메이라 로드에서는 피곤에 지친 갈색 피부 남자들이 교대로 타고 내렸다. 내린 사람들이 탄 사람에 비해서 더 쌩쌩해 보였다. 밤은 나트륨등의 불빛과 스모그, 부릉대는 엔진 소리로 가득 찼다. 할리 데이비슨을 탄 뚱뚱한 남자가 앞바퀴를 들고 곡예를 펼치자 텅 빈 공간의 끝자락에서 벌어지는 광란이 뚜렷했다. 버즈 알 아랍이 눈에 들어왔다. 돛대의 꼭대기 망대 같은 헬리콥터 이착륙지에서 안드레 애거시Andre Agassi와 로저 페더러Roger Federer가 친선 경기를 벌인 적이 있다. 세계 유일의 7성 호텔인 알 아랍의 건축 양식은 야간에 거대한 흰색 고치가 하늘을 향해 기어 올라가는 모습을 연상시킨다. 나는 높이 솟은 벽을 따라 걸었다. 벽 저편의 관목 숲에는 셰이크의 궁전이 여유를 부리고 있었고, 눈앞으로는 목적지 저편에 대낮을 무색케 하는 마지막 건물이 자리 잡고 있었다. 밤하늘에 반짝이는 가짜 크라이슬러 타워, 그 너머로는 반짝이는 알루미늄으로 덮인 두바이 미디어 시티, 두바이 마리나, 에미리트 힐스 개발부지가 공허한 느낌을 선사했다.

타맥이 날리지 시티로 가는 길로 뻗어 있었지만, 인도는 찾아볼 수 없었다. 나는 하루의 여정을 건축업자의 가벼운 모래 위에서 마쳤다. 원추 모양 구조물을 연결한 로프 아래로 총총 뛰어갔고, 마침내 홀리데이 인 익스프레스 호텔로 터벅터벅 들어갈 수 있었다. 녹초가 된 나는 비참한 기분이었고, 패배감마저 엄습했다. 셰이크 모가 그의 섬뜩한 시야로 나를 완파했다고 볼 수밖에 없었다. 사우스 런던에서처럼 "나를 쫓아내려 하는 건가"라고 소리치고 싶었다. 그의 얼굴을 보면 접힌 책장처럼 생긴 검정 턱수염이 음울한 주름투성이 입 주변에 단단히 붙어 있었다. 그는 나보다 앞서 로비에서 어슬렁거린 게 분명하다. 그와 반대편에 서고 싶지 않았다. "셰이크 모, 하루 급료가 5달러인 사람들 수천 명이 사망한 사실을 알고 있나요? 이 2,950만 제곱피트 오피스 공간을 만들기 위해?"라고 말한다면, 아랍 시의 전통적인 운율을

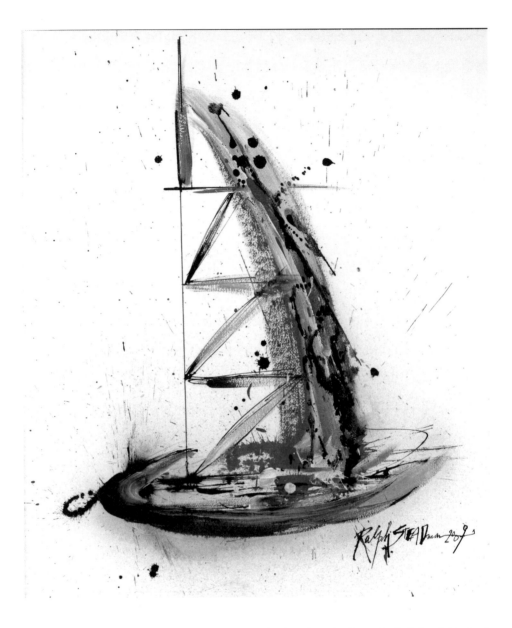

교묘하게 지키며 반역자의 반감을 표출해 이 페스티벌에 나름 내 역할을 하게 될 것
이다.

나는 식당에 홀로 앉아 《걸프 뉴스》를 읽고 있었다. 발루치스탄Baluchistan에서
온 비자Bijjar가 빵과 렌즈콩 수프에 넣을 크루통을 가져다주었다. 세계 어느 곳에서

든 볼 수 있는 바게트를 오목한 모양으로 썰고, 플라스틱 곽에 담긴 버터는 은박지 덮개로 밀봉되어 있었다. 신문은 작은 마을에서 벌어지는 실없는 이야기로 가득했고, 가끔 이스라엘의 국수주의를 다룬 연합 뉴스가 띄엄띄엄 보였을 뿐이다.《브라이튼 이브닝 아거스Brighton Evening Argus》(브라이튼과 호브 지역을 아우르는 지역 신문-옮긴이)에 아랍을 지지하는 기사가 실린 느낌이었다. 나는 비자에게 전통 빵을 주문했다. 검은색 곰보가 박힌 납작한 빵을 쌓아두고 있자니, 세시저 스타일의 전투 식량을 확보했다는 느낌이 들었다. 세시저는 라시드 원주민과 엠프티 쿼터를 횡단하며 밀가루 부대만 가져가 잉걸불 밑의 모래 속에 구워 먹었다. 월프에 따르면 부풀리지 않은 빵은 "굽는 시간에 따라 딱딱해지거나 질척거렸고 맛은 늘 모래먼지를 씹는 것 같았다."

당신도 호텔 방에서 죽을 테고, 나도 호텔 방에서 죽을 것이다. 이처럼 우리 모두 호텔 방에서 죽음을 맞을 테고, 개구리 인형처럼 생긴 CNN의 래리 킹과 최악의 무자크를 연주하는 천사들과 함께 죽음의 순간을 맞이하며 우리가 무엇인가에 적응했다는 것은 늘 덧없는 경험에 불과했다는 사실을 깨닫게 되리라. 나는 아라비아 바닷물을 탈염한 수돗물로 샤워를 마치고 에어컨을 끈 다음 몽롱한 기분으로 현지인의 삶을 그려보았다. 내시와 첩들을 거느리고, 부동산업자가 이슬람 궁전의 오피스를 나에게 강매하는 꿈의 왕조를 그리는 중 새벽이 꾸물꾸물 밀려왔다. 나는 창문으로 다가가 알 서퍼Al Sufouh의 교외 주거지역을 쳐다보았다. 지평선 위의 햇빛이 버즈 알 아랍을 금빛으로 물들이고 있었는데, 누구나 보는 즉시 미너렛으로 착각하고 여기가 인간 척도로 설계한 유명 도시로 생각했을 것이다.

호텔에서 나와 모래와 골재를 저벅거리며 밟고 걸어가며 뒤로 돌아보니, 셰이크 재이드 대학Sheik Zayeed University 빌딩에 드리운 빛 한 줄기가 그림자를 만들고, 으스스한 느낌의 사막이 수직으로 솟아 있었다. 마스크로 얼굴을 꽁꽁 가리고 소형 채굴기 위에서 작업하는 스파르타 노예 옆을 지나쳤다. 이때까지만 해도 도통 이 생소한 도시를 지나 저 멀리 사막으로 들어갈 용기가 나지 않았다. 내 손에는 지난밤에 먹다 남은 납작한 빵 몇 조각, 바나나, 물 2리터밖에 없었지만 목적지는 22마일이나 떨어져 있었다. 시곗바늘은 오전 8시를 가리키고 있었고 해가 지는 시간은 저녁 6시였다. 순간 갈지 말지 망설였지만, 일단 걷기 시작하니 주변 환경이 나를 앞으로 떠미는 것 같았다. D611의 갓길과 고가도로로 이어지는 6차선 고속도로 말고는 남쪽으로 난 길이 없었다. 이 모든 갓길과 도로의 무게가 내 연약한 몸뚱이를 짓누르는 것 같았다.

진입로 입구를 잽싸게 가로지를 때 에스컬레이드 무리가 천둥같이 내 앞을 지나쳤다. 곧이어 지나친 고통의 정원에는 화단 속에서 쪄 죽기 직전인 페튜니아들이 무수히 보였다. 내 뒤로 아스라이 사라져가는 에미리트 힐스Emirates Hills의 성벽은 상상 이상으로 거대했다. 철, 유리, 알루미늄, 콘크리트로 구성된 7마일 길이의 육괴는 74퍼센트(오피스), 70퍼센트(레지던셜), 100퍼센트(리테일)의 임대율을 자랑한다. 애널리스트들의 분석에 따르면 '이보다 공실률이 훨씬 높은 지역Pockets도 있다.' 풋, 포켓이라!(포켓은 호주머니라는 뜻 말고 부지, 지역의 의미를 지님-옮긴이) 텅 빈 느낌이 뒷목에 난 머리에 스치는 것 같았다. 원래 계획은 오피스 연면적을 7,000만 제곱피트 늘리고, 레지던셜을 19만 호 증설하고, 상업 시설 연면적을 3,000만 제곱피트 가까이 늘리는 것이었다. 하지만 지금은…… 전반적으로 계획이 50퍼센트가량 축소되었다. 버블을 반으로 자를 수도 없고, 구부러지지 않는 외피를 말끔히 벗겨낼 수도 없는 일인데도 아주 말끔하게 반으로 축소하는 믿을 수 없는 현실이 가능했다. 당신도 할 수 있다! 예리한 칼을 이용해 각막을 벗겨낸다 하더라도 눈이 멀지는 않을 것이다. 비눗방울 같은 작은 부유물과 유리처럼 맑은 수정체가 한 번 출렁이는 것 말고는 아무 일도 없을 테니.

설령 고故 베나지어 뷰토Benazir Bhutto 일가가 사는 출입 금지 구역에 나를 받아줬다 할지라도, 에미리트 힐스Emirate Hills로 하여금 내 체중을 감당케 하는 영광을 허락하지 않았을 것이다. 늘 그렇듯이, 바가지를 씌운 자들과 바가지를 쓴 자들은 단지 경비요원과 철조망에 의해 떨어져 있을 뿐이었다. 두바이 펄Dubai Pearl이 실제로 있다 할지라도 가보고 싶지 않았을 것이다. 이곳의 분위기는 다른 두바이 개발지와 마찬가지로 개발업자들의 웹 사이트가 제공한 가상 여행에 의지하기 때문이다.

"사람들의 마음속에 설계된 펄로 들어오세요!"

정말로 외계의 세상을 구현하고 있을까. 아니면 두음이 뒤바뀐 잘못된 문장인 걸까. "100퍼센트 보행자들을 위한, 완벽히 기온이 통제되는 '걸을 수 있는' 도시랍니다"라고 광고하는 중이다. 내게 호소하는 것은 따옴표로 강조한 '걸을 수 있는'이라는 단어와 '1만 4,500대를 수용하는 주차 구역'이다. 내 말을 믿어도 좋다. 펄에서는 유령이 된 기분을 느낄 것이다. 이동하기 위해 쇼핑몰과 주차장 사이를 걸어야 하고, 작은 점 하나로 변해 주변을 보는 시야가 요동치게 되므로 이 같은 발라드식 이너 스페이스 같은 공간을 실제로 걸어보려면 마우스를 움직이는 편이 낫다.

대부분이 지금 계획대로 건축되지 않을 것이고, 이미 지은 구조물 중 상당수도 내용연수가 단지 60년밖에 되지 않는다. 셰이크 모뿐 아니라 그의 축성을 받은 개발업자들이 품은 비전에는 후세를 위한 열망을 전혀 찾아볼 수 없었다. 비유컨대 그들은 '주판을 튕기기 위해 건물을 올렸다.' 후딱 짓고, 재빨리 팔아, 한몫 챙기는 것이 그들의 목표였다. 내 심장에서 열의가 솟구치는 순간, 세시저가 60년 전에 말했던 내용이 떠올랐다.

"베두인들은 돌 세 개로 벽난로를 만들어 솥을 올려놓으면 더 이상 바랄 것이 없었다. 그들은 사막에 설치한 검정 텐트에서 살았다. 마을에 사는 사람들의 방에도 가구가 아예 없었다. 이들은 환경 개선에 아무런 관심이 없는 것 같았다."

나는 이처럼 파멸을 기다리고 있는 시설들이 서둘러 먹어치우고 이내 굶는 베두인들의 성향을 거대한 규모로 영속화시킨 것이 아닌지 궁금했다. 이러한 버블은 한 번 더 팽창할지도 모른다. 물론 다시 한 번 팽창할 때도 지금처럼 팽팽할 수 있을지는 잘 모르겠다. 하지만 죽기 전까지 가짜 온대 지방에 공급되던 연료는 바닥이 날 테고, 분수 또한 가늘어지다 못해 바닥을 드러낼 테고, 에어컨 또한 소음 속에 멈출 테고, 마천루와 가짜 팔라디안 빌라들은 해체 수순을 밟을 테고, 이들을 받치던 인공 부지는 무너질 테고, 가짜 풀, 가짜 산호초, 가짜 개울은 모래에 질식해 사라질 것이고, 두바이 시티의 급경사면은 엠프티 쿼터 속으로 함몰할 것이다. 2000년대에는 세계 유일의 7성 호텔을 자랑했으나 2060년대에는 세계에서 가장 쓸모없는 최대의 폐허로 세계 8대 불가사의에 이름을 올릴 것이다.

내가 D611을 따라 걸을 수밖에 없었던 이유는 이러한 포스트모더니스트들의 파괴현장을 하루에 보고 싶어서였다. 대류하는 뜨거운 공기가 아지랑이를 만들며 '더 그린스', '더 레인스', '더 스프링스'를 가리키는 도로 표지판을 비웃고 있었다. 절반 정도 올라간 타워 블록과 기초 공사를 위해 파놓은 구덩이가 철근 덤불과 얽혀 파괴의 느낌을 선사했다. 나는 걸음을 멈추고 네팔 출신 토목기사 다르마Dharma와 대화를 나눴다.

"현장에 있는 근로자 절반이 할 일이 없어졌어요."

다시 50퍼센트의 수치가 등장하는 순간이다. 이 모든 시설이 정말 완공될 것이라 생각하는지 궁금했다. 그는 아무런 망설임 없이 대답했다.

"그럼요. 보시다시피 이미 계획이 끝났잖아요."

하지만 생명을 유지시켜주는 오일이 고갈되어 아랍에미리트가 쇠락할 것 같다는 내 전망을 그에게 짐 지우는 순간 그는 횡설수설하며 같은 말을 반복했다.

"음…… 대체 기술을 발명하고 있잖아요. 태양광발전, 풍력발전…… 하지만 제시간 안에 가능할지는 나도 몰라요……."

우리 주위로 파키스탄, 발루치, 수단인들이 케피예로 얼굴을 가리고 장나무와 클램프를 푼 다음 트럭 위로 기둥을 실었다. 그들은 콘크리트를 해머로 깨뜨려 산산조각 냈고, 조각을 주워 모아 트럭에 실었다. 고속도로에 진입한 트럭 수송대가 타맥을 뒤로하고 예벨 알리 항을 향했다.

다르마는 D611과 E44 알 카일 로드의 교차로에 있었다. 물론 사람이 건널 수 있는 횡단로는 없었지만 나는 목숨을 걸고 4차로를 건넌 다음, 중앙분리대의 콘크

DUBAI IN THE SKY ... Ralph STEADman 2009

리트 가드레일 뒤에서 숨을 돌리고 다시 4차로를 정신없이 뛰어 건넜다. 내 앞으로 펼쳐진 도로는 2008년에 출판된 내 지도에서 완공된 것으로 나와 있었다. 하지만 이 도로는 더 이상 산등성이로 파고 들어가는 공사차량을 위한 도로가 아니었다. 나는 대지의 여신이 움직이고 들썩이는 것을 느꼈다. 사춘기 소년 같은 인간의 손길을 꾸중하며 예민한 지형학의 우월성을 선포하는 형국이었다. 몇 마일을 더 가야 했다. 구조물이 미치광이처럼 외따로 서 있고, 팔라디안 스타일의 아파트가 줄지어 있는데다 마지막 동은 혐오감이 이는 레몬색으로 칠해져 있었다. 이윽고 스포츠 시티 레이버 캠프의 뻔뻔한 사인이 나를 우측으로 인도했다. 나는 걸음을 세기 시작했다. 둘, 넷, 여섯…… 열…… 결국 몇백까지 세고 만다. 한낮의 땡볕을 피하려 덤프트럭의 짙은 그림자 속에 무거운 물통을 쥐고 웅크린 지친 남자 곁을 지나쳤다. 공사 현장의 가건물이 보였다. 볼트로 고정된 에어컨의 크기는 가건물과 거의 맞먹고, 이동식 화장실로부터 불어오는 고약한 광풍에 근무 당번표가 펄럭였다.

오르막길을 걷다가 자갈밭 옆에 서서 쓰레기가 널린 하수구가 아가리를 열고 있는 광경을 내려다보았다. 나침반을 꺼낸 다음 내 뒤에 있는 크레인의 베어링을 집어 앞으로 굴리니 1킬로미터 남짓 굴러가 관목으로 덮인 모래밭에서 멈췄다. 저 멀리 머리를 깎고 있는 남자가 보였다. 자른 머리카락 뭉텅이가 어깨에 떨어져 있었고, 조금 떨어진 곳에는 케이블이 감긴 거대한 릴이 버려져 있었다. 나는 가방을 집어 들고 물 한 모금을 들이켠 다음, 담배 하나를 낙타입술 같은 두꺼운 입술 사이에 끼워 넣고, 텅 빈 사막을 향해 출발했다…….

사막은 결코 텅 비지 않았다. 남쪽을 향한 여정이 코스를 벗어나는 것은 곤란했으나, 방향을 잃은 개발업자들에게 그러한 제약은 존재하지 않았다. 이들은 불도저로 길을 만들고, 흙더미를 쌓아놓고, 세 가닥으로 꼰 와이어로 6피트 높이의 펜스를 세우고, 황무지에 쓰레기를 거리낌 없이 방치했다. 부드러운 지형을 가로질러 똑바른 코스를 계획하는 것은 쉽지 않았다. 모래언덕의 경사면과 골, 휘갈긴 듯한 관목 덤불 등 사막에서 목격할 수 있는 깨끗한 선들이 모두 흐릿해졌다. 나는 흰색 모래먼지를 헤치고 펜스 밑을 두더지처럼 파고 들어가야 했다. 세시저는 사막의 평화와 고립된 식물과 바위를 두고 명상하며 떠오른 생각을 기술했다. 얼마나 느릿느릿 걸었으면 낙타 등에서 몇 시간 동안 명상을 하면서 이러한 생각을 떠올린 것일까. 나 또한 무엇인가에 집착했다. 처음에는 사막에 흩뿌린 도널드 주드Donald Judd의 스틸 박스에, 다음에는 모래에 절반이 지워진 트윅스 포장지에, 마지막으로는 베어링에 영감이 꽂혔다. 하지만 내 베어링을 찾으려면 저 멀리 철제 팔을 벌려 2만 볼트짜리 포옹을 준비하는 철탑까지 가야 한다.

한 시간이 지나 철탑에 다다르자 이미 고속도로가 되었어야 할 도로가 나타났다. 하지만 도로는 아직 공사 중이었고 덤프트럭으로 꽉 차 있었다. 나무 밑에서 걸음을 멈췄다. 처음 만난 그늘이다. 즉흥적으로 티셔츠를 꼬아 케피예를 만들고 긴 소매 셔츠를 입은 다음, 헤드드레스 위로 납작한 모자를 푹 눌러 썼다. 머리에서 발끝까지 꽁꽁 싸맸지만 햇빛이 끊임없이 퍼부었고, 내 손을 보니 가재의 발톱이 떠올랐다. 한 남자가 한가로이 나무 밑으로 다가와 우두어로 몇 마디를 건넨다. 그가 맡아놓은 자리가 분명했다. 떠나려는 마당에 그가 남아도 좋다는 제스처를 건네며 나뭇가지에 매달린 플라스틱 가방을 들고 다른 나무 밑으로 옮겨갔다.

오후 1시였다. 지도가 갓 구색을 갖추기 시작한 지역을 정확히 반영하지 못하더라도, 이미 뒤처진 지 오래라는 사실을 깨닫기에는 부족함이 없었다. 나무 밑 그늘에 죽치고 앉은 나와 옆 그늘에 안착한 친구 사이에는 베켓(『고도를 기다리며』의 저자-옮긴이)식의 단절된 의사소통만이 자리 잡고 있었다. 나는 다시 한 번 그만둘까 고심했다. 대체 이 여정의 의미는 무엇일까. 하지만 여기에서 그만두고 돌아갈 길을 찾으려니 더욱 암담한 기분이 몰려와 그냥 계속 걸었다. 돌아갈 방법이 뭐가 있겠는가. 콜택시라도 불러볼까. 계속 걸어 오후 중반이 되기 전에 크레인과 콘크리트 타설기가 모인 마지막 기지에 다다랐다. 여기가 어딜까. 두바이 시티의 시작점이자, 신공항 주변의 개발지 같다. 또다시 펜스 밑으로 기어 들어가 새로 만든 깨끗한 고속도로 앞에 서니 건너편에서 거니는 야생 낙타 한 무리가 눈에 들어왔다. 저 멀리 아라비아 해협이 시작되고 있었고, 그 앞으로는 내 신발 속을 채운 흰색 모래먼지가 여러 개의 둔덕을 이뤘다. 압둘라(탱커 옆에 그가 새긴 것을 보고 짐작한 이름이다)가 20피트 깊이의 여물통에 박힌 파이프라인에 뭔가를 주입하고 있었다. 헤드드레스와 워리 비즈로 미루어 짐작컨대 에미리트 사람이 틀림없었다.

나는 탱커로 다가갔다. 손을 가슴에 대고 "살람 알 알라이쿰Salaam Al-Alaikum"(아랍어로 '평화가 당신과 함께하기를'이라는 뜻으로 '안녕', '좋은 날'과 같은 인사의 의미를 지님 – 옮긴이)이라고 인사를 건넸다. 내가 할 수 있는 유일한 아랍어임을 감안하면 이어지는 대화는 결코 만족스럽지 못할 것이 분명했다. 하지만 압둘라는 링구아 프랑카로 방향을 완벽하게 설명했다. 밥 알 샴Bab Al Shams으로 간다고? 아주 쉽지. 왔던 길을 다시 돌아가 새로 만든 고속도로를 타고 D57에서 동쪽으로 방향을 틀면 바로 나온다. 얼마나 멀지? 별로 멀지는 않은데, 차로 30분 정도……. 나는 내가 걸어간다는 의사를 손가락으로 표시했다. 그럼 여기가 맞는 방향이네요? 그럼요! 압둘라는 철석같이 장담했다. 게다가 내가 걸어간다는 사실에 전혀 놀라운 기색을 보이지 않았다. 나는 곧이어 건축 중인 아라비아 해협을 건너 또 다른 인공 모래언덕을 올라가 마침내 진짜 사막 한복판에 서게 되었다.

모래가 집어삼키기 직전에 마지막으로 목격한 인간의 잔재는 새빨간 너깃이 담긴 누더기 가방이었다. 이를 보자마자 야생 낙타가 떠올랐다. 이것은 독이다. 독이 낙타를 중독시켜 건설 현장을 망치지 못하도록 만든다. 낙타 똥이 빨간색으로 변한 이유가 있다……. 또한 저기 널브러진 낙타 시체를 보니 갈비뼈가 넝마 같은 붉은색 가죽을 뚫고 나와 있다……. 모래가 불그스름한 이유도 여기에 있다. 너깃이 모래까지 오염시킨 것이다! 한두 주가 지나 사막을 찍은 사진을 보고 내 눈이 불그스름하게 충혈된 것을 깨달았다. 경미한 열사병이 시작되어 눈이 펑펑 돌고 구역질이 며칠 간 계속되었다.

하지만 붉은색 사막을 성큼성큼 걸어가며 내 미션이 성공했다는 증거를 눈으로 보고 피부로 느낄 수 있었다. 내 뒤로는 두바이 시티가 붉은 모래먼지 속에서 나뒹굴고 있었다. 태양이 지평선 너머로 저무는 찰나에, 나는 남쪽으로 계속 걸어가 태곳적 세상으로 진입할 수도 있었다. 저편에서 사막여우가 와디를 향해 잽싸게 달려가고 있었고, 경사면 꼭대기에 올라가자 아이벡스 여섯 마리가 다른 둔덕의 경사면을 쏜살같이 달려가는 모습이 보였다. 정말 빨랐다! 앞다리를 번쩍 들고 질주하는 아이벡스의 속도는 차에 뒤지지 않았다. 마침내 나는 세시저의 사색의 공간으로 접어들었다. 죽은 삼색메꽃의 휘갈긴 흔적이 내 마음을 빼앗아 나를 이곳으로 인도했다. 나는 모래언덕의 경사면에 부는 모래바람의 유연한 움직임을 관찰하기 위해 허리를 굽혔다. 바람을 맞는 쪽은 단단하게 뭉쳐 있었고, 맞지 않는 쪽은 부드러웠다. 두 면의 대비되는 색상을 음미하며, 흥겹게 뛰놀다 단순한 리듬으로 탈바꿈하는 마루와 골의 향연을 헤치고 나아갔다.

자꾸 시야에서 사라지는 탓에, 골에 오를 때마다 방위 컴퍼스로 저 먼 봉분을 가늠해보고, 연달아 나타나는 관목에 정신을 집중했다.

나는 이 봉분을 두고 어머니가 '심오한 셈족의 통찰'이라 말할 법한 생각을 품었다. 황갈색 광야에서 유일하게 발견되는 어두운 면모랄까. 남쪽을 향한 방위 컴퍼스 선상에서 6~7마일 떨어져 있는 것처럼 보였다. 나는 심지어 꼭대기에 대추야자나무가 있다는 상상을 해보았다. 분명 나에게는 여기야말로 하룻밤에 2,300디람짜리 오아시스였다. 밥 알 샴 호텔일까. 하지만 아니라도 상관없었다. 사실 호텔을 예약했다면 비겁한 결정이었을 것이라 결론지었다. 사막에서의 노숙은 나에게 충분히 이로울 것이다. 실제로 그랬다. 마지막으로 사막에서 노숙한 것은 호주 북부에 있는 타나미 사막에서였다. 나는 밤새 야영장을 공격하는 큰 도마뱀에 시달렸으나 그때는 지금으로부터 무려 25년 전이었다. 지금은 그때보다 훨씬 겁이 없어졌다.

한편, 나는 열 시간 가까이 걷고 있었다. 발가락은 짓무르고, 몰골은 꾀죄죄하고, 목은 타버릴 것 같았다. 병에는 물이 몇 모금밖에 남지 않았다. 담배를 피우려 고사한 나무 밑에 앉았다. 셰이크 모의 시야에 굴복한 나는 휴대전화 신호가 들어오는 지 확인하러 스위치를 켰다. 휴대전화는 요새 속에서 정신없이 삑삑거렸다. 나는 국제 전화가 아닌 현지 전화를 원했고, 누구든 받는 사람을 붙잡고 싶었다. 공기 속에서 실체를 드러낸 크리스탈은 밥 알 샴 호텔의 당직 관리인이었고 랭커셔 톤으로 또박또박 대답했다. 그녀는 그날이 마호메트의 탄생 기념일이므로 호텔에 있는 세 레스토랑 전부 주류를 취급하지 않고, 전통 아랍식 공연도 없다는 말을 해줘야 한다고 생각하는 것 같았다. 하지만 내가 필요한 것은 이 질문에 대한 답뿐이었다.

"밥 알 샴 호텔이 나무에 둘러싸여 있나요?"

"네, 네. 맞아요. 하지만 왜 그걸 알고 싶으시죠?"

나는 내 여정을 설명했고 오랜 기간 익숙하게 접해온 미심쩍은 침묵과 맞닥뜨렸다. 이제 더 이상 흥미진진하지도 않고, 특별한 존재가 된 느낌이라던가 반항아가 된 느낌도 솟아오르지 않았다. 자신들이 서 있는 곳이 어디인지 모르는 사람들과 대화한다는 것은 짜증나는 일에 불과했다. 크리스탈의 친절한 태도에는 프로의 느낌이 묻어났다. 또한 두바이 시티에서부터 계속 걸어와 사막 한가운데서 밤을 맞고 있다는 말에 깊은 인상을 받은 듯했다.

"다시 전화 드릴지도 몰라요. 내가 방향을 잡고 있는 나무가 틀리다면요."

물론 휴대전화가 모든 것을 망쳐놓았다. 아이벡스, 모래언덕, 사막 모두를. 나는 자줏빛 모래로부터 빠져나와 심술궂은 세상으로 진입했다. 수요와 공급, 계급과 복종의 경제적 명제가 지배하는 곳으로. 내 앞에 펼쳐진 몇 마일 거리를 만끽해보려 했으나, 더 이상 혼자가 아니었다. 과거에 모래밖에 없었던 곳에 4륜구동 차량용 도로가 생겨 있었다. 한 시간 남짓 걸으니 100피트 높이의 봉분이 나타났다. 호텔이 아니라 대추야자나무에 둘러싸인 전망대였고, 주변이 지저분한 길로 휘감겨 있었다. 이 구조물은 두말할 필요 없이 여행객을 위한 기반 시설이었고, 이 구조물이 제공하는 사막의 경험은 틀에 박힌 것에 지나지 않는다. 저 멀리 넓고 얕은 계곡 밑으로 빌딩이 몇 마일에 걸쳐 퍼져 있었고, 투광조명등이 레이스트랙처럼 보이는 도로를 비추었다.

　나는 이 개발부지 가운데 어느 곳이라도 목적지로 삼을 수 있었고 언젠가는 호텔을 발견했을 것이다. 하지만 노키아 휴대전화가 내 용기를 앗아갔고 짙은 어둠이 곧 깔릴 것 같았다. 나는 크리스탈에게 다시 전화를 걸어 언덕에서 뭐가 보이는지 설명했다.

　"저도 헷갈리네요." 그녀는 이렇게 대답했다. "호텔 주변은 대체로 평지거든요."

　"차 속에 있으면 당연히 평지로 보이겠죠."

　나는 그녀를 훈계하려 들었지만 이내 그만두었다. 그럴 이유가 없지 않은가. 게다가 사막의 리조트가 분명한 야자나무 더미 속에 아라비아 스타일을 흉내 낸 타워가 우뚝 서 있었다. 그래서 나는 크리스탈과 전화를 끊고 꽤 흡족한 마음으로 아침 11시에 처음 방향을 잡았던 남쪽으로 발걸음을 재촉했다. 보름달이 메카 쪽 방향에

LOCAL CAMEL

Ralph STEADman 2009

떠 있었다. 나는 펜스 밑으로 기어 들어가 모조 카라반세라이에 도착했다. 내 생각에 호텔에서 베두인족의 말 타기 쇼를 공연하는 광장 같았다. 곧이어 야한 핑크색으로 덮인 길에 대추야자나무가 줄지어 있었고 철제 외양간에 달린 불 켜진 전자 간판에는 "검역소 3, 호주, 뉴질랜드QUARANTINE STABLES 3, AUSTRALIA, NEW ZEALAND" 라고 쓰여 있었다. 곧 나는 평범하기 그지없는 주차장에 발을 디뎠다.

사치를 두 단어로 표현하면 '엿 같네'가 되리라. 아무리 사치를 부려도 어머니의 자궁만큼 따뜻한 안식을 느끼지는 못하고, 어떤 매트리스도 양수만큼 푹신한 휴식을 안겨주지는 못하고, 어떤 산해진미도 탯줄을 통해 주입되는 혈액만큼 달콤한 맛을 신속히 제공해주지 못할 것이다. 모든 호사는 자궁 속 시절을 열망한다. 바스락거리는 소리, 부드러운 표면, 즉각적이고, 개인화되고, 철저히 정체를 감춘 서비스가 제공되는 곳. 모든 것을 떠나서, 응애응애 우는 것이 전부인 대가를 지급하고 유아가 되고 싶은 이유는 무엇일까. 가난 또한 똑같이 박탈의 경험을 선사할 수 있는데도 스스로 아무것도 할 수 없는 것에 대가를 지급하는 것일까. 한 남자가 버즈 두바이가 만든 그늘에서 누런 이빨을 내보이며 애처롭게 손을 뻗어 동전 몇 개를 구걸하고 있다. 그는 밥 알 샴에서 투숙하는 부유한 투숙객들처럼 사치를 누릴 혜택을 받지 못한 걸까. 다음 끼니가 언제 나오는지가 최대의 관심사인 것은 극빈층이나 부유층이나 마찬가지인데.

목재로 구성한 밥 알 샴 호텔의 따뜻한 로비에서, 유화로 그린 셰이크 모의 예지력 넘치는 눈빛이 우리를 내려다보는 가운데 수납 담당자가 내 신용카드를 긁었다. 나는 크리스탈과 잡담을 나눴고 종업원이 따뜻한 물수건과 시원한 코카콜라를 처음으로 가져다주었다. 플라스틱 물병은 이미 바닥이 난 지 오래였다. 크리스탈의 말에 따르면 셰이크 모는 아랍에미리트의 모든 신규 개발 사업을 2015년까지 마무리하기로 정해놓았다고 한다. 나는 그때까지만 해도 모래언덕 위로 우뚝 솟은 크레인이 호텔 쪽으로 몰려 있는 것을 보고 '사막의 리조트'라는 명칭이 밥 알 샴 호텔에 어울리지 않는다고 생각했다. 크리스탈 또한 우리가 앉아 있는 곳에서 알 막툼 국제공항의 주변 개발지가 훤히 보인다고 인정했다. 그렇다면 셰이크 모의 비전은 어떨까. 어찌 되었건, 국경이 남쪽 몇 마일 외곽에 드리운 보잘것없는 에미리트의 품을 벗어나지 않으면서도, 사막이 하나도 남지 않은 상황을 견디며 사막 자체로부터 위대한 인내심을 배운 사람이 바로 그였다. 아니, 우리에게 그렇게 주입했는지도 모른다.

랭커셔Lancashire의 프레스톤Preston에서 두바이로 온 크리스탈은 이 모든 상황에 나름의 철학을 갖고 있었다. 그녀의 친구들도 지난 3개월간 열두 명이나 두바이를 떠났다. 하지만 그녀는 도시에서 호텔까지 40분 걸리는 통근을 마다하지 않고 있었다. 영업 상황은…… 그럭저럭 버티는 정도였다. 일요일 밤이었고, 마호메트의 생일이 코앞으로 다가왔다. 하지만 크리스탈이 나를 미로 같은 복도로 인도해 방까지 데려다주는 동안 바위가 노출된 무덤처럼 음침한 분위기를 느낄 수 있었다. 호텔의 전반적인 색상 또한 마찬가지였다. 밥 알 샴 호텔은 황갈색, 테라코타 엄버, 그을린 시에나토, 흙빛 톤이 어우러져 침묵의 교향곡을 만들었다. 텅 빈 무덤 같은 방에는 놋쇠로 만든 물체가 틈새에서 빛나고 있었고 침대 곁의 램프에는 놋쇠와 유리로 된 랜턴이 대롱대롱 매달려 텔레비전 화면의 숫자와 주식 시장 현황을 알아볼 수 있을 정도의 빛을 가까스로 뿜어냈다.

테라스에 서서 담배를 피는 에미리트 사람 몇 명이 보였다. 어둠 속에서 흰색 로브와 헤드드레스를 입고 있으니 토브 잰슨Tove Jansson의 '무민트롤Moomintroll' 동화에 나오는 하티패트너(기다란 양말처럼 생긴 마르고 키가 큰 유령 같은 생물-옮긴이)처럼 보였다. 나는 큐브릭의 〈2001〉에 나오는 데이브가 된 느낌에 휩싸여 텅 빈 알 포산Al Forsan('마부') 레스토랑에서 저녁을 먹었다. 데이브는 이 영화에서 가니메데에 착륙해 사치스런 호텔 스위트룸 구석에 서서 나이 든 그의 분신이 드레싱 가운을 입고 저녁을 먹는 광경을 지켜본다. 무미건조한 오벨리스크가 이를 감시하고 있다. 사실 알 포산에서도 나는 데이브와 같은 기분을 느꼈다. 땅 위에서 스쿠버 다이빙을 하는 것처럼 내 숨소리가 귓가를 스쳤고, 두 눈이 확보하는 시야는 유리처럼 맑았고, 쇠붙이는 큰 소리로 딸랑거렸고, 탈자아와 정신병 사이를 오가며 존재 자체가 명멸하는 느낌에 휩싸였다. 무미건조한 오벨리스크가 조용히 다가온다.

"문제없으신가요, 선생님?"

오벨리스크는 내 확인과 함께 물러난다.

접대를 하는 사람과 접대를 받는 사람이 서로 확인을 거쳐야 하는 절박한 필요, 이것 역시 또 다른 사치다. 알 포산의 웨이터가 무미건조한 오벨리스크도 아니요, 이것이 모범답안으로 예시된 대화인 것도 아닌데.

"문제없으신가요, 선생님? 미니 프리미어 크루 버벌 버터가 입에 맞으세요?"

"그럼요! 아주 좋아요."

"더 주문하고 싶으신 것 없으세요?"

"믹스드 케밥 추가로 주문할게요. 채소를 곁들일 수 있나요?"

"이미 밥을 주문하셨는데요. 그걸로 부족하신가요, 대식가 선생님? 손님이 드신 고기는 제가 아내와 아이들과 함께 먹은 양보다 더 많아요. 지난 6년간 손님 같은 분 딱 세 번 봤어요. 이번 달 들어서는 처음이고요."

그렇지만 나 같은 사람도 있었던 것은 사실이지 않은가. 반딧불이 내 얼굴 가리개 속에 모여들었고 고깃덩이는 내 식도를 통해 떨어져 뱃속의 엠프티 쿼터에서 썩어 들어갔다. 무자크로 틀어놓은 아라비아 스타일의 일렉트로 음악은 누군가가 소몰이용 막대를 갖고 뭔가 말 못할 일을 하고 있는 사람의 소리처럼 들렸다. 나는 내 옆에 걸린 용약하는 수말 유화를 조심스럽게 바라보았다.

"문제없으신가요, 선생님?"

내 테이블 옆에 웅크리고 있는 나무 낙타의 혹을 쓰다듬었다.

"문제없으신가요, 선생님?" 계산서를 요청했다. "문제없으셨어요, 선생님?"

방으로 돌아가기 위해 세 번의 시도를 거쳐야 했다. 크리스탈은 호텔의 레이아

웃이 '헷갈릴 수 있다'고 알려주었으나, 이를 넘어 완전히 '혼란스러웠다.' 관목으로 뒤덮인 뒷마당, 꽃으로 둘러싸인 나무 그늘, 인공 연못의 미로가 도자기로 만든 터널과 이어져 있었다. 나는 로비로 다시 돌아와 마침내 침대로 돌아갔다. 이것이 내게 주어진 유일한 '사치'였으리라.

깊은 밤, 디옹 A. 리베라가 대형 요트를 타고 방으로 들어와 내 범선 옆에 머물렀다. 《걸프 뉴스》에 따르면 디옹과 그의 알리샤Alysia 호는 다가오는 아부다비 요트 쇼의 가장 큰 관심거리 중 하나였다.

"데크 다섯 개가 손님용 엘리베이터에 연결되어 있습니다."

부편집장 사미르 살라마가 숨을 헐떡이며 주문을 외웠다.

"따로 떨어진 엘리베이터가 직원을 한 층에서 다른 층으로 보이지 않게 번개같이 실어 나르고 있습니다. 요트에는 자쿠지 네 개가 있습니다. 하나는 갑판에 있고 하나는 스파에 있는데, 이 스파는 천정에 광섬유로 만든 별이 반짝이고, 색이 미묘하게 변하는 유리창이 달려 있습니다. 이른 아침에는 새소리를 틀어줍니다."

그래, 살라마는 영국인과 키프로스인의 피가 섞인 사업가에 대한 칭찬만 늘어놓았다. 아니, 그보다는 '제과점 주인으로 전업한 럭셔리 요트 용선 사업주'라는 우아한 표현이 어울릴지도 모른다. 살라마가 이렇게 묘사한 리베라스는 아버지가 뭄바이 테러리스트의 공격을 받고 사망한 이후 사업을 물려받았다. 이때 경험한 공포가 리베라스에게 최소한 인생의 가치관 한두 가지를 되돌아보는 계기가 되었을 수도 있다. 하지만 알리샤 호에는 그러한 양심을 용납할 공간이 허락되지 않았다.

"그의 가족 사업은 세계적인 경기 침체에 우아하게 맞섰죠."

살라마는 정식 면허를 갖춘 제과업자의 단호한 각오를 전하며 이렇게 말했다.

"세상에는 큰돈을 기꺼이 쏠 부자들이 넘쳐나거든요."

아침이 밝으니 인공 잔디로 덮인 밥 알 샴 섬이 모습을 드러냈다. 보안 울타리로 둘러싸인 섬에는 노쇠한 사막으로 변할 운명을 기다리는 파도가 끊임없이 몰아쳤다. 알 포산 레스토랑으로 돌아오니 아라비안나이트에서나 볼 법한 아침식사가 나왔다. 마지스 룸은 부드러운 대추, 살구, 멜론으로 가득 찼고 시리얼, 크루아상, 머핀이 숨 막히는 하렘을 형성했다. 리조트가 지구 같은 형상을 띤 터라 치킨 소시지, 쇠고기 베이컨, 낙타 젖이 즐비한 영국식 아침식사에서 돼지고기만 빼면 충분할 것 같았다. 낙타젖만 제외하면 모든 것이 이루 말할 수 없게 사악했다.

"문제없으신가요, 선생님?"

열사병에 허덕이며 앉아 내 자동차 타이어처럼 생긴 쇠고기 베이컨을 가재의 발톱 같은 손으로 썰어냈다. '더 월드'로 다시 걸어가려면 새벽 3시에는 나가야 했다. 다음 일정이 그날 오후 3시로 예정되었기 때문이다. 아침까지 늑장을 피운 다음 콜택시에 의지하는 수밖에 없었다.

# 셰이크 모하메드 빈 라시드 알 막툼이
# 시각적인 테마를 두고 품은 두 가지 환상

## 1. '더 월드'

계속 항진할 만한 충분한 이유가 있었다. '더 월드'까지 걸어간 나로서는 기묘한 300개의 인공섬 가운데 하나인 브리튼 섬을 두 발로 종단하고 싶은 야망을 채울 수도 있었다. 우선 나는 셰퍼튼에 있는 짐 발라드의 집에서 여기까지 쉬지 않고 걸어온 것은 아니었기 때문이다(나는 히드로 공항에서 두바이 인터내셔널 공항까지 비행기를 타고 왔다). 하지만 타이거 우즈 골프장에 널린 잡동사니*가 내 열정을 빼앗았고 예측하기 힘들었던 마호메트의 기념일이 내 타이밍을 빼앗았다. 나는 나처럼 유대인과 미국인의 피가 섞인 사람들이 무슬림 페스티벌로 인해 내 고향의 복제품에 접근하지 못하는 아이러니를 즐겼다. 제대로 보자면 이러한 아이러니는 '더 월드'만이 아닌 전 세계에 자리 잡고 있었다. 하지만 이는 부잔교가 없다는 정도로 취급 가능한 마지막 장애물이 아니었다.

셰이크 모의 부동산 개발회사인 나킬 사 홍보관은 나 하나만 신경 쓰기에는 너무 의욕이 넘쳤다. 하지만 우리가 '더 월드'에 도착했을 때 이들이 만든 방파제가 독일까지 뻗쳐 있는 것을 발견할 수 있었다. 2006년, 콘돔-콜라 제국을 만든 리처드 브랜슨은 브리튼 섬에 유니언 잭을 꽂아 버진 에어웨이의 두바이-런던 직항 노선 취항을 '기념했다'. 더 최근에는 병사들이 이라크 포로를 고문하는 합성사진을 구입할 정도로(진품 사진이 사람들 사이에 이미 퍼졌는데도) 멍청했던《데일리 미러》최악의 편집장 피어 모건Piers Morgan도 여행기를 제작하기 위해 브리튼에 발을 들였다.

나 자신이 부잔교를 좌지우지할 영향력을 갖추지 못한 탓인지도 모르나 소동

---

＊완성된 모래 구덩이를 채우려면 1주일에 4억 갤런의 물이 필요하다. 바닷물 1갤런을 탈염해 담수로 전환하는 과정에서 원유 1갤런을 연소할 때와 같은 양의 탄소량이 배출된다. 두바이 주민들이 미국인에 비해 탄소를 두 배나 많이 배출하는 현실에는 그럴 만한 이유가 있다.

A SATIRIST'S GIFT — WHAT??

을 피우고 싶지는 않았다. 솔직히 '더 월 드'에 온 것 자체가 쿠데타라고 생각했기 때문이다. 실제로 홍보관에게 내 신분이나 내가 쓰려는 내용을 속이려 들지 않았다. 따라서 그녀가 방문객을 철저히 조사하지 않았거나 그녀와 상급자가 나를 들어오지 못하게 막느니 들여보내는 게 낫다고 생각했거나 둘 중 하나일 것이다.

개인적으로 내가 그 위치에 있었다면 이처럼 무질서하고 축소된 행사장에 나를 들여보내지 않았을 것이다. 풍자가의 재능을 이 장소에 허락할 이유가 없기 때문이다. 내가 그렸다면 작은 드레드노트를 발진해 물 밖으로 끌어내거나 미니 잠수함을 출동시켜 나를 향해 어뢰를 발사했을 것이다.

영문을 모르는, 솔직히 표현하면 순한 양 같은 홍보관에게 조금 미안한 마음이 들었던 것은 사실이다. 나는 그녀를 나킬 세일즈 오피스(나킬 사의 슬로건은 '우리의 비전은 인류애를 고양합니다'이다)의 로비에서 만났다. 이때 나는 선견지명이 넘치는 지배자의 초상화 밑에서 조금 불편한 자세로 앉아 있었다. 그녀는 나와 인사를 나눈 다음 모형 건축물로 가득 찬 거대한 방으로 나를 인도했다.

"오!" 나는 소리쳤다. "나는 모형이 좋아요. 때로는 실물보다 모형이 더 좋다는 생각이 들어요."

'때로는'이라는 단어가 바로 핵심이다. 실제 가족보다 아내와 아이들의 모형이 더 좋을 리가 없다. 게다가 판테온이나 파르테논의 축적 모형을 갈구하는 것도 아니다. 하지만 나킬이 빚어낸 어리석은 건축물에 관해서라면, 이를 축소해 퍼스펙스에

74

봉인하는 것이 여러모로 보나 최선의 선택이리라.

물론 '더 월드' 또한 모형이다. 이는 모형을 모형으로 만든 모형이 단순한 모형이 제공하는 주제를 얼마나 잘 이해할 수 있는지에 대한 알쏭달쏭한 철학적 의문을 불러일으킨다. 레비스트로스는 미니어처가 미술품의 전형적인 형태라고 생각했다. 미켈란젤로의 시스티나 성당 프레스코 또한 대상물이 창작의 산물이므로 미니어처에 속한다는 말을 덧붙였다. '시체'라는 이름이 더 적합할 테지만, 나킬이 '트릴로지'라고 이름 붙인 팜 개발부지의 직해주의와 회화적 조잡함은 나에게 종교적인 색채로 다가왔다. 아니, 그보다는 애증이 엇갈리는 초조한 이슬람식 반항으로 다가왔는지도 모른다. 이 개발현장은 동시적이면서 대비되는 욕구를 구체화해서 한편으로는 코란식 지침을 쓸 때까지 세상이 형체가 없다는 사실을 증명하고, 다른 한편으로는 조악한 상형문자로 독실한 이슬람교도의 턱수염을 간질인다.

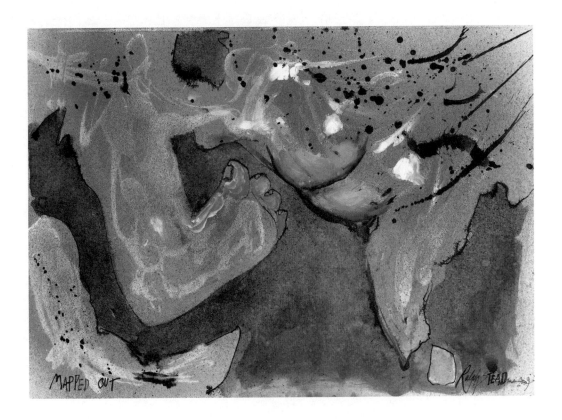

실제로 셰이크 모의 비전이 선호할 만한 위성사진으로 아라비아 반도를 바라보면, 지정학적 구도에 감탄할 수밖에 없다. 아랍에미리트와 오만이 발등과 밑창을 이뤄 발로 이란, 아프가니스탄, 파키스탄의 아랫배를 걷어차는 형국이다. 아니면 돌출된 남근을(남근 같은 마천루에 서양식 패스트푸드의 기름, 알코올, 선크림으로 윤활액을 바른다) 움마 나머지 부분의 갈라진 볼깃살로 밀어넣는 것처럼 보이기도 한다. 이슬람의 영광을 불붙이기 위해 의도적으로 계산한 지정학적 남색 행각이라는 느낌이 든다. 지난 몇 세대를 걸쳐 변하지 않은 이상, 에미리트 사람들 사이에서 게이를 전혀 찾아볼 수 없는 것은 아니다. 세시저는 동성애가 "아랍인들 사이, 특히 도시에서 흔하다"라고 인정하면서도 "베두인족 사이에서는 몹시 드물…… 그들은 염소를 가지고는 농담을 해도 소년을 언급하지는 않는다"라고 했다.

나는 유쾌한 이란인들과 그들의 보트가 떠올랐다. 옆에 있는 염소를 두고 농담을 건네 보았지만, 홍보관과 내가 승선했을 때 웃음거리로 삼을 만한 것은 아무것도 없었다. 배에 같이 탄 드라비다인 두 사람은 내가 지금까지 본 드라비다인 중 가장 말쑥했다. 엔진에 시동이 걸린 보트는 무서운 속도로 가속되어 파고점을 갈랐고, 우리 뒤로는 전통 서예기법으로 쓴 아라비아 하강문자처럼 항적이 호를 그렸다. 우리가 팜의 기다란 몸뚱이로부터 벗어나 로고 아일랜드 옆을 바람처럼 지날 때 날리지 시티의 모형 크라이슬러 빌딩이 몸을 움츠리는 느낌이었다. 로고 아일랜드는 호화로운 개발부지였으나, 내 저렴한 안목에 따르면 시멘트 공장 같다는 느낌이 들었다. 로고 아일랜드! 기억하기 까다로운 이름이다. 실제로 팜의 몸통 양옆으로 로고 아일랜드 한 쌍이 자리 잡고 있다. 셰이코 모가 위성사진으로 이들을 보았다면 분명 양식화된 나킬 로고처럼 보였을 것이다. 나킬 로고야말로 '나킬'을 아라비아 문자로 양식화한 것이다. 아주 깔끔하다. 그렇지 않은가.

말쑥한 승무원, 흠 잡을 데 없는 출항, 반짝이는 바다, 영국 대학교 지방 캠퍼스에서 광고 홍보 학부 과정을 밟고 있는 소녀와 함께한 여정이다. 닥터 모의 비밀 섬에서 두 다리를 절단하고 뇌를 부동산 개발업자의 것으로 뒤바꾸는 끔찍한 생체 해

부실험을 상상해보았다. 이러한 상상을 한 것이 죄악은 아니지 않은가. 바다에서 보이는 팜 주메이라의 방벽은 원형의 모습 그대로를 간직하고 있었다. 바윗덩이 700만 톤이 적나라하게 모습을 드러냈다. 이 같은 25제곱킬로미터의 곳을 계획한 자들이 이처럼 거대한 바다를 완전히 막으면 물이 흐려질 것이라고 예상하지 못했다는 사실이 믿어지지가 않았다. 하지만 그들은 정말 예상하지 못했다. 어쨌건 그들은 방벽에 다른 수로를 뚫어 이 문제를 해결했고, 그들의 애완동물인 해양생물학자들이 주장하는 것처럼 팜에서 뻗어나간 열일곱 개의 팔 사이사이로 풍부한 생물군을 형성한다. 해초, 산호초 어류, 굴 등 열대 생물의 향연이 펼쳐진다. 팜에 거주하는 주민들이 무미건조한 일상을 바랄 리 없다. 바다로 추락한 F100 슈퍼 사브르 제트기 두 대(베트남 항공을 가로지르던 미군 비행기) 주변에서 스쿠버 다이빙을 즐긴다. 그리고 이 즐거움의 풀 밑바닥에는 1킬로그램의 골드바가 가라앉아 있다고 쓰여 있다.

팜 부지의 소유주인 하미드 카르자이Hamid Karzai나 마약상으로 알려진 그의 동생은 옷을 벗고 따뜻한 물속에 첨벙 빠져든 다음 전리품을 챙겼을 것이다. 뻗어나온 팔 위에서의 난리법석의 인생(카불에서의 인생 또한 마찬가지다)에 대처할 좋은 기분전환 거리다. 카르자이의 아지트는 웨스트 햄의 미식축구 선수인 키에론 다이어의 거주지와 완전히 반대 방향에 있었다. 두 집은 팜에 꾸역꾸역 들이찬 8,000세대에 속해 있었다. 원래는 4,500세대를 계획했지만. 집을 선구매한 사람들은 팜이 완공되기 2년 전에 비공식적으로 새로운 도시계획에 대해 들었다. 물론 버블이 한참 커나갈 무렵이어서 불평하는 사람이 거의 없었다(그들이 돈을 빌려준 것은 아니다). 하지만 팜 주민들은 지분으로 보유한 황금 모래가 바람에 흩날리는 광경을 지켜보며 불만의 목소리를 점점 키워갔다.

내 생각에는 25제곱킬로미터밖에 되지 않는 손바닥 모양의 인공 반도에 있는 집을 산다면 신의 분노를 사게 되고, 한 입주자가 말한 것처럼 "이건 브로슈어에 나온 것과 완전히 다르잖아"라고 불평한다면 인간적인 조롱을 살 수밖에 없을 것이다. 이런, 나킬이 자문을 받는 환경전문가조차 이런 말을 떠벌리며 트릴로지 개발을 합리화했다.

"암초, 해초지, 만조 때 잠기고 간조 때 드러나는 광범위한 해변에 새로운 생명체가 모여드는 것이 섬을 만드는 행위의 죄과를 희석시킬 수 있는지 철학적인 의문을 던질 수 있다."

실제로 이 질문에 대한 철학적인 답은 공사가 중단된 29억 6,000만 달러짜리 (추정가) 트럼프 인터내셔널 타워 공사현장에 하릴없이 서 있는 타워 크레인이 짧게 요약해준다. 크레인의 빌보드에는 "우리는 평범함을 거부한다"라고 쓰여 있다. 교수대에 문명이 매달린 느낌이다. 그래 평범함을 용납할 수는 없지만, 아틀란티스로 가느니 차라리 평범함을 감수하겠다. 7성 호텔인 아틀란티스는 코앞에 비대한 졸부 아저씨가 앉아 있는 모습을 건축학적으로 구현하고 있다. 이것 말고도 제정신을 가진 사람이라면 물에 잠긴 참화를 겪은 전설 속의 대륙을 호텔 이름으로 지을 리 없

지 않은가. 하물며 누가 이 호텔에 묵으려 하겠는가. 따라서 아틀란티스는 모든 룸이 바다를 조망하거나 상어가 돌아다니는 수조를 볼 수 있음에도 빈방이 많고 곰팡이가 피어 있다.

눈앞에 펼쳐진 바다에서는 조타수를 잡은 선원이 엔진을 힘차게 가동시켰고 선체는 파고점을 때리고 후려치며 나아간다. 두바이의 해변이 갈색 스모그로 가득 찬 대기 속에서 갈라졌다. 만의 해안 주변에 포진한 도심 구획에서부터 다운타운 두바이의 첨탑, 버즈 두바이의 돗바늘, 변변치 못한 버즈 알 아랍을 지나 마천루가 들끓는 두바이 마리나 개발부지 주변을 스쳐 지나갔다. 내 생각에 이 모든 것은 때 묻고 낡은 시설로 들끓는 세상이며 그 앞에 자리 잡은 '더 월드'는 양각으로 새긴 버려진 원시 세계다. 네덜란드 출신 반 오드에 의해 모래가 마그마처럼 해저로부터 쏟아져 나왔고, 솟구치는 모래더미로 스펙트럼을 만드는 '레인보잉'(해저에서 특정한 지점으로 모래를 퍼 올리기 위해 가동한 프로펠러에 의해 생기는 모래가 만든 높은 아치가 생기는데, 이러한 작업을 가리켜 레인보잉이라 함―옮긴이)이라는 낭만적인 이름의 기술을 이용해 72제곱킬로미터 면적의 산호초를 한데 모아 육지를 만들었다. 개발업자들은 이 육지를 '더 월드'라 이름 붙인 다음 2만 234제곱미터에서 8만 937제곱미터에 이르는 작은 섬들로 채워 넣었다. 섬 하나하나는 과거 세상에서도 사랑받던 것들의 모양을 본떠, 사람들이 정말 갖고 싶은 생각이 들 것이라고 믿었다.

짐작하겠지만, 팜의 부동산 가격은 지난 분기에 50퍼센트 가까이 하락했다. '더 월드'는 그나마 준수한 편이었다. 작은 섬의 70퍼센트가 팔렸고 나머지 30퍼센트는 여전히 뜨거운 관심을 받고 있다. 나킬이 그렇게 믿도록 유도했을 수도 있지만. 그 이전과 마찬가지로 2009년 '더 월드를 소유하기 위한 초청'은 소수의 선택받은 자들만이 누릴 수 있었다. 그들은 최소한 업무를 이러한 방식으로 처리하려 했다. 하지만 그중에도 그레이트브리튼 섬(현재 소유자가 이렇게 꾸미기를 원했다)의 분양은 잡음이 심했던 것으로 기억한다. 아일랜드 서부에 소재한 갈웨이 사 컨소시엄이 처음 분양받은 이후로 그레이트브리튼 섬은 나킬의 손에 들어가 라퓨타처럼 떠돌았고, 두바이에 기지를 둔 영국/아시아계 개발업자 사피 쿠라시에게 재매각되었다.

'더 월드'의 방벽을 담당하는 암초 안에서 보트 조종사가 엔진을 멈췄다. 이베리아 반도를 걷고, 프랑스 해변에 발을 들여 3분가량 머무른 후 우리는 모래로 만든 남아메리카와 아프리카 모형 사이를 비집고 들어가 북대서양 산호초로 물밀듯이 미끄러졌다. 나이지리아 인근의 포탈루를 제외하면 대륙은 모두 별 특색 없는 모래밭이었다.

개발업자들은 환상 속의 부동산을 수입원으로 바꾸기 위해 지질을 분석하고 인허가를 신청해야 했다. 하지만 당시에는 모든 사람들이 마찬가지였다. 호화로운 단독주택을 고수하는 사람도 있었고, 획일적인 혼합개발을 고수하는 사람들도 있었다. 아일랜드 컨소시엄은 브리튼 섬을 '그레이터브리튼'으로 꾸미기 원했고, 219호실로 구성된 럭셔리 호텔을 짓고자 했다. 통합된 영국 제도를 위한 비전을 구현하고자 85만에서 300만 유로에 달하는 아일랜드 섬(이른바 '태양 속의 아일랜드') 위에 주거단지를 지었던 것이다.

존 오돌란은 컨소시엄의 매입이 성사되면서 이런 농담을 던졌다.

"섬 두 개를 하나로 잇는 개발계획을 세우고 있느냐는 질문까지 받았어요."

그는 셀틱 스타일의 허풍을 참을 수 없었다.

"나킬이 잉글랜드를 사려는 아일랜드인과 접촉했다는 사실이 영광이에요. 리처드 브랜슨과 로드 스튜어트도 여기를 사려고 했고, 그들과 많은 대화를 나눴죠. 잉글랜드인 중에는 내 것을 빼앗겼다고 기분 나빠하는 사람들도 있었어요."

2009년 2월 29일, 존 오돌란의 시신이 갈웨이 인근의 부지에서 발견되었다. 세 아이의 아버지였던 그는 경기 침체를 견디지 못하고 목숨을 끊었다. 어릴 적부터 친구로 지낸 피터 피너티Peter Finnerty 신부는 그의 장례식에서 은행이 유명한 프로젝트라는 것을 이유로 채무상환을 과도하게 독촉하지 않았는지 의혹을 제기했다.

"존을 알고 지낸 평생을 통틀어 그는 한 번도 약속을 지키지 않거나 돈을 갚지 않았던 적이 없다. 한 가지 묻고 싶다…… 존이 어떤 식으로든 마녀 사냥의 대상이

OMAN ON SEA AND SKY

된 걸까. 어떤 식으로든 부당한 대우를 당해 이 지경까지 온 걸까. 의문을 제기할 법한 대목이다."

나는 아흐레가 지나 보트에서 내려 '독일'을 이루는 흰색 산호초 모래에 도착할 때까지 오돌란에 대해 몰랐다. 분명 '영국'에 발을 들이지 못한 것이 아쉬웠다. 나는 영국 모형의 한쪽 끝에서 다른 쪽 끝까지 재빨리(왔노라, 보았노라, 이겼노라 스타일로) 걸어가야 한다는 생각을 품고 있었다. 몇 년에 걸쳐 영국 땅을 두 발로 횡단하기 위해 거리를 가늠하고 싶었기 때문이다.

희망에 차서 머리를 식힐 때 분홍빛 뇌세포 조직이 만든 그늘에서 두뇌신경이 번뜩였다. 나는 외곽의 정원 크기만 한 잉글랜드 정원을 가로질러 남쪽 해변에서 출발해 터벅터벅 걸어가는 상상을 해보았다. 곧이어 내 앞으로는 발라드 스타일의 런던이 재현되었다. V자 패턴을 이룬 경사진 붉은 지붕, 템스 강이 흐르는 모습이 그대로 펼쳐지며 그 옆으로는 짐이 밀레니엄 피플Millennium People이라 찬양한 개발부지의 초입을 첼시 항의 암석정원이 장식하고 있었다. 나아가 런던 아이 페리 휠이 자전거 바퀴처럼 돌아가고 있었고 더 멀리로는 쪼그라든 히드로 공항이 보였다. 히드로 공항 모형은 오이처럼 생긴 터미널과 리모트 컨트롤로 타맥 길을 활주하는 제트기가 가득했다.

나는 런던의 외곽을 조심스럽게 걸어갔다. 이 공원에서 저 공원으로 발걸음을 옮길 때, 두 발 사이로 짐의 집채가 익숙한 모습을 드러냈다. 나는 축소된 M3 고속도로의 저편에 서 있었다. 진딧물이 가시덤불로 덮인 땅에서 탈출하려고 안간힘을 쓰고 있었고, 가까이는 저수지의 둑이 솟아올라 있었다. 그 뒤로는 동맥 같은 길이 뻗어 서로 다른 기후대가 충돌하고 있었다. 이렇게 표현하면 정확할까.

"인간의 친숙한 시공간은 크롬제 칼과 안개가 서린 유리잔이 얽힌 거미줄 속에서 영원히 석화될 것이다."*

* 발라드, 『크래시』(영미판), 1973.

나는 독일에서 만족해야 했다. 환상 군락을 이룬 사우스 시South Seas에는 원시인이 군림하지 않고, 온통 모래톱과 홍보관, 일하는 사람들이 남긴 공구상자뿐이었다. 우리는 조금씩 걸었다. 홍보관은 맨발 차림이었고 브로슈어를 한 움큼 들고 있었다. 위성 안테나를 찾고 있는 미란다Miranda가 보였다. 나는 '독일'을 사간 사람이 있는지, 아니면 주인을 기다리며 생활권Lebensraum으로 남아 있는지가 궁금했다. 이른바 진짜 런던으로 돌아와서 사피 쿠라시Safi Qurashi에게 전화를 걸어 왜 그레이트 브리튼 섬을 샀느냐고 물어보았다.

"음, 어, 우리가 두바이에서 하고 있는 사업과 궁합이 잘 맞았죠…… 말하자면 그래요. 이것 말고도 다른 이유는 애국심을 들 수 있는데…… 내가 남부 런던에서 태어나고 자랐기 때문이에요…… 그리고 '더 월드'가 아주 독특하고 놀랍다고 생각한 것도 있어요."

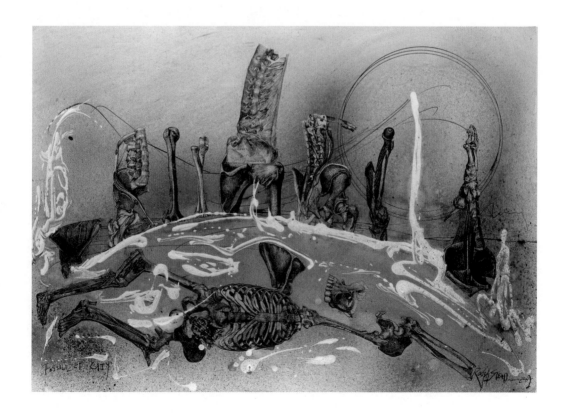

그래서 자랑스러운 발햄Balham의 아들은 '브리튼'을 애국적인 이유에서 구매했다. 나는 마음속에서 충성심을 부풀려가며 이러한 감정을 설명해보려 애썼다. 영국 내의 무슬림들을 믿지 못하고 충성심을 어떤 식으로든 시험해보아야 한다고 믿는 사람들이 있다. 발햄의 아들이 브리튼을 구입한 것은 이러한 사람들이 주도한 캠페인을 비웃은 셈이었다. 자연히 나는 쿠라시로부터 시대의 조류를 거스르고, 내면의 외재화를 끌어내어 가까운 미래를 발라드 스타일의 신화로 창조해볼 생각이라는 말을 기대했는데, 정작 돌아온 말은 이랬다.

"지금 하고 있는 몇 가지 구상이 있어요. 이 아이디어는 여기에 사는 사람들, 여기를 방문하는 사람들이 주변 경관을 즐길 수 있는 복합 섬을 만드는 거예요. 아담한 호텔, 아파트와 빌라, 상업시설까지…… 휴일에 놀러올 수도 있고, 살고 싶으면 살 수도 있는 공간이 되는 거죠."

나는 꽤 좋은 아이디어라고 느꼈다. 구멍이 숭숭 뚫린 그레이트브리튼 섬은 이민자와 망명 신청자를 추방하거나 보안 시설을 갖춘 구치소에 처넣지 않고 이들을 적극 환영한다.

나는 사피에게 불경기가 걱정되지 않느냐고 물어보았다. 그의 대답에서 트위디하고, 보수적이고, 별로 과시하지 않는 개발업자라는 인상이 묻어났다.

"경기침체를 걱정하지 않는다고 한다면 틀린 말이겠죠. 하지만 우리가 투자할 만한 대상에 투자한 것인지 걱정된다면 그런 걱정은 할 필요가 없다고 말해주고 싶네요. 5년에서 7년이 소요되는 장기 프로젝트임을 잘 알고 있었고, 12개월에서 18개월 지체될 수 있다는 것도 의중에 둔 바예요. 과히 나쁘지는 않은 일이에요. 기간을 늦추면서 생각할 시간, 숨 쉴 시간, 사물을 다른 시각에서 볼 시간을 가질 수 있어요. 게다가 지난 3~4년 동안에는 앞을 내다볼 틈도 없이 좌충우돌했지만, 여기에서 벗어나 더 나은 결과물을 얻을 수 있을 거예요."

하지만 이번 주 《빌딩 뉴스》에 실린 장문의 기사는 전혀 다른 말을 하고 있었다. 이 기사는 다음처럼 내 암울한 전망을 상기시켰다.

"두바이는 날이 갈수록 아주 엄청난 미래를 담고 있는 것처럼 보인다……."

뒤이어 이 도시국가가 진 빚이 800억 달러 규모에 달하고, 2009년에 상환기일이 돌아온다는 현실을 폭로한다. 이로 인해 최근 부동산의 60퍼센트 가까이가 주인이 바뀌었다. 개발업자와 계약자들은 계속해서 많은 빚을 졌다. 하지만 사피의 태도는 여전히 존 불리시John Bullish를 보는 듯했다.

"다른 곳도 다 마찬가지 아니겠어요? 한번 깊이 파 들어가보세요. 건설업이 소득의 대부분을 차지하고 있어도 두바이의 펀더멘탈은 아주 견고해요. 게다가 편견에 따라 통계는 얼마든지 조작될 수 있는 거니까요."

아무리 생각해봐도 그 같은 긍정적인 태도에 적절히 대응할 무기가 없었다. 이러한 낙천주의가 바로 자본주의의 진정한 강점이다. 일단 사고 보세요! 즐기는 것은 나중에! 이 사람들을 살리기 위해 나 같은 사람들이 이렇게라도 말해줘야 할까. 정신차려요! 큰일 났어요! 그밖에도 애국심이 넘치는 사피는 지구 온난화에 회의적인 시각을 품었는데도, 네덜란드식으로 만든 낮은 해발의 가짜 브리튼이 해수면 상승에 영향을 받지 않는다는 사실을 몇 번이고 확인했다. 마치 크누트처럼 그는 이러한 불경기의 파도를 배럴당 25달러에서 세 배 가까이 폭등한 유가가 창출한 엄청난 규모의 원유 판매 수입으로 메우려 했다.

더 이상한 것은 우리의 전화 통화가 진솔하지 않은 이메일 교환으로 바뀌면서 알게 모르게 뭔가에 속는 것 같았다. 세뇌당하기 쉬운 나의 영국인다움이 여기에 한몫했던 것 같다.

"배를 타고 섬에 닿으면 어느 섬인지 구분하기 어려워요. 그래서 늘 섬에 오르면 '그래, 내가 영국에 있구나'라고 생각할 정도로 영국 같은 분위기가 느껴지죠……. 이는 대표적인 건물 몇 개를 똑같이 본 따 만들었다고 될 일이 아니에요. 그건 우리가 원하는 바가 아니거든요. 다만 외관과 느낌을 만들려 하는 거죠."

외관과 느낌이라. 정말 이것이 민족 국가에 필요한 전부일까. 대표적인 건물에 담긴 전통과 국수주의, 정치 제도를 귀찮게 드러내지 않아도 되는 것이다. 모 박사는 그린란드에 대한 자신의 비전을 아주 적절히 표현했다. 녹는 만년설, 스노모빌을 탄 이누이트족과 미군 기지를 축소하지 않는 대신, 열대 식물 군집과 호화로우면서도 저속하지 않은 빌라 등을 이용해 라이프 에릭슨Leif Ericsson이 대륙을 처음 발견했을 때의 외관과 느낌을 그대로 구현했다. 속도를 즐기던 보트 기장은 대서양을 빠르게 가로질렀고, 우리는 시원한 공기를 피부에 느끼며 세계 일주를 즐겼다.

이제 떠날 시간이었다. 조타수가 엔진을 힘차게 가동하자 몇 분 만에 '더 월드'는 거품의 항적 뒤로 시야에서 사라지고 우리가 머무는 동안 지평선에서 불안하게 요동쳤던 진짜 세상이 우리 앞에 펼쳐졌다. 돈을 받지 못한 수급인과 영양실조에 시달리는 외국인 노동자가 들끓었고, 과거에 체첸 반군에 속해 있었던 자들이 지하 주차장에서 총살당하고, 버즈 두바이의 거대한 첨탑이 나를 찌르려 기다리고 있었다.

내가 어느 세상을 선택할지는 너무나 빤한 일이었다.


## 2. 고층 건물

나는 팜 주메이라 옆에 있는 나킬의 분양 사무소에서 버스를 타고 5마일가량 떨어진 에미리트 몰에 가고 싶었다. 이제 두 발로 걷는 여행은 끝났다. 사막에서 시작된 택시 여행이 셰퍼튼부터의 모든 여정을 담당해온 극도로 팽창된 종아리 근육을 뚫고 나아갔다. 이때부터 나는 두바이의 기계화된 맥락을 따르기로 했다. 두바이에 머문다면 반드시 쇼핑몰을 방문해야 한다. 쇼핑몰을 방문하지 않거나 최소한 300디람을 소비하지 않는다면 셰이크 모의 비밀경찰 암 알 돌라Amn al-Dawla가 쥐도 새도 모르게 감금한 다음 고문을 가할지도 모른다. 그래, 방금 이야기는 내가 지어낸 것이다. 경찰은 오직 강간, 마약, 동성애 등 법전에 명기된 범죄를 저지른 사람만 체포할 수 있고, 태형을 내리거나 아주 드물게 사형에 처할 수 있을 뿐이다. 두바이에서 이보다 부드럽게 강요할 수 있는 실례도 있다. 다른 의사를 표명하기 전까지 모든 것을 공짜로 얻는 두바이 시민을 위한 벨벳 러트(보람도 없고, 자기계발을 할 기회도 없이 억지로 하는 일을 의미함-옮긴이)와 벙어리와 마찬가지인 스파르타 노예를 위한 먼지

투성이 러트가 그 예다.

게다가 교통수단이 있는데도 그토록 잔인한 응징을 가할 이유가 없지 않은가. 내가 말을 걸었던 미국인 이민자 한 명은 보행자들이 '매주' 고속도로를 뛰어서 건너다 차에 치어 죽는 사람들이 부지기수라는 이야기를 들려주었다. 이데올로기 때문이건 가난 때문이건, 이 사람들을 잠재적인 침입자로 상상하는 것은 지나친 공상일까. 무엇보다도 그들은 대체 무엇에서 그토록 벗어나려고 했던 것일까. 극도의 획일성이 지배하는 쇼핑몰이었을까. 피부색이 다른 수많은 사람들의 물결이 유리 상자 주변을 하루에 일곱 번씩 돌며 흠모하는 대상을 손가락으로 가리키고, 결국 손에 넣어 쾌락에 굴복하는 공간 말이다.

나는 버스를 타고 싶었다. 하지만 홍보관은 버스정류장을 알지 못했다. 그녀는 이렇게 토로했다.

"솔직히 말하면 유럽 사람들은 버스를 타지 않아요."

피부가 까무잡잡한 친구에게 물어본 다음에야 날리지 시티의 가짜 크라이슬러 빌딩으로 가면 된다는 사실을 알 수 있었다. 나는 알 서포 로드Al Sufouh Road 위의 횡단로까지 1마일가량을 걸어가야 했다. 정류장에 다다랐지만 안내소를 찾아볼 수 없었다. 에어컨이 설치된 버스정류장의 그늘에 쭈그려 앉은 남자들은 내가 버스를 타지 않기를 바라는 것 같았다. 그들은 운송 수단의 인종 장벽을 침범하려는 내 생각에 화가 난 듯 보였고, 나를 인정사정없이 택시로 밀어넣었다.

택시 운전사의 이름은 조니Zony로 파키스탄 스와트Swat가 고향이었다. 조니는 지난 6년간 아이들을 딱 세 번 보았다고 말했다.

"달리 방법이 있겠어요. 가난이 원수죠."

나는 스와트 지방정부가 최근에 탈레반에게 굴복해 무슬림 율법 샤리아Sharia를 강요한 사실을 어떻게 생각하는지 물어보았다. 그는 이렇게 말했다.

"나는 종교 체제를 원해요. 하지만 모든 사람에게 일률적으로 적용할 수는 없다고 생각해요. 뭐 이런 견지에서죠. 너도 사람이지만, 나도 사람이다……."

솔직히 말하면 이 말을 한 귀로 듣고 한 귀로 흘렸다. 표면적으로 인간의 가장 기본적인 도덕성에 대한 공통분모를 언급하는 온당한 명제에 불과했으니.

하지만 이날 오후만큼은 내가 사람이라는 느낌이 들지 않았다. 다른 행성에서 불시착했다는 것을 증명하는 것처럼 우주여행 중에 보이는 별 모양의 광채가 내 망막을 수놓고 있었다.

에미리트 몰에서는 실제 크기의 기린 박제를 팔고 있었고 아바야를 입은 여성들이 스키 슬로프 바닥에서 눈싸움을 하고 있었다. 이 광경을 서서 구경하고 있을 때, 옆에 있던 흰색 로브를 걸친 에미리트 남자 한 명이 라이크라를 입은 동유럽 여성의 등에 몸을 밀착했다. 그는 동유럽 여성이 검은 포대들이 눈싸움을 하는 사진을 찍을 때 손이 흔들리지 않도록 잡아주는 시늉을 했다. 스키 리프트, 스위스 살레 스타일의 목조 건물과 인공 잔디로 가득 찬 스키 슬로프는 두바이의 기하급수적인 성장과 관련된 모든 생각의 결정체다. 비평가들에게는 낭비의 결정판이자 데 제셍트Des Esseintes(1884년에 출간된 조리-칼 위스망Joris-Karl Huysmans의 소설 『거꾸로A Rebours』의 주인공. 퇴폐적인 심미주의자를 의미함-옮긴이)의 발상과 비견할 수 있는 반자연주의적 유희일 것이나, 개발에 미친 사람들에게는 에미리트의 당돌함이 물리적으로 형상화된 증거다. 코니아일랜드Coney Island(미국 뉴욕 시 브루클린 구 남쪽 끝에 있는 행락지-옮긴이)에서 있을 법한 교묘한 익살이 여기에도 자리 잡고 있다.

나로서는 에미리트 몰의 스키 슬로프보다 내 냉장고가 더 인상적이었다. 이는 그저 인간의 잔재로 가득 찬 거대한 아이스박스일 뿐이다(나도 햄이지만, 너도 햄이다). 어떤 의미라도 부여하자면 거대한 인공 환경 속에 또 다른 거대한 인공 환경, 바로 쇼핑몰이 자리 잡고 있는 것이다. 굳이 상상의 날개를 펼치지 않아도 '에스프리Esprit, 불가리Bulgari, 보더스Borders'(유명 스키복 브랜드 이름들-옮긴이)가 트루셜 코스트에서 자연스럽게 성업하고 있었다. 푸퍼 재킷을 입고 300피트를 미끄러져 내려올 수 있는 기온을 맞추려면 전력과 탈염수를 한없이 조달해야 했다. '더 월드'와 마찬가지로 스키 슬로프는 모델을 다시 모델로 만든 시설로, 무관심한 사람들은 이러한 축소판을 보며 너무도 작게 기술된 인류 발전의 이상을 관찰할 수 있었다. 하지만 나는, 뭐랄까…… 이러한 시설을 이용할 이상적인 소비자가 아니었다. 나는 브렌트 크로스 쇼핑센터에 별 감흥을 느끼지 못했다. 1976년에 개장한 이 쇼핑센터는 상업 시설과 중앙 홀의 연면적이 고작 7만 4,620제곱미터밖에 되지 않았지만, 당시만 해도 영국에서 가장 큰 쇼핑몰이었다. 실제로 나는 바닥과 벽에 타일을 아끼지 않고 덮은 이 쇼핑몰까지 안간힘을 쓰고 걸어갔다. 쇼핑몰에 들어갈 때마다 나는 심장마비에 걸리거나 인공 폭포 앞에 쓰러지지 않을까, 아까 구입한 작은 장식용 유리그릇을 들고 36분 전에 청소한 화장실로 달려가 변기칸 속에서 손목을 그어야 하지 않을까 고민했다. 발라드는 큐브릭의 〈2001 : 스페이스 오딧세이〉를 두고 이렇게 기술했다.

"이 영화의 거대한 세트장을 보니 〈바람과 함께 사라지다Gone with the Wind〉가 떠올랐다. 과학을 다룬 작품이 역사적인 로맨스로 탈바꿈하고, 동시대의 현실을 비추는 빛이 결코 뚫을 수 없는 봉인된 세상이 되고 말았다."*

이 말은 임대를 놓을 만한 쇼핑몰에도 똑같이 해당된다. 특히 만, 아치형 구조물, 난간을 보며 〈스타 트렉〉 에피소드가 끊임없이 떠오르는 에미리트 몰에서는 더욱 그렇다. 〈스타 트렉〉 에피소드에서는 USS 엔터프라이스호의 승무원들이 1960년대 이탈리아 르네상스의 재림 속에 영원히 얼어붙은 외계 행성에 착륙한다.

다운타운 두바이는 건축 중이었으나 노란색 두바이 택시 속에서 혼란스러운 방어막을 관통할 수 있었다. 별 모양의 로터리, 콘크리트로 만든 뿔 세공품, 아스팔트 요새를 쉽게 파고들 때 불안감에 시달렸다. 이 요새의 중앙부는 '아라비안 빌리지'를 표방한 올드 타운으로 구성되었다. 개발업자 에마르Emaar는 이 개발지를 가리켜 "근대성의 첨탑을 바라보면서 오늘날을 안락하게 살아갈 수 있을 것"이라고 표현했다. 어찌 보면 버즈 두바이를 가리키며 한 말일지도 모른다. 두바이는 보라고 만든 도시다. 그리고 셰이크 모의 비전에서 가장 핵심을 차지하는 것은 엄청난 생산력이

---

* 발라드, 『크래시』(프랑스어판) 서문, 1974.

PART OF THE LANDSCAPE

다. 내 앞에 우뚝 선 팰리스 호텔Palace Hotel은 미너렛, 뾰족한 아치, 돔 지붕, 칼라사 (비를 담는 물병, 즉 생명의 용기라는 뜻으로 스투파에서 야슈티의 제일 정상에 놓이는 호리병 모양의 구조물 – 옮긴이) 스타일의 피니얼로 가득 찬 아라비안나이트 스타일의 거대한 붉은 덩어리를 연상시켰다. 그레이트브리튼 섬의 소유주인 사피 쿠라시는 셰이크 모가 뿌린 마법의 씨앗이 놀라운 속도로 싹을 틔우고, 웅장한 압출을 감행해 하늘로 철꽃을 피운 광경을 보고 감탄하지 않는 이유가 무엇이냐고 나를 나무랐다. 하지만 나는 스탠다드 앤 푸어스가 에마르에 대한 채권의 신용등급을 A⁻에서 BBB⁺로 강등했다는 사실만이 신경 쓰였다. 에마르는 2008년 마지막 분기에 16억 디람 (3억 400만 파운드)의 손실을 입었다. 쿠라시 왕이 아무리 낙천적인 사람이라고 해도 셰이크 모 정부는 두바이의 경제가 2009년 2/4분기에는 마이너스 성장을 기록할 수 있다고 경고했다.

스탠다드 앤 푸어스와 버즈 두바이의 거대한 첨탑이 왕궁 위로 어두워오는 만리장천을 거만하게 찌르고 있는 모습이라. 지그문드의 성전聖傳을 빌려오는 대가로 용서를 빌고 싶다. 담배는 그냥 담배일 뿐이지만, 거대한 빌딩은 늘 거대한 남근의 모양에서 벗어나지 못한다. 게다가 마천루들을 세우는 데 아랍인들이 이처럼 집착하는 것을 어떻게 설명해야 할까. 이러한 숭고함의 결정권을 갖는 세계초고층도시건축연합CTBUH(Council on Tall Buildings and Urban Habitat)은 2020년 무렵 전 세계 초고층 빌딩의 50퍼센트를 중동이 가질 것이라고 발표했다. 그리고 중동에 있는 초고층 빌딩 다섯 개 중 한 개를 두바이가 가질 것이며, 버즈 두바이 또한 1킬로미터 높이의 타킬 타워Nakheel Tower를 올려다볼 것이다.

그다지 나쁜 일은 아니다. 스키드모어 오잉 앤 메릴SOM(Skidmore Owings & Merrill) 사를 위해 버즈 두바이를 설계한 아드리안 스미스Adrian Smith의 좌우명은 '콘텍스트 이론(맥락주의)'인데, 이는 단조로운 외벽으로 둘러싸인 커다란 상자를 거부하고 변화시켜 모더니즘에 단호히 대응하는 것을 의미한다. 이것이야말로 발라드가 『고층 건물』에서 말한 '무의식 단계에서나 가능할, 전쟁을 위해 설계한 건축물'*이 아니겠는가. 나와 대화를 나눴던 사람들 중에는 스미스의 거석이 세워진 기초는 그저 '사진 몇 장 찍으며 돌아다니면 생각할 수 있는 것'이라고 냉소하는 사람들이 있었다. 하지만 공평히 생각해본다면, 버즈 두바이 같은 대표적인 빌딩에 그 이상의 맥락을 기대해 무엇 하겠는가. 아침에 영영 떠날 샘소나이트 가방을 든 사람들이 디지털 카메라의 화면에 이들의 모습을 순식간에 잡아낸다. 버즈 두바이가 맥락과 아무런 관련이 없다는 당연한 사실 역시 화면에 잡힌다. 정말 아무런 맥락을 찾아볼 수가 없다.

계약을 체결한 건축업자들이 일을 시작하기 전까지 이 사이트는 도시를 둘러싼 사막으로 버려진 군사기지에 불과했으나, 지금은 올드 타운 아일랜드Old Town Island가 '조성되었고', 버즈의 맥락은 모조 이슬람 마을, 아치 길, 현관, 정원, 플랫폼,

---

* 발라드, 『고층 건물High Rise』, 1975.

정경 등을 활용해 전체적인 공간위계를 급조한 것이 특징이었다. 버즈의 '이슬람 스타일' 인허가에 따라 꽃잎 세 겹을 받친 모양으로 층을 설계해야 했다. 이러한 모습을 볼 수 있는 장소는 오직 셰이크 모의 헬리콥터와 빌딩의 관측대, 나킬 타워 정도일 것이다.

　나는 벌써 나킬 타워가 걱정되었다. 남자의 힘을 빨아들이는 여자 악령이 다운타운 두바이의 거대한 허리를 조인다. 나킬 타워에 국한하지 않더라도 마스터플랜상의 다른 발기 계획 역시 걱정이다. HQ1, DS11, DS3, DS4은 어떻게 될 것이며, 개인적으로 꼭 생겼으면 하고 바라는 FC2는 또 어떻게 될까. 이러한 건물들이 생기지 않으면 우리는 어찌 해야 할까. 더 구체적으로 들어가면 CTBUH의 직원들이 걱정이다. 시카고 출신 샌님들이 바람 부는 도시에 생긴 변화의 바람을 알고는 있는 걸까. 다른 사람들이 발기하지 않으면 자신들도 아무 할 일이 없어진다는 사실을 잘 알고서 자리에 앉아 가랑이를 회의실 테이블 밑에 헛되이 비비고 있는 걸까. 지금 에마르는 측량 기사들을 초조하게 만들고 있다. 그는 아직 버즈 두바이의 최종 높이를 어떻게 할지 결정하지 못했다. 인류 역사상 최고 강도를 자랑하는 콘크리트인 C80(1만 2,000PSI의 하중을 견딜 수 있다)을 조심조심 부으면서 심하다 싶을 정도의 전희를 구사하는 중이다. 암, 그렇고 말고.

　아니면 스미스는 세시저가 확인했던 베두인 스타일의 기능주의에 사실상 조율되었을 수도 있다. 하지만 돌 세 개 위에 솥을 올려놓기보다는 셰이크 모를 위해 거대한 삼층석탑을 준비한 것일지도 모른다. 이 가운데 두 탑이 바로 버즈 두바이와 나킬 타워가 아닐까. 스와트 출신 택시기사가 펠리스 호텔에 나를 내려준 다음에 이러한 생각이 뇌리를 스쳤다. 나는 펠리스 호텔의 로비를 한가로이 걸으며 가로대가 어떻게 생겼을지 생각하고 몸을 부르르 떨었다. 로비에 있는 설화석고 그릇은 텅 비어 있었고 펄럭이는 양초 불빛과 아라스 직물 뒤로는 엄청난 규모의 금융 거래를 성사시킨 내시들이 숨어 있었다. 나는 선물 가게에 들어가서 본능적으로 지도 코너를 찾았다. 찾기 힘든 오프로드 5번 지도는 역시 보이지 않았다. 하지만 옷에 인쇄된 두바이 시티 지도가 보였다. 옷이라고. 내가 이 옷을 과연 입을 수 있을까. 이 옷을 입는 순간 우울한 경제 뉴스를 보도하면 안 된다는 새로운 미디어 법률과 마찰을 일으킬 것이 분명한데. 이 도시가 콧물로 덮여 있다는 이야기를 하는 것과 다름없지 않은가.

바깥으로 나가 풀장 끄트머리에 자리를 잡고 버즈 두바이가 석양 속에 아른거리는 광경을 지켜보며 10파운드짜리 토마토 주스를 홀짝거렸다. 내 앞으로는 물 담배통이 반짝였고 텐트 아래서 노니는 사람들이 보였다. 그래, 빌딩 꼭대기에 드리운 데릭 크레인이 10층 높이라는 사실에 집중해본다면 전 세계에서 가장 높은 빌딩의 크기가 분명히 머리에 들어올 것이다. 하지만 이처럼 고원한 건물을 바라보는 데 그만한 노력은 당연하지 않은가.

"나의 작품을 눈을 가늘게 뜨고 바라보라, 세상의 왕들이여……(셸리P.B. Shelly의 「오지만디아스Ozymandias」라는 제목의 시 구절을 각색함. 오지만디아스는 기원전 13세기 고대 이집트의 왕 람세스 2세의 그리스식 이름-옮긴이)."

나는 만나기로 한 사람을 기다리고 있었다. 버즈 두바이 건축팀에 소속된 사람으로 디자인 스펙이 시방서와 맞는지 확인하는 책임자였다. 잘 차려입고 부츠를 신은 모습이 멋져 보였다. 아무리 봐도 도시적인 느낌이 풍겼다. 그는 하이네켄을 주문했다. 내가 "빌어먹을 하이네켄"이라고 말했을 때, 그는 내가 어디에서 그 말을 들었는지 정확하게 알고 있었다(영화 〈블루 벨벳〉에서 나오는 대사-옮긴이). 그리고 그는 곧 단형후퇴와 버트레스의 코어를 화제로 꺼내면서 건물의 비대칭 구조가 건물의 관성을 억제하는 원리를 설명했다. 또한 버즈 두바이의 외벽에 합성수지를 씌워 기후 변화를 방어하는 스퍼터링 기법도 설명했다. 그는 건축가와 조르지오 아르마니가 어떤 사이인지도 자세히 말해주었다. 조르지오 아르마니는 호텔 37층 전체와 아파트 64층 전체를 담당했다. 그는 아르마니가 이 훌륭한 디자인 모두를 구현했다고 느끼는 것 같았다. 나는 아르마니의 깔끔한 라인이 내 몸속에서 타오르고 있다는 느낌이 들었다. 불타는 브랜드라…… 브랜드 속에서 살고 있다는 것은 어떤 느낌일까…….

그리고 아르마니의 육신으로 산다면 어떨까. 아르마니는 이렇게 말했다.

"고객 여러분, 나를 보러 오세요. 그들 또한 시즌마다 내 정신을 느끼려고 나에게 다시 돌아온답니다."

그래, 솔직히 말해보자. 조금 기묘한 관점에서, 올해 일흔다섯의 일중독자가 설계한 아파트를 구입한다면 그에게 다시 돌아오게 되는 걸까. 아르마니도 뉴욕 센트럴 파크를 마주 보는 아름다운 아파트를 소유했으나 머문 시간은 4년을 통틀어 겨우 20일밖에 되지 않았다고 인정했다. 이를 보면 아르마니에게로 돌아온다 해도 자신의 집에 다시 들어오는 것이 아니다. 이러한 점에서 버즈 두바이의 아르마니 아파트는 사막에 절뚝거리며 버려지기 전, 저녁에 아파트 옷걸이에서 꺼내 급히 한 번 입어보았던 옷 한 벌로 취급하는 편이 나을 것이다.


"……유산으로 남길 만한 프로젝트예요."

그는 내가 돌아보았을 때 뭔가를 말하다가 끝맺고 있었다. 하지만 곧 이렇게 덧붙였다.

"나는 여기 사람들이 다른 사람들에 비해 더 낙천적이라고 생각하지는 않아요."

나는 그를 우두커니 쳐다보며 테라스에 앉아 그가 누구고, 내가 누구고, 우리가 무엇을 하고 있는지 기억해보려 했다. 우리가 앉아 있던 중동의 테라스에서는 장식용 호수의 언저리에 문을 연 태국 음식점이 보였다.

"사람들은 늘 공사가 끝나고 크레인을 내리는 방법이 궁금한 모양이더군요."

워모 아르마니L'Uomo Armani는 앞으로 전망을 예상하는 내 말을 듣고, 내가 버즈를 숭배하는 것으로 착각하며 이렇게 말했다.

"아, 전 알고 있어요." 나는 밝은 표정으로 대답했다.

"기술자들이 해체한 다음 산소 아세틸렌 용접기로 잘라내고, 철 조각 하나하나를 먹어치우죠. 셰이크 제이드 로드의 입체 교가로 밑에 쭈그리고 앉아 직접 본 적이 있어요. 이 사악한 파편 조각들을 물리치는 작업 인부들의 얼굴에는 고통스러운 미소가 스며 있죠."

아니, 이 말을 실제로 한 것은 아니었다. 하지만 말하는 편이 나았을 것 같다. 우리 둘 사이에는 많은 간극이 존재했으니. 그는 마리나Marina에 살면서 이웃들과 사이좋게 지내는 행복한 공동체에 속했고 나는 앞으로 다가올 파멸을 예상하고 있지 않은가.

"고층 건물에서는 악취가 풍겨요. 변기나 쓰레기 처리 시설이 전혀 작동하지 않고, 빌딩 앞으로 오줌발이 흩어지고 발코니 계단에 흐르기도 하죠. 하지만 어디에선가 풍겨오는 썩는 듯 달콤한 냄새가 이 냄새를 압도해요. 빈 아파트 전체에 이 냄새가 퍼져 있어요. 하지만 랭은 이 문제를 애써 외면하려 들죠."*

발라드는 고층 건물이 개의 섬Isle of Dogs에 있는 것으로 구상했다. 10년 후 정말 고층 건물이 그곳에 들어섰고 카나리 와프는 런던의 금융 중심지로 부상했다. 개발지의 마지막 정점을 찍은 건물은 카나리 와프 타워였다. 이 타워는 1990년대 초 경기 침체로 준공이 늦어지다가 2001년에 완공되었다. 이 타워 또한 아드리안 스미스의 작품이었다.

두바이 시티의 구도심, 데이라Deira로 나를 데려다준 택시기사는 파키스탄 출신 청년이었다. 그에게 던진 질문이 조금 공격적이었는지도 모르겠다. 여기 얼마나 있었죠? 어디 출신인가요? 여기 사는 게 괜찮고, 돈은 많이 벌었나요? 9개월, 카라치Karachi……. 그는 최대한 성의 있게 답변한 뒤 세 번째 질문에서 말꼬리를 흐렸다. 그리고 호텔 앞에서 차를 세운 다음 주먹을 그의 다크서클에 대고 한마디로 요약했다.

"인생은 괴로워요."

2009년 4월 런던

---

* 발라드, 『고층 건물』, 1975.

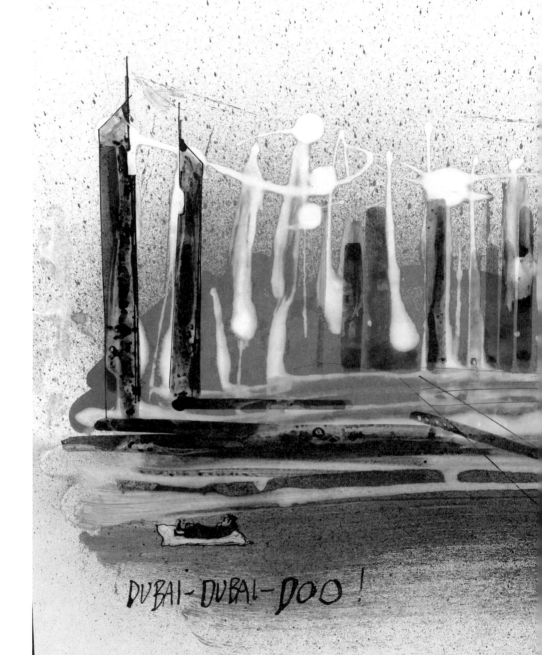

DUBAI-DUBAI-DOO!

# 제레미안 나무

다시 로스앤젤레스다. 나는 선셋Sunset 가에 있는 샤토 마몽Chateau Marmont 호텔의 로비에 앉아 아름다운 로스앤젤레스 출신 여성의 이야기를 듣고 있었다. 그녀는 자신과 마찬가지로 아름다운 스페인 남자친구와 함께 작년 12월 31일 저녁에 한 일을 말해주었다.

"우리는 조슈아트리 공원으로 하루 종일 차를 몰고 갔어요. 거기에서 버섯을 요리해 먹으니 온몸에 버섯이 스며드는 느낌이 들더군요."

"네, 맞아요."

스페인 남자친구가 맞장구를 쳤다. 그는 해체와 건축을 주제로 박사 논문을 쓰고 있었다.

"우리는 사랑을 나눴어요. 환상적이고 섬세한 몸놀림이었죠. 사랑이 넘쳐났다고나 할까요. 정말 말 그대로 넘쳐났어요. 별똥별과 고목, 코요테와 밥캣…… 그때 느낌이란……."

그는 자신의 여린 면에 당황하듯 웃음을 터뜨리며 말을 끝맺었다.

"내 일부가 떨어져 나가는 느낌이 들었어요."

"아, 무슨 말인지 짐작이 가네요."

나는 파이프를 뻐끔뻐끔 피우면서 약물 중독 상담사와 열성 우표수집가를 오

가는 아저씨 같은 분위기로 말하려 애써본다. 트위드 천이 내 사타구니 사이의 무성한 언덕 사이로 주름 잡힌다. 어쨌건 내가 전날 구입한 로열 빈티지 머튜어드 리본 담배는 거품이 없는 맥주 한 캔과 담배 한 갑을 맛본 이후로 가장 독한 담배임이 틀림없었다. 그리고 로스앤젤레스 출신 여성은 너무 아름다워 사랑을 나눴다는 말 자체를 듣고 싶지 않을 정도였다. 하물며 모하비 사막에서 나눈 정사를 상상하기는 더 싫었다. 자신의 일부가 떨어져 나가는 느낌이 나에게도 찾아왔다. 이는 분명 버섯 탓은 아닐 텐데.

호텔 주차장에는 엉성한 GM 쿠페 한 대가 나를 기다리고 있다. 돈에 영혼을 판 렌트카다. 다음 날 오후에 런던행 비행기를 탈 예정이니, 조슈아 트리 공원으로 가서 거대한 화장실 같은 풀숲 언저리에서 노닥거려볼까. 사실 그래야만 한다. 대륙과 대륙 사이의 성층권에서 공기와 마찰을 일으키며 윙윙 소리를 내는 장난감을 기다리기 위해 낯설고 거대한 도시에서 머무는 것만큼 가슴 아픈 일도 없다. 로스앤젤레스는 고약한 오염물질 속에 침잠되어 심술궂은 중력을 발휘해서 우리를 잡아끈다. 갈빗대 하나하나에 5대지속도의 추진력을 가해서 6.5달러짜리 젤리빈을 얻기 위해 미니바로 안간힘을 다해 다가갈 때는 땅에 착륙한 우주인이 된 느낌이다.

일요일 아침 7시 30분이다. 선셋 가를 향해 운전대를 돌릴 때 타이어가 기름투성이 콘크리트에 미끄러지며 끼익 소리를 낸다. 로스앤젤레스에서의 심리지리학적 시각은 자동차 없이는 의미를 찾기 어렵다. 걷거나 남이 운전하는 차를 타지 말아야 하며 21세기의 불에 타는 둥지를 음미해보고 모든 것을 스크린을 통해 보아야 한다. 로스앤젤레스는 겹쟁이나 인간적 척도를 요하는 사람들을 위한 도시가 아니라, 끊임없이 발전하는 도시이기 때문이다. 뚜렷한 주인공이 없이 모두 엑스트라뿐이다. 10번 고속도로의 합류부에 도착했을 때 드라이브로 아침인사를 대신한 느낌이었다. 나는 필 콜린스 채널을 듣고 있었다. 라디오에서는 WMCPHIL을 내보내면서 필의 최고 히트곡들을 반복해서 틀어주었다. 관장약과 극저온 저장 시스템 광고가 중간 중간을 담당했다.

쿵쾅거리며 앞으로 나아간다. 10번 고속도로 곁으로는 엘 몬테El Monte, 볼드윈 파크Baldwin Park, 웨스트코비나West Covina, 포모나Pomona, 몽클레어Montclair, 온타리오Ontario가 스쳐 지나간다. 도시는 너무 커서 끝없는 경계 속에 빌어먹을 캐나다 지방 전체를 담는다. 사막 언저리에 자리 잡은 배닝Banning 주변에서 드디어 통제력을 상실하자, 산맥이 솟아오르고 독수리가 공중을 차지한다. 필의 노랫소리가 울려 퍼진다.

"오늘 밤 공기 속에 스미는 느낌이여……(필 콜린스의 「인 디 에어 투나잇」 – 옮긴이)."

내가 따라 부를 수 있는 소절은 "오 주인님!Oh Lord!"을 외칠 때뿐이다. 나는 휴게소에 차를 세우고 흠집 하나 없는 캘리포니아 고속도로 순찰차로 다가간다. 순경의 선글라스 알에 비춰 두 사람이 되어버린 내 흐트러진 몰골을 몇 분간 지켜보다가 공원으로 가는 길로 빠지려면 얼마나 더 가야 하는지 물어보았다.

"30분 정도 더 가면 루트 62가 나옵니다. 공원 입구는 거기에서 30분 더 가면 나와요."

그는 무덤덤하게 대답한다. 비록 여느 미국인들처럼 '루트'를 '다우트'와 같은 모음으로 발음한다는 점이 마음에 걸리지만.

이러한 변화는 10여 년 전 인민을 버린 스탈린주의자들의 집단행동에서 비롯되었다. 지금은 모든 미국인이 '루트'라고 발음하지 않고 '라우트'라고 발음한다. 「루트 66」의 몇 소절을 부를 때조차도 침략자를 66번 패퇴시키는 가사가 아니라고 지적해주지만 여전히 그들은 들은 척도 하지 않는다. 나를 짜증나게 만드는 부분이다. 급커브가 진 도로에서 내 앞으로 쏜살같이 지나가는 뚱뚱한 주말 자전거족이나, 북쪽 길을 향해 있는 29 팜 마린 베이스의 거대한 경계 울타리보다도 더 짜증이 난다. 이 기지 안에서는 수천 명의 해병대원이 교회에 가기 전에 머리를 다듬고 있을 것이다.

공원에 도착했을 때 모래를 밟고, 동그란 바위를 오르고, 시원한 공기를 마시고, 콩나물같이 생긴 변기 솔을 바라볼 시간은 30분밖에 없었다. 공식 가이드 맵은 사막을 두고 사과조로 기술하고 있었다.

"여기를 버려지고 쓸모없는 땅이라고 생각하는 사람들도 있다."

새뮤엘 베켓의 연극에 등장한 마이너 배역을 설명하는 것 같았다. 하지만 쓸모없는 것은 공원이 아니라 나 자신이다. 나는 겨우 30분을 걸으려 여덟 시간을 운전했다. 나는 로스앤젤레스에서의 삶으로 끊임없이 돌려보내는 파이어스톤 타이어에 몸을 맡기고 있다고 생각했다. 하지만 정작 도로에서 치여 죽은 보잘것없는 동물과 다름없는 존재일 뿐이다.

# 충분한 은신처

제임스 폭스와 나는 칼레에 머물고 있다. 지금 생각으로는 칼레에 영원히 남을 것만 같다. 돌로 만든 품에 안겨, 심장을 두른 단단한 셔터를 두드리며 들여보내달라고 영원히 애원할 것만 같다. 호텔 드 빌은 고딕 양식의 관장 펌프처럼 생겼다. 어떻게 생겼던 무슨 상관일까. 칼레는 프랑스의 정취가 물씬 풍긴다. 우리는 왜 이처럼 작은 카페에 앉아 있는 것일까. 멜라민 수지를 씌운 테이블, 전나무 패널로 덮인 벽, 니코틴으로 범벅이 된 천장. 온통 갈색 톤인 카페는 내 탐구심을 자극한다.

　나는 언어 능력이 뛰어난 제임스를 파견했다. 악명 높은 망명 신청자들의 운명을 담당하는 후원자들과 수사슴들을 한데 묶어주기 위해서다. 이 같은 완곡어법은 영국 정부가 강제수용소를 폐쇄한 이후부터 칼레의 거리에 만연해 있다. 나는 칼레 거리를 탐험해보고 싶었다. 거리 탐험은 내 여행에서도 늘 중요한 부분을 차지했으니까. 우리는 담배를 싼 값에 사기 위해 칼레에 왔지만, 그들이 온 이유는 사람다운 삶을 살고 싶기 때문이다. 두 여행자 모두 피해야 할 것은 가장 악독하고 증오심에 찬 심리지리학이리라.

　후원자는 여행자용 지도를 손에 든 채로 우리에게 설명을 늘어놓았다. 제임스가 통역을 할 필요가 전혀 없었다. 그 친구는 '편견'이라는 국제어를 구사했기 때문이다. 그는 콧수염을 실룩거리며 이렇게 설파했다.

WHO, IN THIS LIFE, IS NOT A REFUGEE FROM SOMEWHERE??

"맞아요. 이탈리아 사람들이 미덥지 못하다는 건 인정해야죠. 미국인들은 신경도 안 써요. 우리는 기본적으로 건전한 사람들이니까 우리와 독일인들에게 달려 있는 문제예요. 우리는 협력해서 이 자들을 되돌려보내야 해요. 당신들은 나처럼 직업이 있는 사람들이잖아요. 그들이 우리의 직업, 집, 심지어 아내까지 빼앗으려 한다는 사실을 말씀드리지 않아도 잘 아실 거예요!"

"프랑스 경찰들이 아주 잘 하고 있는 거죠. 아예 이 사람들을 태우고 200킬로미터 떨어진 내륙으로 가서 내려놓거든요. 하지만 그다지 먼 거리가 아니에요. 아주 잘 찾아서 오니까요."

"그럼 그 사람들은 지금 어디 있나요?"

우리는 점잖은 직장인인 것처럼 질문한다. 후원자는 지도로 시선을 돌린 다음, 9인치 야전포 몇 문으로 이 문제를 일거에 해결할 준비를 갖춘 것처럼 손가락으로 방향을 가리킨다. 우리는 요금을 지불하고 갈 길을 재촉한다.

"또 봐요." 후원자의 인사에 나는 나지막이 중얼거렸다. "그래요, '결코'라는 말을 붙여야 하겠지만."

거리에서 우리는 과묵한 택시기사가 운전하는 택시를 타고 퐁 조지Pont Georges를 지나 부두에 도착했다. 그는 현재 상황을 두고 더 논리적인 분석을 내놓았다. 그래, 도망자들이 일부 있는 것은 사실이다. 하지만 대부분은 영국해협 저편의 항구에 흩어져 있다. 그들은 경찰이 괴롭히는 탓에 대륙에서는 아무것도 주워 먹을 게 없다. 대낮에 거리에 있으면 안전을 보장하기 힘들다. 그는 거친 외관의 등대가 뿜어내는 서치라이트 빔 밑에 차를 세웠다. 흉측한 모더니스트 교회의 현관 앞에서 망명 신청자 한 무리가 보였다. 담요가 몸인지, 몸이 담요인지 구분이 가지 않았다.

유럽 요새를 폭풍처럼 무너뜨리고 있는 폭도의 무리가 바로 이들이다. 남쪽에서 밀고 올라와 우리의 거대 정부를 무너뜨리고, 대규모 경제를 약탈하려는 군중들이다. 20명 가까이 모인 이들의 피부색은 흰색, 갈색, 검은색 등 가지각색이었다. 그들을 향해 다가가자 그들도 우리를 맞으러 그늘에서 뛰쳐나왔다. 제임스는 피진 프랑스어를 구사하는 수단 청년과 대화를 나눴고, 나는 부다페스트 근처에서 여기까지 온 플로리안Florian이라는 이름의 청년과 기초적인 영어로 대화를 나눴다. 플로리안은 박해를 받은 티를 내지 않았다. 그는 루마니아에서 식당 일을 도우며 한 달에 100달러 정도를 벌고 있었다. 고단한 인생이다. 영국에 오면 돈을 더 벌 수 있을 것이라고 들었다 한다. 나는 진부한 태도로 동의의 의사를 표시한 다음 내가 식당에서 일하면 얼마를 받을지 생각해본다. 부들부들 떠는 도망자들을 바라보는 순간, 어두컴컴한 부엌이 나를 놀리듯 그들 사이에 우뚝 선다.

플로리안은 절박했다. 영국까지 가지 못한다면 집으로 돌아가야 할 것이다. 후원자와 택시기사가 말한 것처럼 칼레로 온 도망자들의 삶은 무시무시하다. 그래, 경찰이 이들을 태우고 저 먼 내륙에 버릴 것이다. 오직 교회만이 이처럼 초라한 안식처를 제공할 뿐이다. 제임스와 대화를 나눈 수단 청년은 상황이 더욱 좋지 않다. 그는 내전을 피해 도망쳤고 수단으로 돌아간다면 특정 부족에 속해 있다는 이유로 목숨을 부지하기 힘들 것이다. 그의 상황은 완곡어법으로 표현할 여지가 없다. 이것이 곧 현실이다.

30분이 지나 우리는 대형 트럭 터미널 옆에 문을 연 카페 겸 잡화점에서 커피를 마셨다. 트럭 터미널은 유로터널 입구 옆에 자리 잡고 있으며, 카페는 시설이 훌륭했다. 여기에서 도망자들은 영국을 향하는 화물차에 몰래 몸을 실으려 한다. 하지만 그들의 흔적은 일체 찾아볼 수 없고 부지런한 보안요원들이 세미 트레일러를 점검하고 있을 뿐이다.

보졸레 누보가 도착했다. 웨이트리스가 잔을 따르며 소시송 한 접시를 올려놓는다. 프랑스 화물차 운전사들이 하나같이 평안한 분위기를 내뿜는다. 무척 평온하고 안락한 느낌이다. 이런, 수단 망명 신청자들이 그들의 직업을 빼앗을까 걱정하는 것이 놀랍지 않다. 여기 영국인 저널리스트 두 명은 기꺼이 그들을 포용할 준비가 되어 있다.

# 밀봉된 지혜

은둔자는 정원을 설계할 때 늘 핵심적인 부분을 차지한다. 정원 건축의 초기부터 건축가들은 야생의 모습을 생생하게 불러일으키기 위해 동굴을 편입하려 했고, 은둔자들은 적절한 급료를 대가로 이 속으로 이끌렸다. 그러나 진정한 은둔자가 사라진 당시에는 대체할 사람을 찾을 수밖에 없었다. 스웨덴 포스마크Forsmark의 '영국식' 인공 정원에서 여행 작가 린너힐만이 동굴을 발견했다.

"그늘에는 은둔자가 손에 책을 들고 앉아 있었다. 그는 짙은 자주색 망토를 입고 부드럽지만 심각한 표정을 짓고 있었다. 왁스로 만든 이 형상은 쥐가 파먹은 흔적으로 가득했다."

린너힐만은 18세기 후반에 이 글을 썼지만 은둔자는 오늘날까지도 활동하고 있다(아니면 조용하다고 말해야 할까). 일각에서 보면 1990년대의 거리 투쟁은 끊임없이 쇳덩이로 영국의 전원을 갈아내는 자동차 전쟁을 종식시키려는 시도였다. 하지만 다른 시각에서 보면 이러한 거리 투쟁꾼들은 실패한 은둔자에 불과했다. 그들은 영원한 진리를 탐구하려 나무와 굴속을 파고들었지만, 최저임금만 받고 일하는 임시 경비요원들에게 추방당한 패배자들이었다.

뉴베리 우회도로의 건설을 막으려는 캠페인이 계속 진행될 무렵, 턱수염이 무성한 발론이라는 이름의 남자가 20피트 길이의 발판용 통나무로 만든 트라이포트에 대롱대롱 매달려 있는 모습이 눈에 들어왔다. 나는 그와 깊은 대화를 나눴다. 분명 발론은 자신이 미들 잉글랜드뿐 아니라 미들 어스에 있다고 생각했다. 분명 여기에는 B1562의 지저분한 가장자리에 서 있는 트라이포드처럼, 말 그대로 위태로이 잔존한 그의 불신을 무언가가 자극했다.

내 인생에 가장 큰 영향을 끼친 은둔자는 피터 벅스톤Peter Buxton이었다. 그는 서포크 해변에 있는 기묘하게 생긴 오두막에 살았는데, 아버지의 친구는 바로 옆에 자리 잡은 더 이상하게 생긴 오두막에 살았다. 크리크 커티지는 평범한 벽돌 건물의 내실을 목재로 확장해놓아 금방이라도 무너질 것 같았다. 목재로 연장한 공간에는 침상이 어색한 각도와 높이로 조립되어 있었고, 침대들에는 책꽂이와 나무 박스가 올라가 있었다. 하루 종일 푹신한 이불에 누워 비막이 판자의 삐걱거리는 소리와 코를 간질이는 자주달개비 덩굴을 벗 삼아 찰리 채플린의 전기를 읽을 수도 있었다. 저 멀리 폭풍우의 승리를 시사하는 황량한 풍차를 바라보며 바닷물이 흐르는 개울, 갈대밭, 모래언덕으로 뒤덮인 세상으로 나가볼 수도 있었다.

들리는 이야기에 따르면(근거 있는 이야기인지는 잘 모르지만) 피터는 한때 구 런던 카운티 의회 소속 건축가였다고 한다. 그는 당시 이스트 엔드의 고층 건물을 설계하며 도시의 비인간화에 기여했다. 그러다가 어느 순간 갑작스런 깨달음이 찾아온 뒤로 은둔자의 길을 걸었다. 엉망으로 길어버린 턱수염과 머리칼, 풍파에 찌든 구릿빛 얼굴, 금속 원판을 두드린 듯한 넝마바지, 이리저리 늘어뜨린 끈, 웰링턴 부츠를 보면 피터야말로 진정한 은둔자였던 것 같다. 그는 주말농장을 가꾸고 오두막을 보살피며 미끈한 바닥에서 철야등 하나에 의지해 불교 경전을 읽었다.

오두막에 머물 무렵 나는 가부좌를 틀고 그와 마주 앉아 차와 국을 들며 조용히 대화에 빠져들었다. 내 기억이 정확하다면 이 와중에 그는 점잖게 정신적인 조언을 해주었다. 빼놓을 수 없는 경험은 따분한 분위기에서 벗어나기 위해 해변으로 꼬불꼬불 뻗친 돌길을 신이 나서 걸어갈 때였다. 팔에 난 상처가 곪으면서 팔이 부풀어 올랐다. 결국 고통을 이기지 못하고 피터에게 하소연하자 피터는 망설임 없이 목초

한 묶음으로 고름이 쏟아지는 상처를 둘러주었다. 놀랍게도 다음 날 일어나보니 고름이 완전히 가라앉아 있었다. 참으로 다행이었다. 은둔자라면 최소한 이러한 면모를 갖추어야 하지 않을까.

크릭 커티지Creek Cottage의 괴짜 주인은 오래전에 사망했다. 그 뒤로 얼마 가지 않아 피터 벅스톤 역시 유명을 달리했다. 일부는 그가 도시계획의 희생자이며, 동굴에서 쫓겨나서가 아니라 굶어서 죽은 것이라고 말한다. 피터를 1960년대 모더니즘의 태두로 생각하기 어려운 것처럼, 오두막과 피터를 떨어뜨려놓는다는 것 또한 상상하기 힘들었다. 이 마을을 방문할 때마다 나는 늘 방파제를 따라 걸으며 오두막을 지켜본다. 1970년대의 무모하고 위태위태한 모습으로 회귀하지 않았을까 기대해보지만, 바랏 홈만큼이나 네모 반듯이 정돈된 모습을 자랑했다. 왁스로 만든 은둔자는 시간이 갉아먹어 흔적도 없이 사라졌다.

# 소돔 우회도로

어느 시점에 길거리 표지판 '소돔 60킬로미터'를 찾아야 할지 가늠하기 어렵다. 평범하게 생긴 것은 말할 것도 없고 눈에 잘 띄지도 않는 표지판이다. 예루살렘 밖으로 차를 몰고 나가 데드 시 쪽으로 충분히 내려가면서 어디에서 좌회전(예리코 10킬로미터)을 할지, 아니면 우회전(방금 언급한 소돔)을 할지를 결정한다. '음, 평소처럼 소돔에서 장을 봐야겠어', '여기로 가야겠네, 아이들 학교가 끝날 시간이야, 예리코에가서 태우고 와야지' 같은 말이 스스럼없이 입에서 흘러나올 것이다. 가장 오래되고 강력한 유대로 포장되어 지금껏 공명되는 명칭들은 끊임없이 사람들의 입에 오르내리고 시간의 흐름에 침식되면서 흔히 볼 수 있는 자갈로 탈바꿈했다고 생각하는 편이 좋으리라.

　이렇게 생각하는 것이 좋을지는 몰라도 진실과는 거리가 멀다. 유대인들은 모래라는 관념 속에 이 같은 장소명을 묻어 팔레스타인 민족에게서 빼앗아오는 대신, 집단의 힘을 발휘해 새로우면서도 골치 아픈 활력을 이러한 이름들에 불어넣었다. 200년이 넘도록 엄격한 성경연구와 고고학 연구가 진행되면서 베들레헴, 나사렛, 비어시바 등등의 신비로운 면이 벗겨지기보다는 세상을 구원할 열정이 더욱더 불타올랐다.

　물론 이 장소의 소유권이 누구에게 있는지를 논쟁한다면 장소명을 끊임없이 언급해야 할 것이다. 제임스 서버James Thurber는 유명한 수필『침대가 떨어졌던 밤 The Night the Bed Fell』에서 '퍼스 앰보이Perth Amboy'라는 장소명을 침대에서 몇 번이고 되뇌자 음절이 어떠한 의미도 갖지 않게 되는 현실을 언급했다. 설상가상으로 서버는 가리키는 대상이 없어지면서 의미를 상실한 세상으로 빨려 들어가는 느낌에 휩싸였다. 우리도 지금 살고 있는 곳을 제3차 세계대전의 도화선이라고 상상하며 역발상 실험을 해볼 수 있다. 신문의 헤드라인을 이렇게 상상해보라. '군대가 코골이를 향해 진격한다', '코골이 속에서 일어나는 인종 청소', '코골이 마을회관에 화학무기가 살포되다.' 울부짖는 서민들, 고함을 지르는 군인들, 젠체하는 정치인들을 그려보라. 나는 머지않아 '조용한 코골이'라는 단어가 우리 뇌리 속에 이오 지마Iwo Jima, 사라예보Sarajevo, 골고타Golgotha 같은 단어와 동일한 의미를 갖게 되리라고

확신한다.

이스라엘을 홀로 여행하면서 나는 이처럼 뇌리에 울려 퍼지는 장소들 몇 군데를 방문했고, 흑해에서 수영까지 했다. 흑해에 몸을 담그지 말라는 말은 차마 하지 못하겠다. 실제로 벗겨진 살과 벤 상처에 소금물이 닿으면 쓰라리고 아프다는 것은 정상적인 사람이라면 누구나 알고 있는 사실이다. 하지만 내가 미처 몰랐던 것은 이처럼 위협적인 연못(이렇게 말하는 이유가 궁금한가, 터놓고 말해보자, 어찌 바다가 해수면보다 낮을 수 있는 걸까)에 들어가는 순간 피부가 갈라지면서 따끔대고 찝찝한 느낌과 함께 온몸이 넝마가 되어버린다는 사실이었다. 릴로Lilo(조지아의 도시로 방사능 누출의 원자력 사고를 겪었음–옮긴이)에 있는 듯한 고통에 신음하며 서쪽의 급경사면을 바라보았다. 바로 이곳에서 열정에 찬 마카베오가 로마에 맞서 대항하다가 굶주림을 견디지 못하고 집단 자살을 감행했다.

한참 서방에 사는 사람들은 오늘날 이스라엘 사회를 압박하는 움직임을 도통 이해하지 못한다는 생각이 들었다. 한편으로는 광대한 이스라엘 땅Eretz Israel을 건설하려는 근본주의자들이 있다. 이들은 기원전 17세기 여호수아 왕 시절에 성직자들이 각색한 역사를 신뢰한다. 또한 유대인식 크레센트와 사마리아 스타일의 거리로 가득 찬 밀튼 케인즈를 건설하려는 데 혈안이 된 세속주의자들도 있다. 이른바 점령 지역의 이스라엘 거주지는 전원도시를 조성하는 귀찮은 계획의 전초기지가 될 뿐이다.

장소명이 거의 남아 있지 않은 팔레스타인인들에게는 이러한 접근이 불가능하다. 이들에게는 장소명이 고통, 박탈, 국가 차원에서 자행되는 살인과 동의어가 되었다. 나라를 빼앗긴 사람들은 정치적 공동체에서 부스러기처럼 떨어져 나간 '구역'이나 '지구'의 주민들로 전락했다. 에멘탈 치즈처럼 불도저, 대포, 포르타르가 구멍을 뚫어놓은 도시가 즐거운 곳으로 변해가고 있다고 상상하기는 어렵다. "라말라의 멀티플렉스는 볼 만하지", "제닌 가든 센터에서 화분용 흙이 나오던데" 같은 말은 생각의 실험 차원에서도 떠올리기 힘든 발언이다.

무섭도록 열성적인 방문자들은 홀리랜드에 와서 '예루살렘 증후군'에 시달린다. 예수가 걸었던 길과 같은 자갈길을 걷는다는 사실에 심취해 성유의 은총을 받았다는 망상에 휩싸여 근처 정신병원으로 끌려가 클로르프로마진 주사를 맞아야 하는 지경에 이른다. 통곡의 벽과 십자가의 길 같은 신성불가침의 성지를 바라보며 이러한 고통이 주는 좌절을 그대로 경험했다. 거대한 브리즈 블록 더미와 냄새가 풍기는 계곡을 음미하고 있을 때 버스가 내가 왔던 길을 가리키는 '소돔 5킬로미터' 표지판 앞으로 지나갔다. 이런 젠장! 모르고 지나쳤지만, 우회로가 있었던 것이 분명하다.

# 양탄자가 움직이다

나는 질풍노도의 시절, 가벼운 지진을 몇 차례 경험했다. 1983년, 다윈Darwin에 있는 호주 북부토지개발국에서 일하고 있을 때 생애 첫 지진이 찾아왔다. 아버지가 직장을 구해주었고, 집에서 보내주는 돈으로 먹고사는 입장에서는 사냥감을 쫓는 그레이하운드 사냥개처럼 무슨 일이 있어도 붙잡아야 했다. 나는 런던에서 버리지 못했던 나쁜 습관을 벗어나 아버지가 살던 캔버라Canberra에 도착했다. 하지만 이상하게도 이상적인 전원도시인 호주의 수도에는 수많은 백수들이 득실댔다. 자연스럽게 이러한 결론에 다다랐다. 이처럼 심각한 문제를 피하려면 충분히 멀리 떨어진 다윈으로 가면 되지 않을까.

약물에 반쯤 중독된 많은 사람들도 나와 똑같은 생각을 품고 있었다. 나는 금세 그들과 어울려 종이상자에 담긴 에무 엑스포트Emu Export 한 팩과 호주 대마초에 한껏 취해 갈증을 해소했다. 허리케인이 다윈을 휩쓸고 간 지 10년이 지났지만, 마을은 아직도 그 여파 속에서 신음하고 있었다. 마을의 집구석에는 남부 도시에서 도망친 사람, 분에 넘치는 연봉을 받는 공무원, 벽촌에서 온 지독한 시골뜨기, 조용한 도로 중앙분리대에 늘어선 굵직한 야자수 밑에서 뒤죽박죽 모여 앉은 기이한 원주민들이 들끓었다.

내 직업은 노던 준주Northern Territory의 건축부지 수요를 파악하는 일이었다.

브리티시 섬보다 여섯 배 크지만 인구가 10만 명 이하인 점을 감안하면 빡빡한 편이라고는 볼 수 없었다. 대략 통계를 내보니 결혼율과 인구가 연방 보조금 수준에 따라 등락한다는 사실을 알 수 있었고, 보고서를 단지 이 문장 하나로 구성할 수도 있었다.

어쨌건 나는 4개월 단위로 고용계약을 맺고 그럭저럭 괜찮은 연봉을 받았다. 괜히 소동을 일으킬 이유가 없었던 것이다. 이름뿐인 상사는 가끔 사무실에 나타나서 요트를 타고 놀 계획을 세우거나, 오페레타의 희극 배우처럼 오스트리아 영사 역할을 맡아 우습기 그지없는 경제전문가로서의 서비스로 업무범위를 제한하는 편이 나았다.

나는 스완 호텔에서 『잃어버린 시간을 찾아서À la recherche du temps perdu』를 읽고 맥주를 홀짝홀짝 마시며 대부분의 시간을 보내면서도 프라우스티안 레저드멩 Proustian legerdemain과 함께 사무실을 나갔다. 그러다 보니 다윈에서 카지노 다음으로 높았던 정부 건물 6층에 들어가 있었고, 바로 그때 진도 6의 지진이 북동쪽으로 500마일가량 떨어진 아라푸라 바다 밑바닥에서 발생했다. 사스코 사 연간 계획표를 지탱하고 있던 흰 벽이 튀어 나오고, 수직 무늬가 새겨진 미늘판이 떨리면서 와이셔츠 차림으로 있던 직원들은 하나같이 비상계단으로 뛰어 나왔다.

거리에 나가서 도로, 인도, 길가가 요동치는 모습을 보니 거대한 통로용 양탄자의 한쪽 끝을 홱 잡아 당기는 것 같았다. 눈에 보이는 파도가 땅 속으로 뚫고 들어가고, 일꾼들의 왁자지껄한 소음을 진동시켜 대물을 잡으러 파도 속에서 기다리고 있는 서퍼가 된 느낌이었다. 지진이 지속된 시간은 기껏해야 4~5분이었지만, 나에게는 모든 물질이 완전히 변신되는 찰나를 벗어나기에 충분한 시간이었다. 땅이 물질 때문에 진동하거나 '흔들려서는' 곤란하다. 땅은 늘 제자리를 지켜야 한다. 이같이 당연한 공리는 재론의 여지 없이 편안한 라이프스타일을 즐기는 나 같은 사람을 지탱해주고 있다. 마치 땅이 에어즈 록Ayers Rock과 파르테논 신전을 이 물질에 의지해 지탱하는 것처럼. 땅이 진동한다면, 그 다음 차례는 무엇일까. 메뚜기 떼가 찾아

올까. 수로가 두 동강이 날까. 아니면 공기가 결정체로 굳어 빛을 산란시키며 우리를 질식하게 만들까.

　　가장 특별했던 경험은 특이한 내 친구녀석 하나를 가족으로 받아들였던 티위 섬 사람들의 반응이었다. 이스트 엔드 토박이였던 존은 1960년대에 호주에 도착했다. 소아마비가 있었던 그는 다리를 절뚝이면서도 대부분 모페드를 타고 다녔다. 그는 호주 원주민들과 어울리는 쪽을 선택한 터라 국토부 이외의 부서를 접할 일이 별로 없었다. 작고, 하얗고, 머리가 벗겨지고, 안경까지 쓴 존과 엄청나게 키가 크고 털로 뒤덮인 티위 섬 사람들(호주 원주민 가운데 와투시 부족의 특징을 여실히 드러낸)은 확연히 대비되었다. 지진 발생 후 며칠이 지나 그들과 어울리고 있을 때 몇몇 티위족이 알 수 없는 이유로 동요하는 것 같았다. 대체 무슨 일이냐고 질문하자 그는 이렇게 대답했다.

　　"지진으로 케이프 요크에서 이들 부족 몇 명이 죽었다는 소식을 방금 들은 것 같아요."

　　"들었다고요?" 나는 의아했다. "어떻게 들었다는 거죠?"

　　"아, 이들이 쓰는 방법이 있어요." 존은 씩 웃었다. "전화는 아니에요."

　　풍자적 의미를 담은 통계 조사, 공기를 액화시키는 땅, 이틀이 걸리는 텔레파시 장거리 전화. 이 모든 것이 따지고 보면 다 똑같다. 나는 마음의 평화를 찾고 세인트 저먼 가에 돌아올 수 있었다.

# 현명한 사람에게는
# 아무것도 아닌 나라

내가 어릴 때 알고 지내던 피터 벅스톤에 대한 칼럼(앞에 나온 '밀봉된 지혜' 참조)을 쓰고 대량의 편지를 받았다. '대량'은 고작 다섯 통의 편지를 의미한다. 하지만 지형학과 정신분석학의 관계를 기술하려면 이 정도 분량도 엄청나게 많다.

간략히 요약하면, 내가 1970년대 피터 벅스톤을 처음 알았을 때 그는 매우 특이한 프란체스카 윌슨이라는 할머니가 소유한 보헤미안 스타일의 오두막에서 은둔 생활을 즐기고 있었다. 이 오두막은 서퍽 마을 해변에 자리 잡고 있었다. 하지만 피터는 런던 카운티 의회에서 건축을 맡았고, 이스트 엔드에 하나둘씩 솟아 이 지역의 비인간화를 주도한 고층 빌딩에 상당 부분 책임을 면할 수 없었다. 분명 그는 어느 정도 양심과 타협했고, 그뒤 전형적인 은둔자의 길을 걸었다. 불교 경전을 읽고, 라가를 흥얼거리고, 현미를 먹고, 허브 찜질을 하며 하루하루를 보냈다.

나에게 편지를 보냈던 사람들은 모두 피터를 개인적으로 알고 있었고, 각자의 정보를 내 추억에 덧발랐다. 한웰의 발 클로크Val Cloake는 은둔자의 귀환을 다음과 같이 묘사했다.

"프란체스카가 크릭 카티지Creek Cottage를 구입하면서 지불한 대가로 피터를 빼놓을 수 없다. 피터는 그녀를 도와 크릭 카티지를 호스텔로 리모델링했다. 이뿐만 아니라 그는 자신을 위해 정원에 정감이 가는 헛간을 지었다. 그는 포장용 상자를

Peter Buxton - Mk 2. Artist. Architect. Visionary. Hermit. Loser Ralph Steadman 2004

준비하고, 커튼과 함께 헛간을 서가로 가득 채워놓았다. 꽉 차게 되면 헛간에서 나와 포장용 상자 속으로 들어가려는 심산이었다. 상자는 길고 좁아 안에 들어가 미끄럼틀을 탈 수도 있었다. 상자 속에 누워 밤새 불을 켜놓고 책을 읽을 수도 있었다. 부드러움과 안정감 같은 가치는 그의 관심사가 아니었다. 한때 지역 공무원이 당신 정원에 있는 포장용 상자 속에 어떤 남자가 들어가 살고 있다는 편지를 보낸 일도 있었다. 관심을 가지지 않을 수 없는 일이다. 그렇지 않은가."

덤프리스에 살고 있는 루이스 키니어Lewis Kinnear는 이 특별한 주거공간을 다른 시각으로 파악했다.

"……신경쇠약에 시달리다가, 결국 월버스위크의 해변에 정착하게 된 거예요. 프란체스카 윌슨이 그를 발견했을 때는 바닷물로 깨끗이 씻긴 피아노 포장 상자에서 살고 있었죠."

하지만 전달하기 힘들 정도로 내 글에 신랄한 반응을 보인 사람은 서레이 뉴이게이트에 사는 로빈 커튼이었다. 그의 편지는 다음과 같았다.

"2월 14일자 《인디펜던트》에 실린, 은둔자를 주제로 다룬 당신의 칼럼에 통탄을 금할 수 없습니다. 피터 벅스톤은 내 친한 친구이며, 나는 그와 LCC의 건축부에서 같이 일해왔습니다. 여러모로 그의 은둔생활은 그다지 행복하지 못했습니다. 당신이 들은 설명은 출처가 불분명합니다."

커튼의 편지 또한 충격적이었다. 바로 오래전 사망한 은둔자의 진실을 알려주었기 때문이다. 나는 커튼의 폭넓고 단호한 설명을 듣고 피터 벅스톤이 도시계획부서가 아닌 총무부에 속해 있었다는 사실을 알게 되었다. 커튼이 아는 한 벅스톤은 고층 건물에 아무런 책임이 없었다.

어쨌건 피터 벅스톤은 거대하고 삭막한 노인들의 집을 지으려는 전반적인 흐름에 맞서면서 브릭스톤 힐에서 꽤 떨어진 곳에 '정말 멋진 도시 계획'을 구상했다. 이 계획을 보면 전형적인 빈민구호소 정도의 크기로, 독립된 단칸방이 아담한 마당을 두르고 있었다. '피터는 훌륭한 예술가였고 그의 설계는 더없이 매력적이었다.' 그래서 사회 통념을 거스르는 그의 설계가 결국 현실로 구현되었다. 하지만 '피터가 세세한 부분에서 너무나 꼼꼼한 탓에 예산을 훌쩍 넘게 되었고 숙련된 기술이 필요했다.' 피터는 집이 완공되고 난 다음 하우징 디비전으로 차출되었다.

커튼은 이렇게 편지를 이어갔다.

"내가 다른 곳에 머물 무렵, 피터 또한 말 그대로 자취를 감췄다. 그는 큐 가든 인근에 있는 단칸방을 나에게 빌려주었다……. 커다란 빅토리아 양식 주택 꼭대기에 있는 방이었는데, 천정은 기울고 다락은 구조가 복잡했다. 그는 1층에서 매트를 깔아놓고 살았는데, 사방이 엄청난 양의 LP레코드판과 책으로 둘러싸여 있었다. 최소한의 재료를 자신만의 방식으로 다루는데도 그가 해준 요리는 맛이 아주 훌륭했다. 우리 부부가 그를 마지막으로 방문했을 때 그는 나에게 클렘페러의 베토벤 9번 교향곡 LP판을 빌려주었다. 늘 웃음을 잃지 않는 땅주인도 몰랐거나, 어디 갔는지 말하면 안 되는 상황일 수도 있다. 우리는 그가 데본으로 갔다고 넘겨짚을 수밖에 없었다. 어머니가 그곳에 살고 있다고 말했기 때문이다."

여기까지가 바로 내가 모페드에서 떨어졌을 때 덧난 팔꿈치 상처를 치료해준 턱수염 무성한 자애로운 남자의 이야기다. 그는 나와 함께 민트 차를 마시며, 사춘기 소년다운 정열이 가득한 내 이마에 안정의 숨결을 불어넣었다. 나는 내 이야기의 어느 부분이 더 치명적인지 모르겠다. 하지만 이야기의 끝과 시작을 모두 갖추게 된 것은 사실이다.

# 게이바리아

독일을 방문할 때마다 조금 따분함을 느낀다. 유대인의 피가 섞인 사실을 애써 피하려는 반응일지도 모른다. 오늘날에도 독일을 방문하는 유대인들은 과거의 악몽을 되살리게 마련이나 몇 번만 방문해본다면 공포감이 사라지고 목덜미에서 들려오는 바람을 가르는 도끼소리에 둔감해질 것이다. 오스트리아인과 유대인의 피가 반반씩 섞인 유명 소설가 월터 어비시Walter Abish는 『요즘 독일 사람들은 어떨까 How German Is It?』라는 작품에서 이러한 현실을 압축적으로 묘사한다. 이 이야기의 주인공은 홀로코스트 이전에 살았던 이름 없는 마을로 돌아온다. 역사 바깥에 설치한 마을 지도를 보니 모든 것이 독일식으로 변해 있었다. 대갈못과 철사로 엮은 모눈도마저 속속들이 독일식으로 변해 있었다. 그가 여기 있다는 사실이 터무니없을 정도로.

그래, 나는 지난 10년간 독일을 여행했다. 계속되는 여행 내내 친절하고, 공손하고, 깍듯한 독일인뿐이었고, '독일다움'은 더 이상 섬뜩함으로 특징되기를 거부했다. 베를린에서 묵었던 저급 호텔에서는 유리를 새긴 출입문, 레이스를 단 베갯잇, 실링 로즈에 달린 역동적인 푸토 조각을 볼 수 있었고 뮌헨에서는 미니멀리스트 스타일의 호텔에서 오랜 시간을 머물렀다. 호퍼 호텔에서 나는 누구 이름을 따서 호텔 이름을 지었는지 물어보았다. 데니스 호퍼 아니면 에드워드 호퍼? 프런트 직원은 골똘히 생각하더니 이렇게 대답했다.

"제 생각엔 둘 다인 것 같아요."

석회로 뒤덮인 콜로뉴 성당의 거대한 첨탑을 보는 순간 오줌을 지릴 듯한 공포감이 찾아와 스스로도 놀랄 지경이었다. 여기에 머물며 나는 수많은 문학작품을 창작했다.

당시 집필한 작품들은 독일식으로 글을 풀어냈고, 특히 유명 고전극 여배우(함부르크), 침팬지를 조수로 부리며 텔레비전 쇼를 성공시킨 여성(하노버), 담배를 손에서 놓지 않는 당당한 문학 비평가의 시점으로 기술했다. 마지막 행선지로 선택한 베를린의 리테라리시 콜로퀴엄Literarisches Colloquium(유럽 문인협회)은 가보고 싶었던 곳이기도 하지만, 독일식 따분함의 상징이기도 하다.

몇 년 전, 뮌헨에 도착해 한스 작스 슈트라세Hans Sachs Strasse에 있는 올림픽 호텔에 아주 편안한 마음으로 투숙했다. 호텔 직원들은 하나같이 말쑥한 차림이었다. 대부분 젊은 청년들이었고, 늘 친절한 태도로 나를 대했다. 호텔 정문 오른편에는 카페 비스트로가 있었고 바텐더와 고객들 또한 모두 친절하고 말쑥한 청년들이었다. 거리를 배회하다가 아주 꽉 끼는 레더호센과 깨끗한 로덴 재킷 차림의 바이에른 청년들과 마주쳤다. 나는 내 홍보 담당자 마르틴Martin에게 이날 느꼈던 심정을 낱낱이 말해주었다. 그는 흠잡을 데 없는 영어로 이렇게 대꾸했다.

"맞아요. 우리는 마을의 이 지역을 '게이바리아'라고 불러요."

나는 게이바리아가 꽤 마음에 들었다. 하지만 이 따분함이 '요즘 독일은 어떨까' 효과를 죽이는지, 살리는지를 가늠할 수 없었다. 우리 모두 함께 있어 기분이 좋았을까. 아니면 모종의 캠프 인생이 독일식 군사주의에 깃든 걸까. 그렇다면 따분함은 그저 획일성의 산물에 지나지 않는데?

다음 날 우리는 하노버까지 기차를 타고 가서 브루탈리스트 대학Brutalist University의 꼭대기에 있는 세미나 룸으로 올라갔다. 세미나 룸은 몹시 더웠고, 거대한 발전소 굴뚝 세 개가 하늘 높이 드리운 채 조용히 연기를 내뿜었다.

"저건 좀 특별해 보이는데요."

나는 마르틴을 쳐다보며 이렇게 말했다. 그는 짓궂게 웃으며 내 팔에 손을 올려놓았다.

"그래요." 그는 이렇게 대답했다. "하노버에서 저 굴뚝들은 '따뜻한 형제'라는 별명으로 알려져 있죠. 사실 말장난에 불과해요. 이 단어의 속어에 불과하거든요. 무슨 단어냐 하면……."

나는 선수를 치며 이렇게 넘겨짚었다.

"아, 알 만하네요. 남성 동성애자를 의미하겠네요."

"네, 바로 맞히셨네요."

이틀 후 우리는 베를린으로 떠났다. 나는 보통 여행 가이드 서적을 참조하며 혼자 여행을 즐긴다. 모든 일정이 사전에 나를 위해 준비되면 수벌 같은 느낌에 굴복하기 때문이다. 하지만 마르틴은 전혀 흔들림 없이 효율적으로 나를 인도했다. 줄곧 몽환적인 분위기에 빠져 독일의 정경이 피곤한 눈앞으로 벽지가 풀리듯 펼쳐졌다. 이러한 최면에 빠져 언어철학의 신비로운 측면을 두고 토론이 이어졌다. 독일에서 서른다섯 미만의 청년들은 거의 모두 쉴릭, 야스퍼스, 비엔나 서클에 대한 논문을 쓴다. 마르틴은 이에 반기를 들어 테오도르 아도르노를 선택했다.

우리는 적확한 전문 용어에 심취해 호화로운 맨션이 늘어선 거리에 택시가 멈출 때까지 어디를 가고 있는지 알아차리지 못했다. 가로수 사이사이로 커다란 호수의 푸른 수면이 반짝이고 있었다.

"맙소사! 이건…… 이건 반제Wannsee 호수잖아요. 맞죠?"

나는 다그쳤다.

"맞아요." 마르틴은 차분하게 대답했다. "그리고 리터리시시 콜로퀴엄이 바로 저기에 있어요."

"하지만 여기는…… 여기는 나치가 바로……."

"최종적 학살Final Solution을 계획한 곳이죠. 그들이 회의를 열었던 집이 호수 건너편에 있어요. 지금은 아주 훌륭한 박물관으로 변했지만요.”

나는 순간 따분함이 밀려와 프랑크푸르트학파 청년의 어깨를 밀며 이렇게 소리쳤다.

“나가!”

# 배터시!

10대 초반에 나를 가르쳤던 지리 선생님은 거대한 사람이었다. 거대하다는 말은 덩치가 크다는 말이다. 그의 이름을 떠올리려니 모종의 정신적 차단이 찾아와 방해를 일삼는다. 우리가 불쌍한 아저씨에게 너무 짓궂게 굴었기 때문이리라. 마흔셋의 아저씨라면 이러한 아이들에게 의례적으로 좋은 척하면서 아낌없이 받아줄 뿐이다. 우리는 경비병이 강제수용소에 갇힌 정신병자 한 사람을 맘껏 학대하듯 그를 괴롭혔다.

웰스 씨(편의상 그를 이렇게 부르겠다)는 우리 반 아이들과의 첫 만남 이후 영원히 낙인찍히는 불운을 경험했다. 그는 "발전소 이름을 말해보세요, 어떤 발전소라도 좋아요"라고 우리에게 질문했다. 난리법석 속에 잠시 침묵이 흘렀지만, 우리는 언제 그랬냐는 듯 다시 떠들기 시작했다.

"말해보세요!" 웰스 씨는 고함을 질렀다. "발전소 이름을 말해보라니까요! 어떤 발전소라도 상관없어요!"

누군가 교실 뒤쪽으로 팔을 비스듬히 들었다. 그 아이의 이름은 시드 골드였다. 잘난 척 대마왕인 시드는 그 나이에 벌써 경마를 할 줄 알았고, 점심시간에 이탈리안 델리에 가서 파르마 햄을 산 다음 "랍비 선생님, 나와주세요!"라고 소리치며 거리를 뛰어다니곤 했다. 골드가 손을 들었다면, 위트 넘치는 신조어를 만들어낸 것이 분명했다.

"그래, 골드." 웰스 씨는 조금 긴장한 기색이었다. "발전소 이름을 말해볼 수 있겠니?"

"배터시요, 선생님. 배터시 발전소요."

"그래, 배터시도 있지." 칭찬과 함께 웰스 씨의 단단한 갈색 콧수염이 움찔거렸다. "아주 훌륭해, 골드. 아주 훌륭해."

웰스 씨의 이 말은 효과 만점이었다. 그 뒤로 우리는 불쌍한 웰스 씨를 볼 때마다 손가락으로 짓궂게 가리키며 "그래, 배터시도 있지. 훌륭해, 훌륭해!"를 합창하고 정신없이 깔깔댔다. 왜 우리가 그를 흉내 내면서 그렇게 깔깔댔는지 도통 모를 일이다. 아마도 이런 이유에서가 아니었을까. 넌 당연히 있어야 할 곳에 있었지만, 나도 거기에 있었다는 사실은 몰랐지? 아마도 배터시 발전소가 런던의 스카이라인에서 워낙 두드러져 보이기에, 배터시 발전소를 언급한다는 것 자체가 너무나 당연한 사실을 언급하는 것처럼 보였을 수도 있고, 웰스 씨와 배터시 발전소 모두 엄청난 덩치를 자랑했기 때문일 수도 있다.

웰스 말고도 덩치가 큰 지리 선생님이 두 명 있었다. 메서 퍼브Messrs Purves와 힌클리프Hinchcliffe 선생님으로, 세 분 모두 키가 6.4피트 이상이었다. 그리고 세 분 모두 러프버러 폴리테크닉Loughborough Polytechnic에서 지리학과 체육을 한꺼번에 수료했다. 두 과목을 한꺼번에 공부하는 것은 길을 걸으며 껌을 씹는 것과 같이 어려운 일이 아니었다. 하지만 웰스 씨가 콧수염에 파마머리, 근심이 스민 기다란 얼굴이었던 반면, 퍼브 씨는 마귀를 연상시키는 적갈색 턱수염이 나 있었고 고대 그리스 판테온의 신고전주의 조각품을 연상시키는 빚은 듯한 외모를 자랑했다. 퍼브 씨는 잡담을 조금도 용납하지 않았고, 잡담하는 순간 올림피아에서 벼락이 떨어졌다. 내가 본 사람들 가운데 운동복을 입고 거리를 다녔던 사람은 그가 처음이었다. 분명 사라져버린 다가올 세상Shapelessness of Things to Come이었다. 힌크리프Hinchcliffe 씨는 키가 거의 7피트에 달했고 슬프게도 내가 막 여섯 살이 되었을 때 심장마비로 사

망했다. 무거운 하늘이 짓누르는 듯 비탄에 잠긴 학교는 도서관 지리학 서적 서가에 '브라이언 힌크리프 기념 서가'라고 새긴 작은 판자를 붙여 그를 추모했다.

지금까지 언급한 모든 것에도 불구하고 지리학 수업이 내 안에 흥미의 씨앗을 심어 몇십 년 뒤 거대한 심리지리학의 숲을 독자들 앞에 펼쳤다고 말했으면 좋겠다. 하지만 차마 그러지는 못하겠다. 배터시 발전소의 일화와 루톤 근처에 축축이 젖은 채로 가서 향사와 배사를 바라보았던 두서없는 현장 학습에도 불구하고 나는 목요일 오후 천년의 세월처럼 길게 느껴진 2교시 수업시간이 거의 기억나지 않는다. 기억하는 친구들이 한 명이라도 있을지 의문이다. 사람들은 자신이 늘 선생님을 감동시켰다고 주장하지만 그들 중 지리학자가 된 사람은 거의 없다.

아니, 혼란스럽게도 내가 지리학과 상극에 있는 지형학과 이의 묘사에 관심을 두는 것은 대부분 아버지에게서 비롯된다. 이 칼럼을 꾸준히 읽고 계시는 아버지는 도시 개발을 전공한 학자일 뿐 아니라 겸손이라고는 찾아볼 수 없는 분이었다. 어릴 적 나는 화장실에 가서 아버지가 소똥을 깔고 앉은 소처럼 쭈그리고 앉아 무릎 밑에 지도를 펼쳐놓은 모습을 여러 번 보았다. 막대기 같은 정강이에는 정맥류성 정맥이 사우스 다운이나 블랙 마운틴을 가리키는 등고선처럼 소용돌이 모양으로 이어져 있었다.

그래, 국토부의 공식 지도Ordnance Survey는 아버지가 완하제로 대용하는 읽을거리였다. 아버지는 변기에 앉아 오래된 지도를 관찰하는 것을 좋아했다. 지도는 뒷면을 리넨으로 덮은 종이에 인쇄되어 있었다. 당시에는 이러한 아버지의 모습이 웰스 씨의 모습처럼 우스꽝스러워 보였으나, 아버지가 배터시 발전소와 러프버러 폴리테크닉이 세상에 나오기 전, 제1차 세계대전 이전의 아르카디아를 돌아보고 싶었다는 사실을 뒤늦게 깨달았다.

# 크레이 피시 카드리유

내 친구 제이미는 만신창이가 된 중고 르노 밴으로 달 위를 달렸다고 떠벌린다. 물론 나는 이 말을 말돈Maldon 바다소금 한 봉지만큼이나 에누리해서 듣는다(말돈 바다소금은 유독 '짠맛'이 강하기로 유명하다/영미권에서는 'take something with a pinch of salt'라는 표현을 '곧이곧대로 듣지 않고 에누리해서 듣다'라는 비유로 쓰는데, 이를 풍자한 표현임−옮긴이). 하지만 그가 운전을 많이 했다는 사실에는 의심의 여지가 없다. 가장 오래된 중고 밴은 주행거리가 15만 마일에 달하고, 그보다 나중에 산 밴 또한 10만 마일을 찍었으나 그의 욕심을 채우기에는 아직 멀었다. 코비Corby, 텔포드Telford, 베이싱스토크Basingstoke에 소재한 잘 알려져 있지 않은 사업체에 괴발개발 포장한 소포를 배달하고, 아스팔트를 갈아내며 서비스 센터를 전전하는 등 짧게 말하면 인생을 흘려보내야 했다.

어느 날, 관성에 이끌린 제이미는 밴을 멈추고 웃자란 풀로 무성한 길가를 헤치고 나가 개울의 둑 위에서 발걸음을 멈췄다. 그는 둑 위에서 어슬렁거리고 있던 한 남자와 대화를 시작했고 제이미가 좋아하는 낚시를 화제로 삼았다. 대화를 나누다 보니 그 사람이 옥스퍼드 외곽으로 뻗은 템스 강둑 일부를 소유하고, 낚시할 권리를 1년에 50퀴드를 받고 임대하고 싶어 한다는 사실을 알 수 있다. 거대한 잉어를 낚기보다는 "옥스퍼드 주에 낚시권을 갖고 있어요……"라고 말하고 싶은 일념에 충만해

135

이곳저곳에서 거래를 성사시켰다. 하지만 그가 둑 일부를 소유할 무렵에는 처브와 송어보다 혈기왕성한 갑각류만 낚싯줄에 걸렸다.

정확히 말하면 크레이 피시였다. 미국 가재 말이다. 화물선의 밸러스트 탱크에 담겨 대양을 건넌 미시시피 델타Mississippi Delta 크레이 피시는 템스 강 어귀의 달콤한 물에 빠져 새로운 보금자리를 마련했다. 지난 몇십 년간 이 비자발적 경제 이민은 영국의 질척거리는 샛길에 숨어 들어와 차근차근 신중하게 영국 남동부의 하천 생태계에 침투했다. 이들은 토종 가재를 모조리 잡아먹었고, 수초와 생선알을 먹어치우며 강둑에 그들만의 자취를 남겼다. 짧게 말해 강물에서 산소를 완전히 없애버리고 자신들만을 위한 생태계를 조성했던 것이다. 깡패들이다. 하지만 나름 변호를 해준다면 작은 바닷가재보다 크고, 통통하고, 향이 좋으며, 진흙구이 같은 풍미를 풍기고 맛 또한 훌륭하다.

제이미 또한 몇 마리를 산 채로 끓여 꼬리를 뜯어 먹어보고 맛이 좋다는 사실을 깨달았다. 그는 스모크Smoke에 크레이 피시 시장이 열린다는 사실도 발견했다. 꿈 같은 엘 도라도의 광명이 산더미 같은 크레이 피시의 똥 무더기 사이를 비추고 있었다. 제이미는 밴 밖으로 영원 무구한 가능성을 보았다. 그는 환경국으로부터 20마일에 이르는 템스 강 연안에서 이 골치 아픈 침입자를 일소할 수 있는 허가를 획득했고, 레스토랑을 경영하는 지인으로부터 주문 물량까지 확보했다. 곧이어 강 하류로 진출해 사우스 벤플릿South Benfleet의 개펄까지를 영역으로 삼았다. 그곳에서 25피트 크기의 크루저 알버타와 페튤런스 론치를 타고 신용카드를 마구 긁어댈 수 있었다.

제이미가 칠흑 같은 어둠에 덮인 강어귀 한가운데 정박해 새벽과 밀물을 기다리고 있을 때 다층으로 쌓은 탱커선이 그레이브젠드Gravesend와 틸베리Tilbury를 향해 물살을 거슬러 올라가고 있었다. 그가 불안감을 느낀 것은 당연했다. 런던 토박이였던 그가 난생처음으로 런던을 떠나 하트 오브 잉글랜드Heart of England로 쓸려 들어갔던 것이다. 오늘날의 히로인, 캐서린 쿡손Catherine Cookson의 업적에 비견

될 만한 상류이었다. 신이 콘트라스트 조절기를 오른쪽으로 돌리고, 앨버타Alberta 호가 새로운 신천지를 개척하면서 제이미는 최선을 다해보리라 마음먹었다. 새조개는 결국 템스 장벽의 거대한 철제 팔찌를 뚫고 상류의 물길을 뒤집어쓴 다음, 풀 오브 런던(템스 강에 놓인 타워교 아래로 흐르는 조류 - 옮긴이)에 먹히고, 테딩톤 로크 Teddington Lock의 목구멍을 지나 옥스퍼드 외곽의 포트 메도Port Meadow 둑까지 다다랐다. 마지막으로 다다른 포트 메도 둑은 태초부터 졸린 소떼가 풀을 뜯고, 졸린 학생들이 버섯을 캐던 곳이었다.

옥스퍼드는 차로든 배로든 늘 여행객들을 끌어들이는 곳이다. 대학들이 더 이상 구호품을 제공하지 않는데도 강변의 집시와 뉴에이지 사상을 신봉하는 사람들의 혼이 고대의 습속에 새겨져 있다. 외곽순환도로 밑으로 뻗은 강둑을 따라 정박된 다양한 선박들의 고물을 바라보면 늘 애버리셔스Avaricious, 단델리온 클록 Dandelion Clock, 스포티브Sportive, 카타리나Catalina 같은 이름의 배들이 출항을 준비하고 프레슬리 산맥Preselli Mountains에 가서 현대식 헨지를 지을 청석을 싣고 올 것 같다는 특별한 느낌에 휩싸인다(스톤헨지는 남서쪽 웨일스 지방에서 바다를 통해 운반한 청석으로 지어짐 - 옮긴이).

제이미는 여지없이 새로운 공동체에 적응했다. 그는 털북숭이 뱃사공과 친분을 맺고 저녁마다 그물을 드리웠다. 그물 하나마다 삼등분한 닭다리 조각에 대구 간 기름을 발라 미끼로 넣었다. 음! 환경부의 지침에 따르면 밤새 그물 곁을 지켜야 했다. 그들은 페튤런스 호에서 방수포를 덮고 자며 그물 곁을 지켰다. 새벽에 크레이 피시가 기어올라와 사냥꾼의 감시의 눈 아래서 몇 시간이고 잠을 청했다. 이윽고 밴에 실려 세인트존이나 애드미럴러티를 비롯해 하나둘씩 늘어가는 식당으로 배달되어 환경을 보존하고 입맛까지 만족시키는 일거양득의 효과를 달성했다. 탄소 배출을 줄이는 효과라면 분명 달까지 운전하는 것보다는 낫지 않을까.

# 캡틴 버즈아이*

검은등갈매기는 동물학자들이 '윤상종輪狀種'이라 부르는 가장 알쏭달쏭한 동물이다. 연속되는 군집을 이뤄 세계 도처에서 발견된다. 지구를 반으로 나눠 영국 쪽에 사는 검은등갈매기는 짝짓기에 실패하지 않는다. 그들은 경도가 조금 떨어진 곳에 서식하는 검은등갈매기와 짝짓기가 가능하고, 떨어진 곳에 서식하는 검은등갈매기 또한 그들의 서식지에서 인접한 곳에 서식하는 검은등갈매기와 짝짓기가 가능하다. 하지만 '우리' 검은등갈매기는 지구 저편에 사는 검은등갈매기와 짝짓기를 할 수 없다. 이런 망할 갈매기들 같으니! 세상을 뒤흔드는 아찔한 성교를 일삼는 것은 우리를 놀리려는 의도가 아닌가.

그래, 갈매기는 내 심기를 불편하게 만든다. 내가 불편하게 느끼는 것은 자연선택에 따른 진화의 세부 내용이 아니다. 솔직히 말하면 나는 갈매기가 싫다. 그들의 노란색 눈, 애꾸눈 같은 시선, 보온을 위해 취하는 자세, 끊임없이 어슬렁거리는 모습이 싫다. 오죽하면 지옥을 상상하면서 세인트 킬다St Kilda 군도를 떠올렸을까. 세인트 킬다 군도를 품은 헤브리디스 제도는 바닷새에 철저히 의지하고 있다. 킬다 군도 주민은 바다오리, 부비새, 풀머갈매기를 먹을거리로 삼는다. 이들은 새의 깃털을

* 캡틴 버즈아이는 원래 버즈 아이Birds Eye라는 냉동식품 브랜드의 광고용 마스코트를 의미한다.

수출하고, 부비새의 시체를 신발로 사용하며(농담이 아니다) 갓난아기의 배꼽에 풀 머갈매기 기름을 발랐다. 이러한 관습은 파상풍을 유도해 영아 사망률을 급격히 높였고, 1930년대에 들어와 모든 주민이 섬을 떠나는 계기가 되었다고 믿는 사람들도 있다.

갈매기가 제자리를 지킨다면야 아무 문제도 없을 것이다. 영국 제도의 높은 해식 절벽을 따라 걸어가면 갈매기 수천 마리를 만날 수 있다. 마찬가지로 어디든 전 세계의 해변 마을에 가게 된다면 호텔 창문 반대편 지붕에 앉아 투숙객이 과자를 사러 나오지 않을까 기다리는 갈매기를 볼 수 있다. 하지만 갈매기가 바라는 것은 여기에서 그치지 않는다. 결코 그럴 리가 없다. 그들은 지난 50여 년 동안 히치콕의 〈새〉를 여러 번 시청하다가 등장인물 몇 사람과 함께 영화 스타의 반열에 오르기로 마음먹은 것 같다.

요즘에는 1년 내내 갈매기를 영국 한가운데에 있는 슈퍼마켓에서도 목격할 수 있다. 나는 자아도취에 빠진 이 새를 보고 종종 이렇게 말을 붙여본다.

"이봐, 넌 바다갈매기 아니니?"

갈매기들은 감히 대답을 삼간다. 끽끽대는 고음은 흑판처럼 드리운 푸른 하늘을 손톱으로 긁는 소리 같다. 슈퍼마켓, 번화가, 이스트 미들랜드의 매립지, 최고급 공립학교의 운동장 등 그 어느 곳도 갈매기가 서식지로 생각하지 못할 만큼 완벽한 도시성만으로 특정되지는 않으며, 바닷물과 멀리 떨어져 있지도 않다. 며칠 전 나는 갈매기가 사우스 램버스 로드South Lambeth Road를 태평하게 걸어가는 모습을 본 적이 있다. 심지어 여우 등에 올라탄 갈매기도 있었다.

나는 이 끔찍한 사태의 원인을 잘 이해하고 있다. 모두가 사람들 탓이다. 사람들이 이들의 서식지를 망쳐놓은 결과 먹을 수 있는 거대한 새똥더미를 옆에 두고 살게 되었다. 그렇다면 나는 이들 바다갈매기에게 왜 그토록 적의를 품게 됐을까. 몇 년 전 운스트의 셰틀랜드 제도에 잠시 머무르며 경험한 일 때문이다. 나는 레어드Laird라는 청년과 함께 셰틀랜드 제도에 머물렀다. 그는 살림이 악화되어 아내와 함

께 B&B를 운영하고 있었다. 이곳의 한여름은 한밤중에도 태양이 보인다. 자정 무렵, 나는 지지 않은 태양을 바라보며 헤르마니스라 불리는 영국 최북단의 곳에 걸어가보기로 마음먹었다.

알고 보니 레어드의 할아버지는 아주 열성적인 조류학자였고 이 지역에서 방크시라는 이름으로 통하는 그레이트스큐어를 보존하는 임무를 맡고 있었다. 사람들은 이 방크시들이 헤르마니스에서 서식하도록 유도했고, 실제로 방크시들은 헤르마니스를 보금자리로 삼았다. 이들 갈색 갈매기는 체구가 크고 텃세가 강해 둥지 가까이 다가오는 사람들의 머리로 곤두박질하는 놀라운 습성을 지녔다. 내가 곳 꼭대기를 향해 터벅터벅 걸어 올라가자 처음 나를 본 방크시가 둥지에서 느릿느릿 날아오르더니 나를 내리 덮쳤다. 머리 위를 휘휘 내저을 지팡이가 없었다면 그 녀석은 내 눈알을 뽑아 부리를 장식했을 것이다. 충분히 상상이 가능한 일이었다. 엄청난 공포와 분노가 몰려왔다.

"빌어먹을 방크시 같으니라고!"

곧 60마리 가까운 방크시가 하늘로 솟아올랐다. 그 뒤 두 시간 동안 스큐아들의 공격을 격퇴하느라 팔다리가 엄청난 고초를 겪었다. 문명의 세계로 돌아왔을 때 누군가 짐짓 아는 척 방크시들은 늘 제일 높은 지점을 공격하므로 방울이 달린 털실 모자를 쓰는 것이 이들의 공격을 피할 가장 좋은 방법이라고 말해주었다. 이때까지만 해도 방크시의 새끼가 식사로 나오리라는 사실을 몰랐다. 곧 제 새끼가 내 입속으로 들어가리라는 사실을 바보 같은 방크시가 모르고 있었던 것처럼.

# 작은 것이 아름답다

2005년, 서레이의 정경이다. 페인실 공원에는 콩팥처럼 생긴 18세기 당시의 부지와 조경 공사를 마친 정원이 M25 고속도로의 타맥 우각호에 갇혀 있고 다 큰 성인들이 장식호 위에서 노닌다. 여기에서 다음과 같은 단서를 달아야겠다. 이들은 수영을 하는 게 아니라 제1차 세계대전 당시의 드레드노트 모형을 타고 내해를 누볐다. 최소한 내 눈에는 전함이 드레드노트처럼 보였다. 내가 전문가가 아니라는 점은 감안해 주기를 바란다. 모형과 장식품을 한 곳에 설치하니 너무도 혼란스럽다. 특히 누군가 전함의 데크를 열고 거대한 머리를 뱃전 위로 들어 올리면 예리한 회상이 뇌리를 스칠 것만 같다.

사람들은 왜 본능적으로 미니어처에 끌리는 걸까. 조경 공사를 마친 정원은 그 자체로 성장이 억제된 지형이다. 저 먼 언덕과 깊이 파인 계곡을 훌륭한 조망으로 바라볼 수 있도록 흙더미와 작은 골짜기를 세심하게 고안했다. 18세기에 로마인들은 머릿속을 숭고함이라는 관념으로 채우고 앙증맞은 남부 잉글랜드를 떠나 몇 마일씩 걸어 버려진 땅 웨일스로 진입했다. 상류 인사들은 콜리지나 드퀸시 같은 무모한 사람들처럼 레이크 디스트릭트의 거친 바윗덩어리 속으로 진입할 모험을 감행하기보다 숭고함을 표방하는 소박한 유희를 즐기는 편이 현명한 처사라고 생각했다.

아니면 그로토를 정원에 두어보라. 그로토는 정원을 위한 조경용 가구로 워낙

인기가 좋아 그로토 제작에 특화된 기업들이 생겨날 정도다. 페인스힐은 잉글랜드를 통틀어 최고 품질의 그로토를 갖추었고, 우리가 페인스힐을 방문했을 때 수정같이 맑은 덩어리를 아치형 지붕에 붙이며 힘겹게 복원되고 있었다. 들썩거리는 드레드노트만 아니었다면 울퉁불퉁하게 난 총안銃眼 속을 뚫어지게 바라보며 거대한 지하 동굴 속에 있는 것으로 착각했을 것이다. 아니면 19세기에 유행한 바위 정원을 향해 열정을 품었을지도 모른다. 어찌 보면 거대한 산을 낮게 드리운 정원으로 바꾸고 싶은 욕구가 든 것은 이상한 일이 아니리라. 하지만 바위 더미가 점점 높아지고 바로크 양식처럼 울퉁불퉁한 모양새를 갖추면서 히말라야 산마저도 축소하기에 이르렀다.

레비스트로스는 지혜롭게도 우리가 축적을 바꾸면 "지성을 위해 감각을 희생하게 된다"라는 말을 남겼다. 이 말을 미니 드레드노트를 제작하는 햄프셔 모델 보트 소사이어티Hampshire Model Boat Society에 해보아라. 그들에게 말해봐도 좋다. 개인 작업장에서 무시무시한 전쟁 장비를 작은 모조품으로 제작하는 노무자가 되는 것과 이를 트레일러에 싣고 M3고속도로를 달려 물에 띄우는 것은 완전히 다른 문제이기 때문이다. 나는 이러한 유희를 떠올릴 수 있는 자라면 여기에 내재된 '변형된 발견법'(설명이나 지시를 최소화하고 체험을 통해 정답에 구애받지 않고 달성해나가는 학습법—옮긴이)에 철저히 익숙해 있을 것이라 확신한다.

이는 시골뿐 아니라 도시에도 해당된다. 나는 영국의 주요 도시 대부분을 가보았다. 도시를 들를 때마다 소박한 분홍빛 화강암으로 만든 애버딘에서부터 비례의 일탈을 시도한 거대 성당이 머리 위로 드리운 트루로의 아담한 오솔길까지 도시에 권할 만한 것들이 너무나 많다. 하지만 내가 몇 번이고 방문한 마을은 실제 크기의 1/30에 불과하다. 베콘스코트 모형 마을Bekonscot Model Village은 영국에서 가장 큰 미니어처리즘의 실례가 아닐지도 모른다. 가장 크다는 칭찬은 레고랜드가 가져가야 맞다고 조심스럽게 추측해본다. 하지만 베콘스코트는 세상 전체를 구현하는 놀라운 미덕을 지닌다. 제1·2차 세계대전 사이에 파묻힌 세상을 구현한 베콘스코트는 교회, 초원, 성, 시골병원으로 가득 차 있다. 수확하는 곡물을 증기 엔진으로 탈곡하고, 비칭 리포트 이전의 광범위한 철도망이 있다. 또한 최근에 소수 인종들의 마을이 구현되었으나 활발히 운영 중인 국유화된 광산 옆에서는 조금 시대에 뒤처진 느낌이다.

모형 마을은 비스콘필드Beaconsfield의 한가운데에 자리 잡고 있으며 M40 고속도로를 가다 보면 커다란 철제 표지판 광고를 목격할 수 있다. 만일 이 표지판이 모형 마을에 떨어진다면 주택 여러 채를 망가뜨릴 것이다. 하지만 베콘스코트에는 이것 말고도 지성과 감성의 대립을 경험할 거리가 많다. 띄엄띄엄 설치된 팡타구뤼엘Pantagruel 작품을 벗 삼아 좁다란 길을 걷다 보면 숭고함이라는 단어가 뇌리에 계속 맴돈다. 100피트 키를 자랑하는 갓난아이가 미친 듯이 날뛰며 비행장을 파괴하게 될까. 범고래만 한 금붕어가 용맹한 카누 사공을 물속에 빠뜨릴까. 안타깝게도 베콘스코트의 아담한 바다에서는 열성적인 모형 제작자들로 가득 찬 드레드노트를 찾아볼 수 없다. 어쩌겠는가. 모든 것을 다 가질 수는 없는 일이니.

모든 사람이 내 미소지리학을 포용할 수 있다면 얼마나 좋을까! 망원경을 거꾸로 보는 것보다 우리 마을과 도시를 주무르기가 더 쉽다. 풍력발전소 부지를 만들어 보라. 나는 이 시설을 기괴한 골칫덩이로 생각하는 사람들이 진심으로 불쌍하다. 우리가 이 새로운 풍차를 풀밭에 덮인 해변의 장난감으로, 전원 지대를 침대보로 생각한다면 지구 온난화를 늦출 수 있다.

# 광장공포증

어머니에게 1950년대 후반 런던에 살기 시작하면서 경험한 가장 큰 변화가 무엇이냐고 물어본 적이 있다. 어머니는 망설이지 않고 이렇게 대답했다.

"햄스테드에 레스토랑이 하나 있었지. 테이트 갤러리건, 미국 대사관이건, 어디든 차를 운전해 가서 길가에 주차하고 안으로 들어갈 수 있었단다."

나는 이 대답에 큰 인상을 받았다. 시대정신의 쇄파에도 살아남으며 세상사의 이치를 안다는 증거로 손색이 없었다.

열한 살밖에 되지 않은 아들을 끌고 다른 나라로 갑자기 이사를 갔음에도 어머니를 용맹한 여행자로 평가하기에는 무리가 있었다. 어머니는 늘 여행하면서 압박감을 내려놓지 못했다. 어린 내 눈에도 어머니가 집에만 있지 못하고 밖으로 돌아야 하는 것이 일종의 고문 같다는 느낌이었다. 나이가 들면서 이러한 이유가 명확해졌다. 나는 어머니가 어린 시절 말고는 늘 광장공포증뿐만 아니라 폐소공포증에 시달렸다는 사실을 알게 되었다. 어머니는 이러한 공포에 시달리며 몇 시간 동안 대문 앞에서 망설이거나 갈지 말지 고민하곤 했다. 이뿐만 아니라 어머니는 비행공포증에도 시달렸고 운전대를 잡을 때마다 실체를 모를 불안감이 찾아왔다. 어머니는 도심으로 차를 몰고 갈 때 안전을 보장받으려면 길 양쪽에 주차된 차바퀴를 보면 된다고 말씀한 적이 있다.

"길을 건너는 아이들은 몸보다 발이 잘 보이거든."

나는 20년간 아이들의 발을 쳐다보았다. 앞으로도 계속 보겠지만, 어느 날 어머니의 조언이 빛을 발해 급브레이크를 때맞춰 밟아 고집불통 어린아이를 구하는 날이 올 것이라고 확신한다. 과속방지턱을 수도 없이 건너면서 나는 종종 어머니의 존재감을 절감했다. 어머니가 돌아가신 뒤 과속방지턱이 세상에 등장했다. 어머니는 날아가는 비둘기, 획 지나가는 버스 같은 뜻밖의 자극에도 헐떡거리며 옆자리 승객의 몸통을 팔로 막는 극적인 반응을 보여 가장 평범한 자동차 타기조차 예상을 넘는 흥분되는 여행으로 변화시켰다.

하지만 어머니를 소심한 운전자로 생각하면 곤란하다. 오히려 그 반대로 빠르고 결단력이 풍부했다. 어릴 적 어머니는 영국인의 차로 통했던 이동식 주택차를 탐탁지 않게 여겼다. 그해 고물차에 불과했던 베드포드Bedford나 오스틴Austin을 털털거리며 타고 갈 때, 어머니는 나에게 미국에서 몰고 다녔던 6기통 뷰익에 관한 이야기를 들려주었다. 거대한 짐승 같은 차는 가장 가파른 언덕이라도 3단 기어를 넣고 시속 65마일로 달릴 수 있었다. 어머니의 눈높이에 맞는 차가 출시된 것은 겨우 돌아가시기 몇 년 전에 불과했고, 어머니는 포드 XR3i의 가속 페달에 발이 끼는 자동차 사고로 세상을 떠났다.

어머니를 골더 그린 화장터Golder Green Crematorium에서 화장하고 나니, 어머니의 재뿐 아니라 자동차마저 갖게 되었다. 어머니의 재는 거대한 네스카페 통처럼 생긴 구릿빛 플라스틱 통에 담긴 채로 내 손에 들어왔다. 이것이 바로 내 탈출 일지에 닥친 마지막 위기였다. 나에게 남겨진 어머니의 재와 자동차를 어떻게 해야 할지 혼란에 빠졌다. 어머니의 재를 당신이 태어난 고향에 뿌려야 할까, 어머니가 일생을 보낸 나라에 뿌려야 할까. 오데사Odessa에서 미국으로 이주했던 떠돌이 남자의 딸로서, 죽음과 함께 일주 여행을 마치는 어머니를 두고 논의를 거쳐 결정해야 할 무언가가 있을까. 나는 흑해에 어머니의 재를 뿌릴까 고민했다.

형제들이 대부분 멀리 떨어진 탓에 중지를 모을 수가 없었다. 결국 결정을 내

MOTHERHOOD
BABY MACHINE

리지 못하고 어머니와 몇 년을 함께 지냈다. 우선 나는 차에 병을 보관했다. 유령 같은 팔과 날카로운 숨소리는 분명 이 때문이었다. 나는 〈가르시아Bring Me the Head of Alfredo Garcia〉(1975)의 워렌 오트Warren Oates가 연기하는 인물로 변한 느낌이었고 살짝 미친 사람처럼 어머니와 대화를 나누곤 했다. 이내 돌아가신 어머니를 심리학 전문 용어로 '놓아드리지' 못하는 이유는 어머니가 살아 계실 때 토로했던 공포증 때문이라는 생각이 들었다. 땅에 묻히는 공포는 바람에 휩쓸리는 공포와 다를 것이 없었다. 어머니가 선뜻 결정하지 못한 이유일 것이다.

나는 어머니를 2년 더 지하실에 모셔두었다. 집이 팔리고 난 다음에야 어머니를 다른 곳으로 모신다는 생각이 너무나 그로테스크하게 느껴졌다. 유골 단지를 모시는 평민들의 장례 절차를 치른 것과 마찬가지였으니. 결국 형제들과 함께 잿빛 가루와 뼛가루가 뭉친 덩어리를 햄프스테드 히스Hampstead Heath에 뿌렸다. 어머니의 유해를 뿌린 곳은 어머니를 비롯해서 여러 유대인들을 추념한 추모비가 세워져 있다. 같이 묻힌 사람들 대부분은 암으로 사망했을 것이다. 영혼을 이용한 기묘한 사업이 아니겠는가.

# 에덴에게 거절당하다

2043년 1월.

새해 아침이 밝아오면서 거대한 도전과 맞닥뜨린다. 여느 때와 마찬가지로 동력이 문제다. 지중해 바이오메Biome를 토탄지로 개조한 덕에 상온에서 더 큰 바이오메를 유지할 연료를 그럭저럭 조달할 수 있었다. 하지만 지금은 토탄지마저 수명을 다해 가고 있는 것 같다. 나는 아침에 바깥세상으로 나가리라 계획하면서 A30 고속도로에는 분명 기름통이 그대로 보존된 차가 버려져 있을 것이라고 느긋하게 예상했다.

하지만 젊은 친구들이 도통 내 말을 들으려 하지 않는다. 그들은 우리가 에덴 프로젝트에서 보낸 초창기 시절을 기억할 리 없다. 또한 기후가 이처럼 악화되기 전에 마틴 벌머와 내가 타고 온 차와 버스에서 기름 몇 리터를 꺼낸 사실 또한 기억하지 못한다. 젊은 에데나이트Edenite들은 아무런 관심이 없고, 나와 벌머는 그들에게 살아 있는 화석 같은 존재인가 보다. 멕시코 만류가 끊기고, 영국이 새로운 충적세 시절로 진입하기 전까지만 해도 에덴 프로젝트의 바깥세상은 거대한 생물군의 안방 같았다. 초목으로 덮인 산비탈을 낙엽수와 밀밭, 채소밭과 과수원이 장식하고 있었다.

물론 젊은 사람들은 이 말을 전혀 믿지 않았다. 그들은 일류 환경공학자Supreme Ecologist가 프로젝트를 조성했고, 그의 지혜가 주변 곳곳에 영감 어린 자취를 남겼

다고 주장한다. 벌머와 나는 인간을 만든 조물주가 노자, 간디, 크세노폰의 감상적인 경구를 바이오메 속에 새겼고, 이들이 신의 명판으로 간주되어야 한다는 현실이 이 모순된 신세계의 불편한 아이러니에 속한다는 사실을 애써 설명했다. 이 아이러니는 에덴 프로젝트 자체의 운명만큼이나 불편하다. 종의 다양성을 전시하기 위해 조성된 에덴 프로젝트가 영국인들의 삶의 보루, 아니 전 세계인의 마지막 삶의 보루가 되어버린 불편한 운명보다도.

호호백발의 노인들이 떠올리는 생생한 그날의 기억이 얼마나 이상하게 들릴까. 나는 여느 날과 마찬가지로 플림 1 주차장에 세운 가족용 차량에서 나와 티켓 부스를 향해 걸어갔다. 오랜 역사를 자랑하는 코니시 채석장이 변한 모습을 보고 경탄을 금치 못했다. 가파른 옹벽을 조각해 인조 테라스로 바꿔놓았고 바닥에는 외계인의 우주선처럼 생긴 거대한 지오데식 생물군이 자리 잡고 있었다. 이 순간 나는 이 모든 에덴 프로젝트가 어불성설이라는 느낌에 사로잡혔다. 상당량의 전자 장비로 만든 허수아비로 영국인들이 평생을 걸쳐 활용하는 비서, 위 맨Wee Man이 우리를 대중들을 위해 단순화한 언어로 우리를 안내했다. 이곳을 구경하려 수만 톤의 탄소를 배출하며 찾아온 우리들을 위해 준비된 유쾌한 교육 프로그램이었다. 대영 박람회가 대제국의 몰락의 역사를 자족적으로 그려낸 것처럼, 에덴 프로젝트도 자선의 탈을 쓴 탐욕의 실례일 뿐이다.

우리는 아침부터 바이오메를 방문했다. 처음 발을 디딘 지중해 바이오메에서는 팬 타일로 지붕을 덮은 종탑, 짝퉁 할리 데이비슨, 곰팡이 번식을 막기 위해 판초로 덮인 어도비 점토벽이 보였다. 이윽고 거대한 열대 바이오메로 이동하니 말레이시아식 스틸트 가옥(홍수를 막기 위해 땅에 파일을 쌓아 그 위에 짓는 집-옮긴이)과 인도식 대형 트럭이 우뚝 솟은 인공 임관林冠에 갇혀 있었다. 우리는 패스티 폿Pasty Pod에서 점심을 먹으며 또 다른 구경거리를 지켜보았다. 라자스탄 인형꾼들이 꼭두각시 인형극을 선보이고 있었다. 바이오메 하늘에 설치된 육각형의 두꺼운 폴리우레탄 패널을 통해 콘월의 겨울 정경이 보였다.

평소와 다르게 바싹 메마르고, 방사능을 쐰 것처럼 보였다. 내 눈에만 이렇게 보인 걸까? 아니, 내 눈이 정확했다. 오래된 채석장의 가장자리에서 얼음 더미가 떨어져 나와 사람들 얼굴 위로 떨어졌다. 생태학습을 위해 찾아온 사람들은 가족 단위로 몸을 숨길 장소를 찾아 달렸다. 그들이 입은 고어텍스는 저 멀리 날아갈 지경이었다. 재앙과 같은 기후 변화에는 보온용 플리스도 아무런 소용이 없었다. 바이오메속에 있던 라자스탄 인형꾼들은 저 구석으로 날아가버린 지 오래였고, 겁에 질린 자동차 서비스 협회 회원들은 차를 향해 달려갔으나, 차는 이미 2미터 깊이의 눈에 파묻혀 옴짝달싹할 수가 없었다.

이 재앙 이후의 몇 달간이 가장 고되고 힘들었다. 에덴 프로젝트에 갇힌 수천 명의 방문객들은 먹고 먹히는 싸움 끝에 40명 정도만 살아남았다. 문명의 탈을 벗어던지자 놀랍게도 투쟁하는 야성의 이데올로기가 평범한 미들 잉글랜드 주민들을 지배했다. 결국 마틴 벌머와 내가 만장일치로 생존자들의 지도자를 맡았다. 우리는 관광객들을 위한 시설을 노아의 방주로 변화시키는 극단적인 조치를 감행했다.

진화생물학의 창시자인 에드문드 윌슨Edmund Wilson은 다음 시대가 '에오센'으로 명명될 것이라 예견했다. 그는 황폐해진 지구에 오직 인류만 남게 될 것이라고 생각했다. 인간이라는 존재 하나하나가 유기적으로 얽힌 생물군에서 스스로의 존재를 발견하는 대신, 전직 부동산 중개인의 통치를 받는다는 사실이 역설적으로 느껴질 뿐이다.

# 감기야 물러가라!

항저우의 벽지에서 우후죽순처럼 등장하는 장면이다. 삼판에 몸을 실은 뱃사공이 비단 같은 수면 위에 붓질하듯 노를 젓고 있다. 폐에 물이 찰 때까지 기침을 거듭하며 각혈을 쏟아낸다. 이러한 장면은 유교와는 아무런 상관이 없다. 상상 속의 동물과 신화 속의 짐승을 저며 판매하는 작은 장터 또한 유교와의 관련성을 찾기 힘들다. 그리핀은 닭고기의 모습으로, 대괴조는 쥐의 모습을 띠고 이곳에 전시된다.

우후죽순처럼 등장하는 장면이다. 아주 작지만 강한 여행자인 바이러스가 하늘을 나는 탈것에 하나둘씩 탑승한다. 바이러스는 객실에 짐을 풀고 소지품을 내려놓은 다음 놀 거리를 찾는다. 말하자면 갑판을 고리로 꿰는 놀이 등이다. 이내 그들이 몸을 실은 탈것은 소리를 지르기 시작하며 몸을 뒤틀고 뒤뚱대기 시작한다. 하지만 바이러스는 자신이 이러한 사태를 일으켰다는 사실을 모르고 있다. 여행객들이 우림이나 보초를 파괴하고 있다는 사실을 모르는 것처럼. 바이러스는 새의 몸뚱이에 번갈아가며 올라탄다.

우후죽순처럼 등장하는 장면이다. 인간과 가금류가 기름, 깃털, 달걀 속에서 몸을 맞대며 씨름하고 있다. 서로 다른 종 간의 마찰, 집 안에서의 폭력 또한 진보의 과정이다. 유라시아 사람들이 수천 년간 닭고기를 먹어오지 않았다면 밖으로 나갈 일도 없었을 테고 바이러스가 면역의 혜택을 받지 못한 불쌍한 지구촌 사람들을 덮치도록 허락하지도 않았을 것이다.

우후죽순처럼 등장하는 장면이다. 이러한 장면은 서서히 서쪽으로 이동한다. 베트남을 건너 인도, 파키스탄을 지나 중동까지 서진한다. 이 지역 사람들은 고열을 비롯해 많은 걱정거리를 안고 있다. 서쪽으로, 서쪽으로. 휙 소리와 함께 파닥이며, 콜록대는 기침과 함께 몸을 부르르 떨면 우후죽순처럼 등장하는 장면이 전설적인 방역선을 돌파해 아나톨리아와 루마니아까지 엄습한다. 이 같은 확산은 앞으로 도래할 유행병의 전조다. 바이러스 하나가 벼룩에 올라타고, 벼룩이 쥐에 올라타고, 쥐가 배에 올라탄다. 이 작은 녀석들이 잘만 협동하면 둔한 거위, 육중한 백조, 제 몸뚱이 하나 가누지 못하는 비대한 들새에게 의지할 필요가 없어진다. 그 대신 인체에 들어가 안락한 미립자의 객실에 놓인 접이식 의자에서 몸을 풀 것이다. 이들이 몸을 푸는 인체 또한 747비행기 안에 놓인 접이식 의자에서 몸을 풀고 있다. 공기를 가르는 비행기 소리와 함께 HN15 바이러스는 착륙 허가를 받는다.

골이 진 철제 외양간에서 별을 보며 잠을 청하는 조숙한 병아리들은 날마다 대학살을 겪는다. 고무장화를 신은 벨기에 양계업자들이 쫄쫄 굶은 새들의 너울대는 물결 속을 성큼성큼 지나치며 감기에 걸린 닭들을 어떻게든 찾아낸다는 것은 상상하기 힘든 일이다. 하지만 그들은 이 작업을 거쳐 집단 선발을 감행했고, 벨기에의 월광 아래서 연기로 바비큐를 구웠다. 음! 오늘 밤에는 그 누구도 치킨을 먹고 싶지 않을 것 같다.

햄스테드와 해로게이트Harrogate, 할레크Harlech에서는 유명 바이러스 학자가 나름의 준비를 마친다. 백색 가전이 건강용품 코너에 전시된다. 아이들은 콧속을 청소하는 방법을 배운다. 인터넷의 싸구려 물품 항목을 뒤져 타미플루를 찾고, 이번 달 주문할 비아그라와 프로작과 함께 장바구니에 담아 구입한다. 기나긴 격리를 참아낼 계획이 발동된다. 이들은 필요하다면 몇 달 동안 집에 갇혀 펜넬로 향을 낸 리버 카페 뿔닭 레시피를 시도해볼 수도 있다. 한편 이들이 집에 갇혀 있을 때 거리에서는 사람들이 콜록거리며 침을 뱉는다.

오케이치킨, 퍼펙트치킨, 부티풀치킨, 루벌리치킨, 로열치킨, 치킨임페리엄, 치킨유니버스, 버려진 쇼핑센터의 지저분한 귀퉁이에 자리 잡아 '치킨'이라는 단순한 이름을 내건 황량한 음식점에 이르기까지 치킨집은 도처에 널려 있다. 농사를 짓는 친구가 치킨이 가장 치킨다운 맛을 내려면 병아리에게 치킨을 먹이면 된다고 말해준 적이 있다. 조류독감에 피해를 입은 인류 또한 마찬가지다. 인류 또한 끔찍한 오토카니발리즘(자신의 신체 일부를 음식물로 먹는 행위–옮긴이)을 무릅쓰고 가장 희귀하고 짜릿한 별미를 찾아 사람을 사람에게 먹이는 결정을 내렸다. 진정 '인간다운' 인간을 만들기 위해서 말이다.

나는 늘 새, 유독 노인을 닮은 새와 껄끄러운 관계를 맺어왔다. 나는 그들의 외계인 같은 시선, 속이 빈 뼈, 기름으로 범벅이 된 깃털, 단단하고 뾰족한 부리가 싫다. 나는 '거대한 치킨'이라는 제목으로 비네트를 쓴 적이 있는데 여기에서는 주인공이 다음과 같이 천벌을 받는다. 6피트 키의 들새가 그의 아파트에 침입해 그를 액스민스터 카펫 위에서 쪼아 죽인다. 나는 대재앙에 대처하는 벙커에서 브리티시 섬 지도를 놓고 백신 재고를 어떻게 분배할지 허둥대는 최고의료책임자CMO를 불신한다. 차라리 목사의 코를 갉아먹고 그의 위시본(닭고기나 오리고기 등에서 목과 가슴 사이에 있는 V자형 뼈로, 양 끝을 두 사람이 잡고 잡아당겨 긴 쪽을 갖는 사람이 소원을 빌면 이루어진다고 하여 붙은 이름–옮긴이)을 말린 다음 작은 손가락으로 잡고 당기는 편이 좋을 것이다. 하지만 무엇을 바랐는지 아무에게도 말하지 말라.

지구는 몹시 크다. 하지만 60억이 넘는 보균자가 있는 이상, 감기 바이러스처럼 작은 동물이 지구를 쪼그라뜨릴 수 있다.

# 그린 존

그린 존을 생각해보라. 누군가 반드시 생각해야 하므로 그 누군가가 당신이 될 수도 있다. 그래, 당신도 알고 있을 뿐더러 모든 사람들이 알고 있다. 이곳은 사담 후세인이 30년간 이라크 국민들을 학대해온 지역으로, 사악한 바스당 추종자들이 판을 치고 있었다. 하지만 그의 심복들에게는 호화로운 아지트가 주어졌다. 이들이 머무는 곳은 첨병대는 분수와 장식용 연못, 깜찍한 교각으로 가득 찬 푸른 외곽 지대였다. 또한 티그리스 강둑에는 독재자와 사이코패스 같은 그의 아들을 위해 그로테스크한 싸구려 예술품 같은 궁전을 연달아 지었다. 사담의 아들 어데이는 사자를 키우기 위해 궁전 하나를 지었고, 다른 하나는 합법화된 강간을 위한 공간으로 욕정을 채우기 위해 마련했다.

지금은 거대한 정부 건물이 이곳을 꿰찼다. 의회, 내각, 과거 바스당사 등이 바로 여기에 자리 잡고 있다. 탈을 벗은 모더니즘이 적나라한 모습을 드러냈다. 껍데기만 남은 행정부가 메마른 땅 위에 놓여 구더기 같은, 새로운 이라크 정치체제에 감염될 준비를 마쳤다. 과도정부인 임시 연합 기구는 이라크 국민들의, 이라크 국민들을 위한 정부로 자유선거를 거쳐 공정하게 선출되었다. 하지만 이 중에는 기꺼이 폭탄을 숨기고 의회 건물로 들어갈 준비가 된 알 카에다 지지자들이 있을지도 모른다.

다른 주제로 넘어가보자. 그린 존에서 찾을 수 있는 가장 기괴한 구조물은 퍼레

163

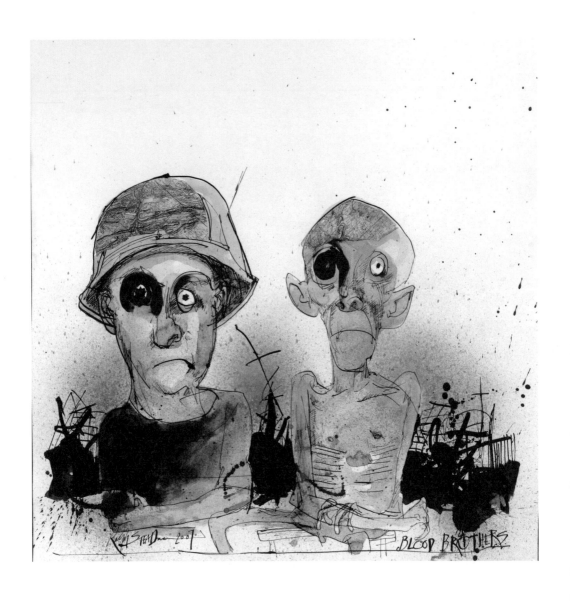

이드 부지 위로 칼을 교차해 들고 있는 거대한 팔의 모형일 것이다. 공화국 호위대는 이 부지 위에서 사열식을 진행했고, 사담 후세인은 냉방을 갖춘 스탠드에서 이 장면을 지켜보곤 했다. 이 구조물이 아직까지 남아 있는지는 모른다(팔을 계속 들고 있기도 힘들지 않을까). 하지만 머리칼 높이까지 칼을 들고 있는 사담 후세인의 팔을 모델로 삼았다고 알려져 있다. 민초들의 집을 똥 덩어리로 추락시키려 했던 고대 바빌로니아의 신왕神王들도 이처럼 거대한 구조물을 만들지는 못했다.

아마도 10제곱킬로미터 면적의 그린 존에서 빈 공간이 얼마나 있는지를 가늠하기가 가장 힘들 것이다. 사람들의 말에 따르면 이곳은 먼지투성이 광장과 널따란 도로를 갖춘 요새로, 모래 섞인 산들바람이 느릿느릿 움직이는 지프 그랜드 체로키 주위를 휘감고 있다.

오 그래, 내가 미처 잊고 있었던 사실이지만 SUV를 운전하는 것은 점령군들이다. 펜타곤과 국무부와 연락이 닿는 장교의 수는 5,000명에 달하며, 모두가 아양 떠는 도급업자들을 거느리고 있게 마련이다.

그들은 '주택 모듈'로 지정되어 모래주머니처럼 개조한 컨테이너에 살고 있다. 이들은 급식소를 통해 미국에서 수입된 식품을 배급받는다. 이곳에는 헬스장, 위성 텔레비전, 미국 지역 코드가 작동하는 전화도 있다. 그래서 둥근 방폭벽, 레이저 와이어, 중무장한 경비병을 찾아볼 수 없는 도시로 국제전화를 걸 수도 있다.

미국이 이라크를 간섭한 것은 큰 실수였고, 그린 존은 이러한 실패의 축소판이라는 말이 있다. 충분히 일리 있는 이야기다. 자리에서 물러난 사담 후세인의 자리를 대신하려는 의도는 레드 존(무엇을 의미하는지 독자들도 잘 알 것이다)을 수호하지 못하는 무능과 맞물려 그린 존 또한 점차 자신이 통제하려는 끔찍한 내륙지역에서 심리적으로 동떨어진 세상이 되어가고 있다. 하와이가 미국 본토에서 물리적으로 동떨어진 것과 마찬가지다.

침입을 틈타 5,000명의 이라크인이 바스당 추종자들이 버리고 떠난 중간 크기의 집을 점거하고 있다는 사실이 중요해 보인다. 하지만 이는 명백한 사실이다. '무단

점유자'(단지 표현만 이렇게 할 뿐이다)의 수가 점령군의 수와 용케 일치한다. 이 덕분에 그린 존은 '실패', '성공', '안전' 같은 관념의 축소판이 아닌 자생하는 사회를 만들어가고 있다. 이것이 바로 이 지역의 미래의 모습일 것이다.

지난 몇 주간 미군은 바그다드의 아드하미야Adhamiya 주변에 콘크리트 벽을 쳤다. 10피트 높이의 콘크리트 방벽을 세운 것은 수니파 '군인'들을 보호하기 위한 목적이었으나 이라크인들은 여기에서 압력솥이 폭발하지 않으면 다행이라고 여겼다. 미국도 바그다드나 팔레스타인과 다르지 않다. 과열된 인류애의 해일이 황금이 널린 해변으로 밀려 들어온다. 초대받지도 않은 자들이 우리들의 바비큐 파티에 찾아온다. 오지 못하게 막아라. 홍수 방벽을 세워야 한다.

그린 존이 2003년 이전에 '에메랄드 도시'라는 이름으로 불렸다는 사실을 마지막으로 언급해야겠다. 나는 『오즈의 마법사』가 바그다드 뒷골목에서 판매 중인 지하출판 문집에서 사람들의 시선을 끌었는지 확신하지 못하겠다(『오즈의 마법사』 원제는 '에메랄드 도시'였음 - 옮긴이). 하지만 이 상황에 딱 들어맞는 작품이었다는 것만은 확실하다. 사담 후세인을 체포하고 보니 기다란 팔을 와이어에 의지하는 초라한 노인에 불과했던 것처럼, 서방 사회가 다른 세상에 자신의 모습을 억지로 강요하는 것 또한 가식으로밖에 보이지 않고 있기 때문이다.

# 중년의 관성

나는 고정식 자전거를 열망한다. 내 중년의 위기를 표방하는 상징물이 분명하다. 이 기구에 친숙하지 않은 독자들을 위해 자세한 설명을 덧붙일까 한다. 대부분의 자전거는 발로 페달을 계속 돌릴 필요가 없다. 하지만 고정된 자전거는 계속 페달을 돌려야 한다. 체인이 사슬에 직접 연결되어 있어 속도를 늦추려면 페달을 천천히 돌리거나 거꾸로 돌려야 한다. 런던에는 고정식 자전거로 운동하는 사람들이 꽤 있다. 그들이 가진 공통점은 젊고, 탄탄하고, 언제 죽을까 노심초사하지 않는다는 것이다. 그들은 영원히 자전거를 탈 수 있다고 믿는 것 같다.

체중을 빚는 교통 흐름 속을 헤집고 들어가면 특이한 선仙 사상이 떠오르게 마련이다. 오직 두 다리만이 이러한 질주를 막을 수 있다. 고정식 자전거를 타면 도시의 주요 도로가 무수히 유발하는 예측 불가능한 상황에 쉴 틈 없이 대응해야 하며, 지속적인 근육 현상을 통해 공간에서 변화를 겪는다. 이러한 1 대 1 비율은 고정식 자전거를 타게 되면 지각을 갖춘 인간으로서 로봇이 되어보는 가장 근접한 체험을 하게 됨을 의미한다. 운전자의 의식이 관성 말고는 아무것도 남지 않을 무렵, 자전거는 바퀴, 몸체, 체인 같은 가장 기본적인 요소로 분해된다.

전직 고정식 자전거 선수와 대화를 나누고 나니 내 가정이 더욱 명확해졌다. 이처럼 신경이 쓰이는 자전거를 타고 있노라면 주변 환경에 집중할 수가 없어서 자전거 타기를 포기하게 된다. 자전거를 타는 사람들에게 이 사실을 확인하기는 불가능하다. 무아지경에 빠져 교통의 흐름이 시공간에서 벗어나 진행한다고 느끼는 그들과 어떻게 의사소통이 가능하겠는가. 아예 그들은 트럭이 골목에서 튀어나오기도 전에, 원호처럼 생긴 택시가 3점 방향 전환을 하기도 전에, 트럭과 택시를 볼 수 있는 걸까. 그게 아니라면 라이크라를 기꺼이 철과 경쟁시키려는 그들의 모습을 어떻게 설명할 수 있을까.

이런 생각을 하다 보니 내가 썼던 「기다림Waiting」이라는 글이 생각난다(특히 요즘 생각이 부쩍 난다. 중간 지점에서 으레 나타나는 현상이 된 지 오래다). 이 글은 비밀 단체를 이룬 런던 택배기사들이 카를로스라는 이름의 예지자에게 복종하는 이야기다. 카를로스는 고정식 사이클 리스트가 갖추어야 할 능력을 타고났다. 아니, 그 이상일지도 모른다. 길에서 교통 흐름을 몇 분만 지켜보면 어디가 막히는지, 어디에서 실랑이가 벌어졌는지 런던의 도로망 전체를 머릿속에 그릴 수 있다. 카를로스의 추종자들은 이러한 신비로운 능력을 공유해 차를 세우고 기다릴 일이 없다.

상상의 소재가 시간이 흐르며 무용지물이 되어버리는 것은 픽션 작가의 재앙이다. 위성항법장치GPS는 이 신비로운 택배기사 무리가 차용했던 방식을 살짝 변형시킨 것이다. 요즘에는 만신창이가 된 느려터진 중고차에도 GPS가 부착되어 있다. 이 기계는 실제 현실을 보지 않고 위치를 도식화한 작은 스크린을 보도록 부추긴다. 행정당국이 왜 이 장비를 금지하지 않았는지 도무지 모르겠다. 오히려 이러한 자본주의의 현실을 너무나 잘 이해하고 있어, 모바일 폰과 마찬가지로 시장이 완전히 포화되기 전까지는 차에 GPS를 달지 못하도록 금지하는 일은 없을 것 같다.

그날까지는 하나 된 지구를 지향하는 호리호리한 금욕주의자들은 온데간데없이, 비대한 얼간이들이 한 세대를 가로챌 것이다. 이들은 GPS를 갖춘 자동차에서 내리는 순간 자기들이 어디 있는지를 전혀 알지 못하는 족속들이다. 자신들이 어디 있는지, 무엇을 해야 할지조차 모른다. 구식 지도를 쓰는 경우 최소한 우리의 인지 능력을 발휘해야 목적지에 도달할 수 있었다. 하지만 지금 우리는 이러한 모든 책임을

버리는 중이다. 역설적으로 대중 운송 체계에서 벗어나 자가용이라는 '자유'를 향해 밟아온 길고 힘겨운 운전의 역사는 제자리로 돌아오는 일주 여행에 지나지 않았다는 사실이 드러난다. GPS와 내장컴퓨터를 옆에 둔 상태로는 운전이란 시키는 대로 해야 할 '임무'가 되며, 도로 위의 운전자들은 자신들만의 철로 체계를 보유하게 된다. 1인 탑승 열차는 단일한 스케줄로 단일한 트랙 위에서 움직일 것이다.

안전한 항구에 있건, 땅을 휘젓고 있건, 우리는 아무 생각이 없는 미쳐버린 예인선이다! 녹슨 철물 같은 과거를 반짝이는 미래를 향해 끌고 간다! 우리는 역사의 끝에 근접한 어두운 하늘의 곡예비행을 묘사하기 위해 물에서 나온 스피드보트다! 하늘을 점거한 자전거 선수 같은 갈매기들은 우리의 미친 움직임 탓에 상승기류를 빼앗기고, 겁에 질린 경멸 어린 눈초리로 우리를 쳐다본다.

# 더 유르트

에딘버그Edinburg 프린세스 스트리트Princes Street에 위치한 스코틀랜드 국립 갤러리에서 개최된 론 무에크Ron Mueck 전시회로 이야기를 시작할까 한다. 호주 출신의 이 조각가는 신축성 합성수지를 이용해 실제 사람과 거의 똑같은 작품을 만든다. 이러한 마네킹이 예술이 아닌 잡동사니에 불과하다고 폄하하는 사람도 있지만 나는 그의 작품들이 좋다. 실제 크기에서 완전히 벗어나 있다는 점이 더 매력적이다. 처음 떠오르는 무에크의 작품은 1997년 로열 아카데미에서 열린 악명 높은 '센세이션' 전시회에 선보인 〈돌아가신 아버지Dead Dad〉다. 무에크는 아버지의 시신을 1/6로 축소해서 갤러리 바닥의 주춧돌 위에 올려놓았다. 몸 구석구석을 그대로 재현해 흐느적거리는 달팽이같이 생긴 말린 음경의 모습까지 생생히 살렸다.

브라브딩내그Brobdingnag에서는 걸리버가 시녀들의 유두 위에 다리를 벌리고 서서 폴짝폴짝 뛰고 있다. 태아는 거대하게, 수다를 떠는 할머니는 조그맣게 만들었다. 이 작품들을 보면 만져보고 싶은 생각과 혐오스런 생각이 동시에 든다. 아주 인간적이고 생생하게 느껴지면서도 아주 이질적이고 공허하다는 느낌을 동시에 선사한다. 나처럼 다소 자기중심적인 사람도 죽음의 광선을 비춘다는 느낌을 받는다. 〈브라브딩내기언Brobdingnagian〉에서는 벌거벗은 남자가 공포에 떨며 의자를 붙잡고 있고, 방갈로만 한 이불 밑에서 불쌍하게 누워 있는 여성은 거칠고도 풍자적인

WILL'S EYE VIEW                                    Ralph STEADman 2006

느낌을 안겨준다.

이번 전시회를 통해 무에크의 작품들은 제 몫을 다했다. 나머지 일정에서 이와 비견할 만한 것은 아무것도 없었다. 이 와중에 내 감정은 걷잡을 수 없이 요동쳤다. 나쁜 일은 아니었다. 늘 축제의 시간이 나를 배 밖으로 드리운 닻처럼 잡아끌기 때문이다. 배우가 되고 싶은 풋내기들이 샤비안 코미디 전단지를 손에 쥐어주고, 일류 마술사들과 콧바람 피리 연주가들이 거리를 배회하는 정경을 보면 내면으로 침잠해 혼잣말을 중얼거리게 된다. 나대는 사람들이 이처럼 많아지면 어두운 구석에서 태아처럼 쪼그리고 있는 느낌이 든다.

하지만 본햄 호텔Bonham Hotel의 306호실에서는 이러한 감정이 발붙이지 못했다. 그 대신 평범하고 거대한 창문을 통해 북쪽을 바라보니 퍼스 오브 포스와 그 위로 드리운 고지대가 보였다. 장대한 광경이었다. 사방을 바라보니 반경이 40마일에 이르는 것 같았다. 커튼을 걷은 채로 자다 보니 새벽이 나를 창밖으로 끌어내 라이스로 쏘아 올렸고, 하늘로 솟은 내 몸뚱이는 피페, 퍼스를 지나 로크 테이로 활강했다. 나는 베게 받침을 마법의 빗자루로 삼아 해리 포터를 연기하는 끝내주는 몽환에 빠졌다.

샬로테 스퀘어Charlotte Square에서 열린 북 페스티벌에서 '작가들의 유르트' 옆에 서 있던 디렉터와 마주쳤다. 나는 이렇게 질문했다.

"왜 또 유르트Yurt죠? 늘 유르트인데, 다른 민족들도 기회를 가져야 하지 않을까요? 왜 작가들의 호건Hogan, 롱하우스Longhouse, 이글루는 없는 거죠?"

그녀는 무덤덤하게 말했다.

"엄밀히 말하면 유르트는 잘못된 표현이에요. 올바른 명칭은 게르Ger예요."

오! 그렇구나. 북 페스티벌은 몽골인들의 문화처럼 스쳐가는 문화일 뿐이다. 게르, 텐트, 대형천막은 보드 워크로 연결되어 있다. 이를 따라 '작가'나 '독자'로 불리는 유목민들이 줄을 지어 앞으로 나아간다.

2주 정도 지나면 모든 캠프가 철수하고 바스Bath나 벅스톤, 첼튼엄Cheltenham

으로 이주할 것이다. 북 페스티벌 관련 직원들은 페스티벌 장소로 고상한 영국 마을을 선호하는 것 같다. 그렇다고 쓰레기를 맘껏 버리는 것은 아니다. 에딘버그 기지에서 유일하게 찾아볼 수 있는 말 탄 사람은 광장 중심부의 주춧돌에 선 동상이다. 몇 년 전 네 살 된 아들이 이 동상을 보고 걸리버의 감성을 드러내며 만져보려 했지만 별 소용이 없었다.

"저 말 한번 만져보고 싶어요!"

그날 밤, 다른 작가 세 명과 나홀로 출판사를 경영하는 출판인 한 명과 같이 위처리Witchery에서 저녁을 먹었다. 이곳은 로열 마일Royal Mile의 꼭대기에 있는 테마 레스토랑이었다. 나는 테마의 내용이 무엇인지는 잘 모른다. 중세 시절, 가난한 여성 수십 명이 '마녀사냥'으로 화형된 역사와 관련이 있지 않나 생각할 뿐이다. 나는 미래에 이 레스토랑이 어떤 테마를 택할지 두렵다……. 어쨌건 에딘버그 태투는 성황리에 진행되었다. 우리가 캐슬힐의 자갈밭을 터벅터벅 걸어갈 때 대포를 발사하고 심벌즈를 울린다. 관중들로 가득 찬 스탠드에서 함성소리가 성벽을 넘어 울려 퍼진다. 뉘렘벅 랠리(1923년부터 1938년까지 해마다 개최된 독일 나치당의 집회 행사－옮긴이) 전체가 이 작은 옥사에서 이루어지는 것 같았다.

우리가 레스토랑을 떠날 때, 사열한 블랙 워치 파이프 밴드가 행진하고 있었다. 하나같이 체구가 육중했고 각자 맡은 고음을 맘껏 발산했다. 그들 사이로 꽉 끼는 검정 유니폼을 입은 구르카인들이 위풍당당하게 행진했다.

"저 사람들을 잘 지켜봐야 해."

나는 같이 온 작가 한 명에게 이렇게 말했다.

"스코틀랜드 남자의 키가 5.5피트도 안 된다면 분통이 터질 거야. 스코틀랜드에 사는 네팔인들은 물론 제외하고 말이야."

구르카인 하나가 내 말을 엿들은 것 같았다. 이빨을 드러내며 무에크가 움직이는 것처럼 "그르……" 소리를 내는 것으로 보아서는.

# 댄스장으로 오라

'댄스장으로 오라!'라는 제목의 첫 생방송을 준비 중인 마들렌 발레돈Madeleine Valedon의 사진이다. 퐁네프Pont Neuf 밑에 있는 유명한 '라디오 프랑스' 스튜디오에서 이 방송이 송출되었다. 때는 1948년, 프랑스 남자들이 고초를 겪던 당시였다. 직업에 짓눌리지 않은 남자들은 징병이라는 거세를 겪어야 했다. 몇몇 용감한 친구들은 마키(제2차 세계대전 중 프랑스의 반독反獨 유격대와 지중해 연안의 관목 지대를 동시에 의미함 – 옮긴이)에 끌려갔으나 고환에 가시가 박히는 지독한 아픔을 경험했을 뿐이다.

하지만 그날 밤 반짝이는 마들렌의 페티코트가 모든 사람을 깨웠다! 잠자고 있던 혈관이 레 재저Les Jazzeurs(프랑스의 4인조 그룹 이름 – 옮긴이)의 뜨거운 리듬을 휘젓기 시작했다. 또한 기타를 치는 장고 라이하르트Django Reinhardt와 플루겔혼을 부는 장 폴 사르트르Jean-Paul Sartre가 합세하자 몸을 들썩이지 않을 수 없었다. 첫 방송은 무려 94명이 시청했는데, 이 가운데 30명은 엘리제 궁전Élysée Palace에 있었다. 드골은 불편한 루이 15세 시대 풍Louis Quinze의 팔걸이의자에서 일어나 소리를 반사하는 대리석 바닥을 딛고 몇 걸음 나아갔다. 한 국가가 춤의 힘으로 다시 태어났다!

지난주에 춤을 추러 외출한 덕에 이 사실이 기억났다. 다른 신체 활동과 마찬가지로 춤은 장소에 영향을 미친다. 다음 날 아침 친구의 전화를 받았다.

"나 어젯 밤에 너 봤어."

친구는 내가 아주 사려 깊지 못한 행동을 저지른 듯 말했다.

"쇼레디치 타운 홀에서 춤추고 있었지?"

사실이었다. 게다가 더 최악은 아내와 같이 춤을 추고 있었다는 사실이다! 어디 가당키나 한 일인가. 우리는 이튼 메스Eton mess(크림과 머랭을 곁들여 딸기로 만든 영국식 디저트. 전통적으로 이튼 학교의 소풍에서 즐김-옮긴이)를 버리고 일어나 넓은 나무 바닥에서 몸을 흔드는 결혼식 하객들에 동참했다. 스테이지에서는 DJ가 턴테이블을 돌리고 있었다. 귀여운 파티 드레스 차림의 소녀들이 남을 의식하지 않고 사춘기 이전에 누릴 수 있는 방종을 만끽하며 몸을 흔들고 있었다.

여기저기 총총대면서 나는 주위를 유심히 둘러보았다. 패널을 대고 금박을 씌운 높다란 벽을 바라보니 무대 양쪽으로 장식용 천으로 만든 거대한 커튼이 드리워져 있었다. 커튼은 19세기의 지역색을 자랑하는 것 같았다. 나는 춤사위를 이어나갔다. 모피로 깃을 세운 듯 우쭐댔다. 목에 두꺼운 체인을 건 것처럼 고개를 숙이고 종을 울리는 듯 하늘을 향해 주먹을 휘두르며 '나 좀 봐! 나 좀 봐!'를 외쳤다. 노인이라도 언제든 춤을 출 수는 있지만, 멍석을 깔아놓은 자리에서 춤을 추려면 대단한 용기가 필요하다.

아! 춤은 젊은이들의 전유물인 걸까. 성생활이 왕성해지는 젊은 나이라면 춤은 오히려 고통이 될 수도 있다. 바보스러운 벨 보텀 바지를 입고 '킬러 퀸'에 맞춰 디스코를 추면서 쥐가 나 비틀대는 모습이 몰래카메라에 찍혀 오데온에서 상영될지도 모른다는 불안감을 떨칠 수가 없었다. 이른바 친구들이 이를 보고 손가락질을 하며 깔깔대면 어쩌나 걱정되었다.

그래, 소녀들은 한데 어울려 즐겁게 춤을 즐기고 있다. 하지만 나는 그들이 춤을 출 때 지금 발 디디고 있는 곳이 아닌 다른 어딘가에 있다는 느낌이 든다. 평행 우주로 도약해 나무그늘에서 정처 없이 떠도는 나이아드(물의 정령-옮긴이) 같다. 남성들의 춤은 숨은 능력을 보여주기 위해 끙끙대는 몸놀림이다. "내 곁으로 와. 나 오늘 술

좀 마셨어. 예쁜아."

수벌이 윙윙거리듯, 욕망을 드러낸다. 반면 여왕벌들은 예쁜 꽃봉오리를 벌리고 줄지어 있다. 수벌들의 움직임이 바빠질수록, 여왕벌들은 더 다소곳이 남아 그들을 품으로 유혹한다.

하지만 이 모든 춤판은 알맞은 시간에 이루어질 뿐 알맞은 장소에서 일어나는 것은 아니다. 정해진 장소에서 춤을 춘다는 것은 복잡한 일인 동시에 어딘가에 소속되는 입문의 의미를 지니며, 섹스뿐만 아니라 사회를 말해준다. 호주 북부 바클리 테이블랜드Barkly Tablelands의 변두리에 머물렀던 적이 있다. 그곳에서 나는 원주민 소녀들을 부족의 일원으로 받아들이는 의식을 구경했다. 어찌 보면 그들의 춤은 평범해 보였다. 짧은 보폭으로 깡충깡충 뛰면서 이어지는 경쾌한 춤은 무리 지어 일으키는 모래먼지를 아랑곳하지 않았다. 깡충깡충 뛰다가 들입다 내달리는 동작이 반복되었다. 그들의 움직임에서 지평선을 향해 펼쳐진 붉은색 진흙 밭이 시선을 사로잡았다. 오랜 세월 자리를 지켜온 언덕이 군데군데 허물어지며 협곡을 만들었다. 나는 사람들이 그토록 주어진 장소에서 열정적으로 춤추는 광경을 한 번도 보지 못했다.

최소한 암페타민 설페이트에 절어 있는 탓은 아니지만, 나는 침을 뱉고 정신없이 몸을 흔들며 볼링공처럼 친구들을 향해 돌진했다. 이 춤 또한 적합한 장소에서 이루어졌고, 적합한 장소란 바로 지린내가 풍기는 지하 클럽이나 망가진 건물이었다. 다리에 난 쥐, 머리에 담은 주의主義는 이 장소를 기념했고, 술에 취해 지르는 소리는 이 장소를 예찬하는 포효였다. 이 같은 광란의 시간에 우리는 세상 모든 10대들만큼이나 원초적으로 변해 있었다.

UP AND OFF IN PARIS

# 환상을 불태우다

9월 말, 마게이트Margate에서의 일화다. 늦은 오후, 햇살이 해변에 비스듬히 내리쬐고 있었다. 역사 옆으로는 구부린 손가락 마디마디를 연상시키는 거대한 알링턴 하우스Arlington House가 서 있다. 브루탈리즘을 표방하는 22층짜리 아파트 건물은 모든 망명 신청자들에게 유세를 떠는 것 같다.

'이 약속의 땅으로 들어오라. 영원히 이 안에 갇히게 되리라.'

나일랜드 록Nayland Rock 강제수용소의 썩어가는 테라스에 갇히는 것은 더욱 나쁜 시나리오다. 과거에는 럭셔리 호텔이었으나 지금은 중유럽의 집시들, 붕괴 위기를 겪고 있는 중앙아프리카에서 탈출한 콩고인들, 중동의 참화를 피해 탈출한 이라크인들을 수용했다. 이러한 거대 대륙의 인력을 이기고 탈출한 많은 사람들이 타넷 섬Isle of Thanet의 끝자락에 매달린다는 것은 기이한 일이다. 잉글랜드의 입술 같은 켄트 주에 솟은 발진과도 같다.

쨍한 햇빛에 걸어가는 사람들의 얼굴에 솟은 여드름이 확 두드러져 보였다. 패스트푸드 음식점은 칩 형상의 기름 덩어리를 맹렬히 팔아 제치고 소년들은 자전거를 타고 길가를 질주했다. 수시로 모습이 변하는 놀이기구 가게는 전혀 흥미로워 보이지 않는다. 하지만 바다는 평온했다. 오래된 바닷물 수영장의 칸막이를 따라 걷는 사람들은 파도 위를 걷는 것 같았다. 해변은 아름다운 흑빛으로 덮여 있었고, 살기

JUNK FOOD MAN UNDER A MARGATE TURNER SUNSET

BUY 30
GET
45 FREE

Ralph STEADman 2006

좋은 대도시에서 쫓겨난 예술을 사랑하는 사람들의 정겨운 웃음소리가 이리저리 들려왔다.

우리 또한 이들과 다르지 않았다. 여기에서 〈마게이트 엑소더스Margate Exodus〉라는 영화를 감상했다. 성서의 우화를 소재로 한 실험 영화로 하루 종일 상영되었다. 페니 울콕 감독의 물 흐르는 듯한 화법은 배우와 관람객을 한 몸으로 묶어놓았다. 모든 페스티벌은 안토니 곰리Antony Gormly의 주도 아래 버린 목재 가구를 모아 만든 거대한 조각품, 웨이스트 맨Waste Man을 소각하는 것으로 끝이 났다.

엑소더스의 목적을 들었을 때 연민의 감정이 살짝 밀려온 것은 사실이다. 주의를 환기하자면, 외국을 탈출한 유랑민들과 마게이트의 사회적 약자가 시도하는 내부에서의 탈출 모두에 해당되는 이야기다. 때로는 파시스트적 성향을 보이는 공격적인 타넷 강변 주민들이 예술영화를 보고서 나일랜드 록의 피난민들을 포용하리라고 상상하기는 좀처럼 힘들었다. 수많은 낡은 의자가 불길에 휩싸여 불사조 같은 마게이트의 도시적 아름다움을 뿜어내리라 상상하기도 힘들었다. 하지만 마게이트 드림랜드 펀페어를 차지하고 있던 롤러코스터 부지 위로 우뚝 솟아 나무로 만든 육체를 자랑하는 웨이스트 맨을 보고 나서는 이러한 생각이 편견이었음을 깨달았다. 특이하기 이를 데 없는 3차원 콜라주는 거대한 체구의 아르침볼도Arcimboldo(이탈리아 화가. 신성 로마 황제 막시밀리안 2세와 루돌프 2세의 궁정화가로 일함—옮긴이)를 연상시켰고, 모든 것이 허무하다는 가르침을 주기 위해 만든 것 같았다.

우리는 하버 카페에서 웨이스트 맨을 만든 프랑켄슈타인Frankenstein과 만났다. 나는 그와 함께 잔잔한 바다로 헤엄을 치러 나갔다. 우리는 등대를 향해 헤엄쳐갔고, 부드럽게 너울지며 밀려드는 파도를 느끼며 마게이트의 환상적인 정경을 바라보았다. 종말을 맞은 이후의 세상이 펼쳐진 것 같았다. 우리 중 두 사람은 같은 수건을 나눠 썼고, 안토니는 기폭 장치를 설치하러 떠났다. 나는 안토니를 따라 하기 위해 가족들을 불러 모았다. 드림랜드가 마게이트 전체를 빨아들이는 것 같았다. 나이와 인종을 가리지 않고 허여멀건 사람, 까무잡잡한 사람, 문신을 새긴 사람 모두가 몰려

들었다. 기묘한 침묵이 그들을 하나로 묶어놓았다. 기대를 담은 웅성거리는 소리는 전혀 들리지 않았고, 오직 음울한 침묵만 있을 뿐이었다. 웨이스트 맨이 실패로 돌아간다면 이 침묵이 폭력으로 바뀌게 될까.

우리는 콘크리트로 깐 소각 현장의 뒤쪽에 자리를 잡고 바퀴 달린 쓰레기통 위로 아이들을 올려주었다. 웨이스트 맨은 200피트가량 떨어져 있었다. 높이가 거의 100피트에 달하다 보니, 윈치에 매달려 배 쪽에 보이는 실험 예술가들이 콩알만 하게 보였다. 우리는 이 예술가들의 퍼포먼스에는 전혀 관심이 가지 않았다. 여기에 모인 군중들 또한 마찬가지였을 것이다. 오직 웨이스트 맨에만 시선이 고정되어 불 속에서의 희생을 열망할 따름이었다. 저녁 어스름이 나방처럼 날개를 펼쳐 우리 앞에 드리웠다. 북서쪽 하늘에 달이 두둥실 떠올랐고, 기차가 덜컹거리며 역사로 들어왔다. 웨이스트 맨이 한쪽 팔을 들고 있는 모습은 사뭇 엄숙해 보였다.

갑작스런 파열음과 함께 연기가 배 쪽에서 피워 나와 웨이스트 맨의 흉부를 핥기 시작했다. 웨이스트 맨은 불길에 휩싸였고, 우리 또한 마찬가지였다. 내 배경지식으로는 거대한 나무 모형이 불타오르는 광경을 상상하기 힘들었다. 영화 〈위커 맨 The Wicker Man〉의 한 장면이라면 모를까. 하지만 조금 과장을 곁들인다면, 아름답다고 표현해도 손색이 없었다. 관중들의 뚱한 침묵은 경탄으로 바뀌었고, 우리 모두 감동에 젖었다. 아마도 이것이 마게이트 엑소더스의 미스터리가 아니었을까. 21세기의 극심한 병폐에서 벗어나 깊고, 어둡고, 굶주린 시공간으로 들어가는 자발적인 탈출기일 수도 있으리라.

# 마리화나에서 부르카까지

11월 중순의 주말이다. 영국 총리 후보 0순위이자 재무장관을 맡고 있는 고든 '스테디 핸드'(통솔력이 있다는 의미로 쓰임-옮긴이) 브라운은 이라크 바스라Basra에 머무르고 있다. 그의 신조를 공유하는 토니 '에어 기타' 블레어는 아프가니스탄 헬만드 지역으로 가는 중이다. 한편, 나는 암스테르담에 머물며 그린 시드 컴퍼니Green Seed Company라 불리는 광장 인근의 '커피숍'에 들어와 있다. 오랜 기간 마리화나를 피워서라기보다는 사람들의 습관을 지켜보는 습관이 쉽게 사라지지 않기 때문이다. 내가 마지막으로 네덜란드를 방문한 이후 10년 남짓, 널리 알려졌던 포용정책이 어떤 결과를 가져왔는지 보고 싶었다.

포용이라는 말은 네덜란드인들에게 적합한 단어는 아니다. 그들은 포용정책에 대단히 보수적이기 때문이다. 우아하고 고풍스러운 도심의 운하에 늘어선 암스테르담 상인들의 집은 박공이 있는 좁다란 양식이 특징이며, 윈치가 돌출되어 있고, 장식을 과장하기보다는 자제해서 부를 드러내는 것이 네덜란드 사람들의 국민성을 대변하고 있는 것 같다. 부유한 청교도들, 참 실망스럽다. 그렇지 않은가. 슈퍼 실버 헤이즈로 가득 찬 마리화나 담배에서 뿜어낸 연기 한 줄기가 내 콧구멍을 파고들 때조차 사임을 앞둔 이민성 장관 리타 베르동크Rita Verdonk는 곧 다가올 네덜란드 총선을 열렬히 준비하고 있다. 그녀의 공약은 이 귀찮은 침입자들, 무슬림들의 부르카를 쫓아내는 것이다.

이라크와 헬만드에서 고든 브라운과 블레어가 각각 자신의 영향력을 어느 정도라고 생각할지 끙끙대며 생각할 필요가 없다. 이 지저분한 전쟁 현장에 발을 디뎌본 친구들에 따르면 영국이 전폭적인 지지를 받고 있다는 생각은 그들만의 착각이라 말한다. 안전하게 무장하고 무거운 기관총을 민간인에게 겨눈 채 순찰을 돌지 않는 한, 우리 군인들은 중무장한 막사에 갇혀 있어야 한다. 방폭벽과 철조망 뒤에서 비눗갑만 한 영상으로 오페라를 시청하고 볶은 요리를 먹는다. 막사에서는 푹푹 찌는 바깥 공기를 이겨내기 위해 에어컨이 윙윙댄다.

헛다리를 짚고 있다 할지라도 군대는 나름의 할 일이 있다. 그들의 상황이 조금 비현실적으로 보인다 하더라도, 앞으로 군대가 밟아야 할 기나긴 여정은 조만간 주둔지의 현실이 암울해질 것이라는 사실을 의미한다. 하지만 너무 치명적이지 않기를 바란다. 그들이 거기에 있는 이유는 그냥 거기에 있기 때문이다. 하지만 영국 외교 정책에서 비슷한 태도를 취하고 있는 블레어와 브라운은 이와 동일한 선상에서 생각하기 힘들다. 모래와 자갈에 덮여 피투성이가 된 사람들을 뚫고 걸어가는 두 사람의 모습을 보라! 눈부신 햇빛에 일자로 찡그린 눈은 영락없는 정치인의 눈매다. 드디어 돌아왔다! 두 사람의 결의에 찬 태도는 맥아더 장군이 자신의 수송기 위에서 거대한 파이프를 흡입하며 일본인 전사를 깔보는 것과 비슷하다.

커다란 케블라 점퍼 차림의 브라운은 평소와는 달리 럭비 선수처럼 비대해 보인다. 자신에게 아무런 관심도 없고, 자신이 그토록 염원하는 사트랍의 땅을 줄 수도 없는 젊은이들에게 둘러싸여 앉은 채로 카메라를 향해 포즈를 취할 때 과연 그의 입에서 무슨 이야기가 나올지 궁금하다. 아마도 "젊은이들, 대체 여기가 어딘가?"라는 말이 나오지 않을까. 그가 정치적으로 얼마나 겁쟁이인지를 생각해보면, 방탄조끼나 허큘리스 군용기도 그를 이곳으로 인도하지는 못했을 것이다. 얼마나 겁쟁이면 10년씩이나 자기계발이라는 쑥이 스민 쓰디 쓴 젖꼭지를 빨고 있었을까(고든 브라운은 토니 블레어에게 총리 자리를 10년간 양보했음-옮긴이). 그는 아마 잘 때도 방탄

SMOKING
BURGER
WOMAN.

Ralph STEADman

SOFT
DRINKS
MAN

2006

VIAGRA
MAN 'DICKHEAD'

파자마를 입고 잘 것이다. 부르카를 뒤집어쓴 여인네와 다를 바가 없지 않은가.

암스테르담에 있는 영국인들 또한 멍청이임이 틀림없다. 나는 그린 시드 커피숍을 떠나 겔더스 카데Gelderse Kade로 이동했다. 이 우아한 집들 속에 있는 상품은 바로 여성들이다. 불쌍한 네덜란드 소녀들, 네덜란드로 팔려온 동유럽 소녀들, 몰루카 제도에서 온 소녀들 모두 야한 속옷을 입고 버밍엄에서 온 맥주 효모 냄새를 풍기는 버밍엄 출신 소년들과 바스라에 주둔한 이들의 형제들을 기다리고 있다. 마약과 술에 취한 영국인 떼거지를 보라! 폭풍과 같은 독성을 견뎌내기 위해 북부 툰드라의 사향소처럼 빙빙 돌고 부딪히지 않을까. 수리남에서 온 마약상 한 무리가 그들 주위를 엷게 둘러싼다.

"코크?" 몇 번이고 물어본다. "코크 사실래요?"

원래부터 그러한 성격이 아니라면, 이런 상황에서 부정적인 마음가짐을 갖기란 쉽지 않다. 지금 여기에 선 영국인들은 마리화나로 쌓은 바람벽과 코카인으로 얽은 레이저 와이어로 둘러싸인 마약 기지에 안착해 있고, 이들 주변에는 네덜란드식 투명 정직함이 스민 특색 없는 사막만 펼쳐져 있다. 이들은 정말로 지금 있는 곳이 어디인지 아는 것일까. 이들은 스히폴Schiphol 공항으로 날아 들어와 암스테르담 중앙역Centraal Station으로 기차를 타고 와서 그림 같은 사투르날리아Saturnalia(로마인들의 동지 무렵 축제로, 농업의 신 사투르누스에게 감사하던 행사-옮긴이)의 현장으로 들어왔다. 그들의 유일한 목적은 즐기는 것이다. 그리고 이들이 여기 있는 이유는 고든 브라운이 자부심을 느낄 만한 재정적 협상안을 이루어냈기 때문이다. 포주와 마약상은 날로 사업을 확대하면서도 다른 이들과 마찬가지로 세금을 꼬박꼬박 납부한다.

암스테르담의 황등가로 돌아와 바비즌Barbizon 호텔로 들어왔다. 대리석으로 장식한 기업홍보관으로 들어와 리타 베르동크를 생각했다. 그녀는 VDU 자유당의 권력을 붙잡고 있게 될까. 정말로 20명가량의 네덜란드 무슬림으로부터 부르카를 벗기게 될까. 이토록 뻔뻔한 영국이 쓰레기들을 용인하는 나라에서 그깟 쓰레기 봉투 같은 여성복 하나를 두고 그처럼 편협한 태도를 보일 수 있는 걸까(2006년 5월, 리타 베르동크 네덜란드 이민성 장관은 히르시 알리 의원이 1992년 네덜란드 망명 당시 시민권 획득 과정에서 이름과 나이를 속였다는 이유로 시민권을 취소하겠다고 발표했음 – 옮긴이).

# 내 두 번째 인생

궁금하다. 내 글이 읽히는가. 무슨 말인즉, 내 말을 듣고 있는가. 사람이라면 이러한 질문의 답에 집착하게 마련이므로 물어보는 것이다. 다른 사람이 내 말을 듣는다는 것은 곧 상대방이 내가 하는 말을 이해한다는 뜻이 아니겠는가. 몇 달 전까지만 해도 나는 '다른 사람'이라는 말을 자주 입에 오르내렸다. 하지만 지금은 이 두 단어가 무슨 뜻인지 도통 모르겠다. 심지어 나를 '나 자신'이라는 두 단어로 표현할 수 있을지도 알쏭달쏭하다.

부연하자면, 2006년부터 사용자 기반의 웹 콘텐츠가 구축되기 시작했다. 행복한 10대들의 스냅 사진과 블로거들의 호전적인 의견이 콘텐츠를 이뤘다. 인터넷은 전 세계인이 수백만 장의 메모를 붙여 넣는 코르크판이다. 이러한 자가 출판물이 봇물처럼 쏟아지는데, 평범한 글쟁이들이 버텨낼 재간이 있을까. 나 또한 갈수록 입지가 좁아지는 느낌이다. 나만의 작품이라는 기계에 갇힌 유령이 된 느낌이 들었다. 설상가상으로 집에서조차 존재가 사라진 느낌이었다. 우리 아이들이 나를 관통해 집 안을 둘러보고, 아내가 빈 공간인 줄 알고 소금을 집으러 손을 뻗었는데 내 몸에 손이 닿자 화들짝 놀란 으스스한 순간도 있었다.

풀이 죽은 나는 방 안에 틀어박혀 웹을 검색하는 데 더 많은 시간을 할애했다. 평생 읽어도 다 못 읽을 엄청난 양의 책을 구입하고 이베이를 통해 자른 발톱을 팔고, 채팅 룸에서 어슬렁거렸다. 하지만 별 소용이 없었다. 나는 과거 어느 때보다도 존재감이 사라진 느낌이었다. 이윽고 나는 가상 세계라는 두 번째 인생을 발견했다. 아무것도 모르는 네안데르탈인 같은 독자를 위해 설명을 덧붙이면, 두 번째 인생은 가상공간의 주민들이 만든 온라인상의 3차원 세상이다. 여기에 동참하려면 로그인을 한 다음 나 자신을 이상화시킨 나만의 '아바타'를 만들어 반짝이는 픽셀화된 세상에서 나만의 상상을 펼치면 된다.

두 번째 인생의 창시자인 필립 린든Philip Linden은 '현실보다 나으면서 정치적·종교적 이슈가 없는 세상'을 만들고 싶었다고 말했다. '정치적·종교적 이슈가 없는' 이라는 수식어를 왜 붙인 걸까. 이러한 이슈가 없는 세상은 사실상 증오로 가득 찬 비참한 사람들, 침 자국으로 범벅이 된 인도, 쓰레기로 뒤덮인 병동보다는 훨씬 나을 것이다. 그렇다면 사이버 공간에서는 성적 이슈가 없는 세상도 가능할까. 분명 두 번째 인생은 이러한 이상 또한 구현할 수 있다. 무슨 말인즉, 친구 아바타와 성관계를 시도할 수가 있는 것이다. 오븐 글러브로 전자레인지 오븐을 어루만지는 감각을 굳이 느껴볼 이유는 없지 않을까.

나는 클레이 사격을 피해 가는 오리처럼 두 번째 인생으로 도피했다. 나는 이곳에서 통용되는 통화인 '린든 달러' 한 뭉치를 구입하고 콘도를 빌린 다음 아바타를 만들었다(더크 비그닙Dirk Bignib이라는 이름을 붙였다). 직업은…… 작가로 정했다. 섹스, 종교, 정치 같은 복잡한 요소를 제거하고 나니 아주 성공적인 소설을 쓸 수 있었다. '실제' 세상에서는 대다수 독자가 이러한 요소를 마음에 들어 하지 않았을 것이다. 물론 더크 비그닙은 유약한 좌파적 양심이 없어서 맘껏 돈을 벌 수 있다. '윌 셀프'는 이러한 양심 탓에 돈을 버는 일을 저속하게 느꼈다. 두 번째 인생은 철저히 자본주의가 지배하는 곳이라 소니나 나이키같이 선망하는 브랜드에 돈을 쓸 기회가 넘쳐났다.

두 번째 인생을 즐긴 지 6개월 만에, 나는 현실에서 평생 번 돈보다 더 많은 돈을 벌었다. 게다가 담배까지 끊었다(여기에서 담배를 끊은 것은 더크 비그닙이다, 윌 셀

NEW YORK CITIZEN-2. *Ralph STEADman*

프는 여전히 줄담배를 피우며 식음을 전폐하고 화장실도 가지 않은 채 키보드에 붙어 있다 보니 뼈만 앙상히 남았다). 두 번째 인생에서 87시간을 헤매고 나서야 계단을 비틀거리며 내려왔다. 아내는 털북숭이에 비쩍 말라 만신창이가 된 내 '몸'을 보고 이렇게 속삭였다.

"당신인지 알아보지를 못하겠네요."

나는 이를 시작으로 받아들였다. 지난달까지 내 인생 대부분을 두 번째 인생에 쏟아 부었고 케케묵은 첫 번째 세상은 무슬리 한 사발을 먹으러 잠시 들를 뿐이었다. 하지만 이런 끔찍한 일이 있나. 비극이 닥쳤다. 어느 날 아침, 내가 임차한 아름다운 콘도에서 나와 새빨간 BMW 속으로 들어간 다음 하늘을 올려다보았다. 기다란 턱수염으로 뒤덮인 무서운 유령 같은 얼굴이 구름을 화관처럼 쓰고 있었다. 종교가 두 번째 인생으로 들어왔다! 나는 무릎을 꿇었지만, 하늘의 신이 아니라 가상의 세계를 지켜보는 버려진 '인간'의 얼굴에 지나지 않는다는 사실을 깨달았다.

여전히 집착을 버리지 못하고 나는 근처의 사이버 카페로 차를 몰았다. 점원에게 린든 두 개를 던진 다음 서버에 로그인했다. 가상 세계에서 실제 세상에 이메일을 보내는 것이 가능한지도 모르겠다. 하지만 한번 해볼 만한 가치는 있을 것이다. 그래, 이 세상에 갇힌 나는 존재감을 느끼기 위해 안간힘을 쓰는 불쌍한 희생자다. 하지만 당신도 알 필요가 있다. 당신이라고…… 당신이라고…… 다를 바 없지 않은가.

# 추악한 연합법

연합법이 폐기될 것으로 예상되는 지금, 300년이 지나서는 아름다운 앨비언이 외상 후 스트레스 장애에 시달리며 그녀를 오랜 기간 학대해온 무뚝뚝한 배우자 칼레도니아에게 이혼당할 것이라 예상된다. 우리나라가 새로 짝을 맺을 다른 나라를 찾아야 할 시점이다.

나는 『소파 위의 영국Britain on the Couch』의 저자이자 내 오랜 친구이기도 한 심리학자 올리버 제임스Oliver James에게 이혼의 영향이 국가의 혼에 어떤 영향을 미친다고 생각하는지 물어보았다. 아래 소개하는 것처럼 그의 대답은 명백했다.

"그녀의 기대와는 달리, 행복하지 못한 칼레도니아는 관계가 끝난다고 해서 해방감을 느끼지는 못할 거야. 많은 국가들이 그들을 괴롭히는 연합국을 떠나지만, 새로운 파트너와 친밀감을 유지하지 못하게 마련이거든. 단지 통상 관계만을 유지하는 경우라도 마찬가지야. 이러한 국가들은 결별 이후에 국제무대에서 거들먹거리며 다른 단일국가들과 신나게 교류를 맺을 거라 생각해. 즐거운Gay 이혼녀로 살아갈 것이라는 장밋빛 상상에 빠지지만, 현실은 많이 달라."

"정말 그렇니?"

"체코와 슬로바키아를 생각해봐. 원래 환상의 콤비였지만, 지금은 망사 조끼를 입고 그저 그런 유럽식 단칸방에 누워 차를 달이는 우울한 노인들 같잖아."

FOREIGN PARTS

"음, 너무 가혹한 평가 같은데."

"내가 원래 좀 그렇지."

"하지만 잠깐만 기다려봐. 방금 '즐거운Gay' 이혼녀라고 말했는데, 혹시 게이라는 단어의 뜻이……."

"요즘 표현으로 스코틀랜드가 남성동성애자가 아니냐는 말이지? 내 말이 바로 그 말이야. 실제로 스코틀랜드의 가장 큰 비극 중 하나는 고압적이고 남성적인 이미지를 유지해왔으면서도, 잉글랜드에 대해서는 호모들의 섹스에서 여성 역할을 맡은 것과 다름없다는 거야."

"그럼 잉글랜드는?"

"음, 못 믿을 앨비언Perfidious Albion(앨비언은 잉글랜드의 옛 이름으로 나폴레옹 1세가 잉글랜드를 경멸조로 표현한 문구임 – 옮긴이)이 딱 맞는 표현이지. 아주 경박하고 지저분한 나라야. 잉글랜드가 프랑스를 어떻게 꾀었는지 생각해보면 답이 나오거든."

"그렇다면 1956년 9월에 친영국주의자인 프랑스 총리, 기 몰레Guy Mollet가 영국 총리 앤서니 에덴Anthony Eden에게 두 나라를, 음, 변태스러운 표현일 수도 있지만 병합하자고 제안했던 사실을 말하는 거니?"

"그래, 맞아."

"만일 그렇다면, 영국이 프랑스를 '유혹했다'고 비난할 수는 없을 텐데."

"최근에 지도를 못 본 모양이구나. 이걸 생각해봐. 잉글랜드는 종종 사람 모양의 땅으로 묘사되는데 콘월이 다리처럼 달려 있어. 이스트 앵글리아East Anglia는 엉덩이야. 대륙과 섬을 연결하는 땅이 무너지고 나서 영국은 부끄러움을 타는 프랑스에게 자신을 노출시켰어. 불쌍한 프랑스가 음부를 벌린 와이트 섬Isle of Wight을 영원히 바라보게 된 거지!"

"그런 말도 안 되는 소리가 어디 있어! 그런 정신 나간 지도상의 논리를 따른다면 스코틀랜드는 잉글랜드의 머리고, 웨일스는 살집이겠네. 이런 다른 나라들이 따라주지 않는 한 프랑스를 유혹할 방법이 없는 것 아니니?"

"그건 내가 알 바 아니야. 국가에 따라서는 머리가 없는 국가에 훨씬 끌릴 수도 있어. 그게 바로 식민주의를 변태적 성향으로 취급하는 이유야. 어쨌건 그건 중요한 문제가 아니야. 그래도 당신이 웨일스와 아일랜드를 이슈화한 것은 반가운데."

"아일랜드는 이야기한 적이 없는데."

"상관없어. 내가 했으니 됐어. 아일랜드를 가장 잘 정의하면 러시아에 대한 정의와 같아져. 이렇게. '아일랜드인은 제국과 떨어질 수 없다.'"

"이런 게 재미있니?"

"재미없지는 않아 보라고. 이게 핵심이야. 스코틀랜드와 잉글랜드는 남남이 되었어. 웨일스와 아일랜드는 아주 곤란한 상황에 처해 있어. 그들에 대한 충성심은 분열되고 한 주는 이혼한 어머니, 그 다음 주는 이혼한 아버지와 보내야 되는 상황이야. 작은 국가가 이런 상황에 처하면 깊은 마음의 상처를 입을 수 있어."

"설마 웨일스와 아일랜드가 스코틀랜드와 잉글랜드의 자식에 불과하다는 뜻이니? 모든 사람이 그런 관념을 상당히 불쾌해할 텐데?"

"관념이라 말하니 반가운데. 스코틀랜드와 잉글랜드가 함께 만든 맨섬Isle of Man은 여전히 자립이 가능한 지역이야. 유엔 자녀기구의 도움 없이도 말이지. 이를 보면 연합법은 동성 간의 결혼을 인정하는 법률보다 더한 면이 있어."

"넌 지금 몽상의 세계에 있는 것 같은데……."

"재미있는 나라지. 하지만 그게 중요한 건 아니야."

"무슨 말이니?"

"보라고. 논점에서 조금 벗어난 것 같지만, 나는 스코틀랜드가 정말 게이였는지 전적으로 확신하지는 못하겠어."

"아! 괜히 세상 시끄럽게 하지 말자는 생각이 든 거구나. 그렇지?"

"탐욕스런 동성애 국가에 관한 케케묵은 유언비어를 떠벌리고 싶은 생각은 없어. 하지만 잉글랜드가 로마 제국의 품에서 엄청나게 많은 시간을 보냈다는 것은 인정해야 해. 프로이드는 국제관계가 그의 표현으로 '완벽한 성기성'을 달성해야만 성

공할 수 있다고 봤지. 한 국가의 영토가 다른 국가 속으로 깊이 파고들어야 된다는
뜻이었어.”

　“여기에서는 무슨 일을 추진하고 있니?”

　“스코틀랜드가 더 남성적인 국가와 연합을 시도할 때라고 생각하는 정도지.”

　“이를테면?”

　“일단은 독일이 떠오르는데.”

# 데스크톱 산티아고

산티아고 지하철에 비하면 도시의 다른 대중 운송 체계는 노회한 매춘부에 불과하다. 나는 부유한 사람들이 몰려 사는 엘 골프 구역의 휘황찬란한 호텔에 머물고 있다. 10층에서 바라본 와자지껄한 라틴아메리카 수도는 거울로 반짝이는 평범한 형태의 빌딩들로 어수선하다. 이들은 도시를 모듈식 트레이로 뒤덮인 탁상으로 변형시킨다. 사무직원이나 종이 클립들이 이 트레이를 채운 걸까.

하지만 메트로에는 뭔가 다른 구석이 있다. 나는 과일 가게나 도서 대여점이 들어선 지하철역을 본 적이 없다. 역사에는 유화가 걸려 있지만, 얼마나 깨끗할지는 의문이다. 해변이 보이는 크고 밝은 캔버스에 전원의 농장을 볼 수 있다. 신사실주의 분위기가 살짝 묻어나는 것이 내 취향에 딱 맞는다. 하지만 모든 것을 가질 수는 없는 법. 이런, 산티아고에서는 마음먹기만 하면 켄 폴렛의 스페인어 번역본을 읽고, 시럽에 담근 복숭아로 배를 채우며 도심으로 문제없이 진입할 수 있다. 우중충한 모스크바 정도는 적수가 아니다.

엔텔 타워가 도심을 내려다본다. 독점 통신회사가 지면에 200미터 높이의 콘크리트 장대를 심고, 철제 요구르트 단지를 꼭대기에 붙여놓은 나라에 있어도 어색한 느낌이 들지 않는다. 이 탑을 보면 왜 칠레인이 '라틴아메리카의 영국인'이라 불리는지 알 것도 같다. 탑 때문일 수도 있지만, 드 아르마 플라자Plaza de Armas의 대통령궁

주위를 순찰하는 물대포를 실은 시위 진압 트럭 때문일 수도 있을 것 같다. 음……
곧 펄스 로드Falls Road를 다시 찾아 나선다.

여기저기 두드려 맞아 파인 홈집으로 가득한 갈색 트럭은 편안해 보이면서도
위협적인 외관이 특징이다. 자동차 앞유리와 백미러에 철망이 교묘하게 덮여 있다.
이 트럭들은 광장을 두르고 있으며, 주변에는 화강암으로 지은 1930년대 오피스들
이 우뚝 서 있다. 건물 곳곳은 총탄이 새긴 곰보자국 투성이다. 건물 하나에는 메디
아치온Mediacion이라는 선전 구호와 함께 악수하는 손을 그린 배너가 달려 있다.

오랜 역사를 자랑하는 칠레는 참 재미있는 나라다. 일하는 라틴아메리카 국가
로 표현할 수 있을 것이다. 칠레 사람들은 냉철하고 부지런했으나, 1973년에는 광기
에 사로잡혀 공군이 대통령궁을 폭격했다. 살바도르 아옌데Salvador Allende는 궁 안
에서 자살했다. 오늘날에도 산티아고는 저장 과실 통 속에서 국가원수가 떠다니는,
목이 잘린 수도 같은 느낌이 든다.

피노체트의 통치 기간 중, 독재자의 벙커라는 편집증적 네트워크를 만들기 위
해 아르마 플라자 밑으로 터널을 뚫었다. 하지만 최근에는 민주적인 배분이 이루어
져 지하에 역사를 묻어두기보다는 일부 벙커를 칠레 역사박물관으로 개조했다.

대통령궁은 재건축되었다. 하지만 그 자체로 테마파크에 불과했다. 황백색 벽을
두른 뜰을 가로질러 철썩대는 분수를 지나면 야자수 잎이 어깨를 간질이고, 루리탄
유니폼을 입은 여군들이 행진한다. 반짝이는 뾰족한 모자, 몸에 달라붙는 황백색
튜닉, 양옆에 새틴 스트라이프 무늬를 넣은 황록색 브리치즈, 백색 탄띠 차림의 여
군들은 페이턴트 레더 부츠를 신고 박차를 가한다. 하도 매력적이라 전투에 참가하
는 군인 같지 않은데다 대통령 경비대Presidential Guard의 남성 동료들은 상대적으
로 엄청나게 거대해 보인다.

사람들은 궁 앞에 동상을 세워 아옌데를 추모한다. 너무나 흥해 칠레 사람들이
그를 매도한다고 짐작할 수밖에 없다. 한때 온화하고 학구적인 사회주의 지도자였
던 그가 어쩌다 말총 같은 콧수염과 용접공의 고글 같은 뿔테 안경 차림으로 이곳

FOR VICTOR JARA

HEIGHT IS EVERYTHING

SALVADOR
ALLENDE
GOSSENS

ART

에 서 있는지. 그는 주춧돌 위에서 앞으로 걸어 나가는 자세를 취하고 있다. 더블 브레스티드 슈트의 날카로운 라인이 두꺼운 막 같은 것에 뒤덮여 흐릿해진 모습이 기이하다. 몇 분을 응시하고 나서야 이 막이 칠레 국기라는 것을 깨달았다.

아, 산티아고! 예스러운 문구점과 삶은 옥수수와 복숭아 즙으로 만든 전통 소프트드링크, 모테 콘 후에실레Motte Con Huesille가 담긴 아담한 카트를 볼 수 있으면서도 바로 옆에서는 세계화의 물살을 탄 고스족들이 자동 횡단보도에서 화염에 그슬린 버거킹의 와퍼를 우적우적 씹고 있다.

샌프란시스코 교회에는 무시무시한 사원이 있다. 금테를 두른 유리 캐비닛에 구세주가 앉아 있다. 허리는 떨어져 나가고, 머리칼은 사람의 머리칼이며, 성흔은 스프레이로 칠해져 있고, 꽃을 정신없이 심어 구획을 나눠놓았다. 애처로운 예수님, 믿음의 교각 끄트머리에 선 기계 모형처럼 보인다. 상자에 동전을 넣으면 상처를 핥기 시작할 것 같다.

호텔에 돌아오니 통렬한 자기 연민이 찾아온다. 턴다운 서비스가 들어와 침대 위에 커다란 흰색 베개 서른네 개와 화이트 초콜릿이 있다고 알려주면서 화장실에서 〈더 샤이닝The Shining〉의 장면을 재현했다. 향수가 섞인 물이 욕조 안에서 5인치 높이로 피바다를 이뤘고, 타일 위에 촛불이 켜진 채 옆으로 레드 와인 한 잔이 놓여 있다. 포근한 느낌이 들기는커녕 기겁을 하고 전투태세를 갖춘다. 전투 폭격기가 탁상을 폭격하고 있다. 내 종이 집게를 향해 진격할 시간이다.

# 칠레 콘 카르네

우리는 도나 티나Doña Tina에서 식사를 하는 중이다. 산티아고 동쪽 외곽에 있는 이 레스토랑은 칠레의 분위기를 한껏 느낄 수 있는 추천 장소였다. 우리는 고급 호텔 차량을 타고 나와 고가도로를 바람같이 지나고 지하차도를 급습했다. 여느 선진국에 있는 것 같았다. 하지만 내가 아는 통계 수치에 따르면 이곳의 연간 평균 소득은 1만 2,000달러 언저리지만, 전체 인구의 40퍼센트는 여전히 유엔이 정한 빈곤선에도 미치지 못한다. 그렇다 할지라도, 만일 칠레를 남아메리카의 영국에 비유한다면 산티아고는 충분히 베이싱스토크에 비유할 만하다.

만일 산티아고가 베이싱스토크라면, 도나 티나는 앵거스 스테이크하우스다. 여기에서는 칠레식 식사를 경험할 수 있다. 적색과 흰색을 배열한 체크무늬, 플라스틱 식탁보로 장식한 텅 빈 공간에 산들바람이 불어오고, 짚으로 이은 소박한 격자 장식이 아크 모양으로 드리워져 있다. 의욕이 넘치는 웨이터가 레스토랑 내부에 바바리안 스타일로 꾸며놓은 포도주 저장 창고에서 급히 뛰어나온다. 믿기 힘들지만, 우리가 토요일 밤에 레스토랑을 찾은 유일한 손님이다.

메뉴판에 나와 있는 음식 사진을 보니, 점점 더 베이싱스토크 같다는 느낌이 든다. 그럼에도 우리는 어영부영 주문을 망치고야 말았다. 아니, 꼭 그런 것은 아닐 수도 있다. 우리는 돼지고기 요리로 식사를 시작했다. 두꺼운 햄 조각, 짙은 색의 훈제

처리한 햄 부스러기, 돼지머리를 눌러 동그랗게 펼친 푸짐한 돼지고기 파테가 먹음 직스럽다. 돼지머리를 통째로 눌렀으니 뇌, 머리뼈, 양념이 한데 버무려져 있을 게 분명하다.

다음으로 오렌지 색깔의 달걀 프라이 두 개를 곁들인 커다란 필레 스테이크가 나온다. 젠가 탑처럼 쌓은 칩으로 장식했고, 걸쭉한 다진 옥수수가 옥수수껍질에 싸여 나온다. 부담이 갈 정도는 아니며, 대동해야 할 든든한 친구처럼 칠레의 길쭉한 해변에서 출발해 태평양의 사나운 파도로 진입하기 전 충분히 먹어두어야 할 음식이다.

한 시간이 지나, 운전사가 우리를 태우고 회전타원체처럼 굽이굽이 올라갔다가 마을로 우리를 데려다놓았다. 베이싱스토크 우회도로를 따라 쏜살같이 달리다 입구에서 멈췄다. 입구에는 불타는 횃불 두 개가 달린 이상한 구조물이 설치되어 있었다.

"나이트클럽에 가실 생각인가요?"

그가 어깨 너머로 크게 소리친다. 건장한 기도 두 명이 보이며, 네온사인 글자로 'WOMN'이라고 걸려 있다. 꼭 필요한 모음이 빠지니 극도로 지저분한 분위기가 연상된다. 사티로스가 곁눈질하며, 닥터 모로의 섬에서 교배된 실패한 키메라를 커다란 허벅지 위에 올려놓고 빙빙 돌리는 상상을 해본다. 옆에 있던 마크가 대답했다.

"아니요. 별생각이 없네요."

분명 우리들의 돼지 같은 살집이 거부하고 있더라도 카굴, 청바지, 워킹 부츠 차림으로는 칠레의 클럽 랜드에서 이러한 살집을 도려내는 상상을 하기 힘들다. 이 시설을 자주 드나드는 남자들은 여기에서 일하는 여성들을 바래다주는 환상에 빠진다는 사실을 잘 알고 있다. 하지만 그에 적합한 옷차림을 하고 여기에 오는지는 의문이다.

그 다음 날 내 집처럼 편안한 분위기가 지속된다. 꿈의 잉글랜드가 안데스로부터 불어온 회색 운무를 맞든다. 마크와 나는 해외에 있을 때 가이드를 붙인 트럭을

HANDY ANDES N°2. MEAT and TWO VEG.

써본 적이 없다. 우리는 멋진 여행자다. 성급한 만족을 추구하는 무식한 여행자들과 는 다르다. 어쨌건 우리는 가이드를 소개받았다. 반나절이라는 짧은 시간에 여러 장소를 둘러보기 위해 어쩔 수 없는 선택이었다.

나야 가이드를 두는 게 좋다. 가이드로 온 이반 부스타만테Ivan Bustamante는 세 련된 느낌에 불가사의할 정도의 박식함을 자랑했다. 내 둘째아들과 이름이 같을 뿐 아니라 어린 시절을 사우스 런던의 클랩햄Clapham에서 보냈다. 농담하는 것이 아니다. 피노체트 집권을 피해 탈출한 부스타만테의 부모님은 런던에 있는 내 집에서 1마일 떨어진 곳에 정착했다. 1981년에서 1986년 사이, 이반은 근처에 있는 릴리안 베일리스Lilian Bayliss에 들어갔다. 보수파 하원의원, 올리버 레트윈Oliver Letwin이 자식들을 그곳에 보내느니 차라리 죽음을 택하겠다고 말한 악명 높은 학교였다.

칠레를 탈출한 난민들은 토리당 지지자들보다 강인한 인성을 타고난 게 분명하 다. 이반은 잘 적응해서 크로이돈 대학University of Croydon에 진학해 음악을 공부했고, 1990년대 후반 산티아고로 돌아왔다. 그는 클래식 기타 공부를 계속하고 싶어서 가이드 일을 하고 있다고 말한다. 남아메리카에서는 가이드 일이 사우스 런던에 서만큼 좋은 수입을 가져다주지 못한다.

도심을 향해 출발한다. 이반의 입에서는 헌법 개정에서 시작해 19세기 도시계획을 거쳐 칠레의 구리 산업부터 질산염 생산에 대한 자세한 통계에 이르기까지 유창한 설명이 흘러나온다. 눈을 살짝 감고 귓속을 손가락으로 절반 정도 막으면 앵거스 스테이크하우스에 앉아서 멤버 포 베이싱스토크Member for Basingstoke를 들을 수 있다. 하지만 이것만은 불가능했다. 잉글랜드로 돌아가서 마리아 밀러Maria Miller 여사가 할 일을 잘하고 있는지 확인해보았다. 의회 의사록으로 판단컨대, 그녀는 완벽히 양심적인 보수당원이다. 하지만 그녀의 서툰 말솜씨는 내가 스페인어 메뉴를 읽는 것과 다를 바 없었다. 자, 부스타만테에게 투표하자!

# 카펠이펜*

소피는 미니를 길들이려 애쓰고 있었다. 아담한 테리어 강아지 미니는 윤기 나는 검정색 털로 덮여 있다. 내가 보기에 소피는 젠틀함과 단호함을 겸비한 완벽한 조련사다. 미니가 부엌의 바닥 돌에 콩알만 한 똥을 싸거나 소파에 오줌을 쌀 때마다 소피는 미니를 잡아서 들어 올리고 코를 두드리며 이렇게 말한다.

"이런 나쁜 년! 왜 그랬어? 왜 그랬어?"

개는 자신이 똥 싼 곳으로 돌아오는 습성이 있다고 한다(정말 그런 걸까, 대체 왜 그러는 걸까). 하지만 이번만큼은 내가 나서서 이 주제를 글로 풀어내고 싶다. 나는 스스로를 통제할 수 없는 애처로운 작가가 되어 완고한 펜의 둔탁한 말단부를 놀리며 세상을 묘사하고 있다.

우리는 브루스, 소피와 함께 블랙 산을 등반했다. 브루스는 여행을 그다지 좋아하지 않는다. 지난번 저가 항공사를 이용해 여행을 갔을 때…… 음, 두 번 다시 여행을 갈 생각을 접은 듯했다. 그는 이렇게 말했다.

"같이 탄 모든 사람들이 사망한다면 비행기가 충돌해도 상관없었을 거예요."

이러한 비관주의는 건조 환경에서 쉽게 자리 잡지 못한다. 브루스가 최서부인

* 카펠이펜Capel-y-Ffin은 잉글랜드와 웨일스의 경계 인근에 있는 작은 마을이다.

히어포드샤이어Herefordshire의 주름진 언덕에 은거한 이유도 여기에 있다. 이곳에서는 반짝이는 비닐 터널이 뱀처럼 들판을 가로지른다. 마치 후 박사의 소품부에서 설계한 거대한 캐터필러의 향연에 굴복한 느낌이다.

여기, 14세기 스타일의 농장에서 브루스는 자신의 걸작 위에서 일하고 있다. 모든 가치를 재평가하는 그는 니체와도 경쟁할 수 있을 것 같다. 아마도 그는 오래된 IBM 골프볼 전기 타자기로 글을 쓸 것 같다. 이 타자기에는 철자를 점검하는 간단한 장치가 고정되어 있는데, 양피지를 사용하는 듯 시대에 뒤떨어진 느낌이다. 브루스가 타이핑을 할 동안, 소피는 미니를 조련하고 폐렴에 걸린 말에게 자전거 펌프만 한 크기의 주사기를 꼽아 항생제를 처방한다.

아주 기묘한 형국이다. 하지만 언덕 위의 장면에 미치지는 못한다. '언덕 위에 머물렀던 사람'처럼 과거형으로 말하고 싶지만, 비닐 터널은 내 삶으로 파고들었다. 이것 말고도, 내 꼬맹이 아들들이 후 박사에게 사로잡혔나 보다. 이 녀석들은 차에 탈 때마다 타디스Tardis(영국 드라마 '닥터 후Doctor Who' 시리즈에서 나오는 타임머신-옮긴이)가 발진하는 소리를 낸다.

80년 전, 에릭 길Eric Gill은 대가족을 이끌고 블랙 산의 높고 황량한 산줄기를 따라 10마일을 걸어 카펜이펜의 수도원에 도착했다. 그는 공동생활, 석제 조각, 남다른 가톨릭주의를 쫓기 위해 이곳을 찾았다. 길은 서섹스Sussex의 디츨링Ditchling을 버리고 떠났다. 도심에 너무 가까우므로 소시민의 삶에 전염될 수 있다는 생각에서였다.

하지만 길에게는 소시민적인 면이 보이지 않았다. 길은 정부들을 거느리고, 다른 두 사람의 성관계를 엿보고, 자신의 성기에 이물을 박아 넣고, 근친상간과 소아성애마저 마다하지 않았다. 세월이 흘러 길의 딸들은 사춘기 시절, 아버지가 자신들의 몸에 손을 댄 것이 별 악영향을 미치지 못했다고 입버릇처럼 말했다. 하지만 가족들이 키우는 개도 똑같이 느꼈는지는 의문이다. 개는 말을 못하니 더욱 알 수 없는 일이다. 몰래 쓴 일기를 산더미처럼 쌓아두었던 길은 축약된 용어로 동물과의 관계를 기록했다. 심지어 이런 문장도 있었다.

"P가 D 속에서 어떤 느낌이 들지 궁금하다." 더 보면 이런 문장도 발견된다. "P를 D에 삽입한다."

그래, 개는 늘 자신이 똥 싸는 곳으로 돌아온다고 한다. 이와 마찬가지로 조각가는 예외 없이 수간으로 돌아온다는 것이 내 생각이다. 햇빛이 쨍쨍 내리쬐는 대낮에도 쇠퇴일로의 19세기 후반 수도원에서는 위태위태한 분위기가 묻어난다. 길의 여성들은 여기에서 이전에 없던 양모를 이용해 거친 튜닉을 직조했다. 지금은 조랑말을 타고 구경하는 코스로 변했고, 아이들을 데리고 계곡을 올라갈 때 조랑말을 타고 위에서 내려오는 사람들이 우리 옆을 지나친다. 땅딸막한 꼬맹이 소녀들은 텔웰 Thelwell(조랑말과 말을 소재로 유머러스한 일러스트를 그린 영국 만화가―옮긴이)의 일러스트레이션에 나오는 주인공 같다. 함께 가며 꼬맹이들을 도와주는 언니들은 완전히 다른 평행 우주에 있는 후 박사의 조수일지도 모른다.

내 아들들은 개울에서 놀고 있다. 다섯 살 난 루터는 스스로 '셀프랜드'라고 이름 붙인 바위섬을 차지하고 있다. 이후 우리는 산줄기의 옆을 타고 올라가 아담한 고개에 자리 잡은 이상하게 생긴 작은 풀숲에 들어간다. 그도 그럴 것이, 루터는 신기하게 생긴 풍경에 완전히 압도당한 모양이다. 때는 4월 중순인데 기온은 27도에 육박한다. 계곡의 뜨거운 아지랑이와 앙상한 나뭇가지가 나란히 있는 모습이 사뭇 기이하며, 고사리 또한 바싹 말라 있다. 종이를 접어 사각형으로 만든 석재 조각용 모자 차림에, 얼굴이 턱수염으로 뒤덮인 뻣뻣한 태도의 길을 마주친다 해도 별로 놀라지 않을 것 같다. 20세기 영국 예술가 가운데 그처럼 작품세계가 한결같았던 이는 없다. 어쩌면 성애의 일상을 전도하는 전도사의 역할을 자임했는지도 모른다. 하지만 개를 훈련시키고 있는 그와 마주쳤다면, 나는 질겁하고 도망쳤을 것이다.

루터는 이미 현세의 지저분한 집에 적응을 마쳤다. 아들녀석은 수풀 주변을 바라보며 이렇게 말한다.

"사람들이 여기 많이 오는 것 같지는 않네. 알사탕이 없어."

# 블랙 산에서

블랙 산의 경사에 난 축축한 풀처럼 바스라진 왜건 휠스Wagon Wheels(호주, 캐나다, 이란, 몰타, 아일랜드, 러시아, 영국 등에서 판매되는 스낵 푸드-옮긴이) 포장지에는 '크기가 중요해!'라는 슬로건과 함께, 덮개가 닫힌 채로 질주하는 왜건의 흐릿한 사진이 인쇄되어 있었다. 그래, 실제로 그랬다. 나는 이 가파른 언덕을 조심조심 내려왔다. 조너선 스위프트는 디비스Divis 산에서 케이브 힐까지 발밑으로 뻗친 단층지괴를 거인이 누워 있는 형상으로 묘사했다. 걸리버 여행기에서 사람의 크기를 늘리고 줄이는 영감이 여기에서 비롯되었다고 말하는 사람들도 있다.

내 눈에는 보이지 않았다. 내가 3일 전 북아일랜드로 비행기를 타고 가면서 앨더그로브를 향해 블랙 산을 스쳐갈 때도, 어제 페르마나Fermanagh에서 출발해 융기된 케이브 힐(거인의 코 부위에 해당하는)을 지나쳐 올 때도 마찬가지였다. 오늘 오후에는 도심 중앙에 있는 호텔에서 나와 펄스 로드를 따라 걸었다. 동맥처럼 뻗은 길을 걸으며 육괴가 내 머리 위로 드리웠다. 측면은 헤더로 뒤덮여 있고, 군데군데 파인 오래된 채석장의 흔적이 보였다. 거대한 것은 사실이지만, 전혀 사람 같아 보이지는 않았다.

내가 벨파스트에 마지막으로 머무른 시점은 북아일랜드평화협정(북아일랜드의 영국 귀속을 지지하는 신교도와 반환을 주장하는 구교도 간의 폭력 종식과 권력 공유

등을 골자로 1998년 4월 체결한 협정 ─ 옮긴이)을 체결한 지 얼마 되지 않아서였다. 당시 작가 카를로 게블러Carlo Gébler와 함께 걸으면서 악명이 뒤지지 않는 로열리스트 동맥, 샹크힐 로드를 통해 도심으로 터벅터벅 되돌아갔다. 그전에 방문한 시점은 1990년대 초반이었고, 당시 나는 신페인 HQ를 방문하기 위해 펄스 로드를 밟고 당시 홍보수석이었던 미셸 맥러린Mitchel McLaughlin을 인터뷰했다. 그는 지금 의회의 사우스 앤트림의 의원으로 활동하고 있다.

　　두 번을 방문하면서 H 블록 순교자를 그린 공화당의 벽화와 총을 휘두르는 불법무장단체들에도 불구하고, 나는 펄 거리에서 일체의 불안감을 느낄 수 없었다. 당시에는 권총을 휴대한 왕립 얼스터 보안대RUC(the Royal Ulster Constabulary, 북아일랜드 무장경찰 ─ 옮긴이)가 순찰을 하고 있었다. 또한 휙 지나가는 무장 차량을 보니, 양면을 위장한 다음 페인트로 희망찬 '크라임스토퍼'(수사 과정에 직접 개입하지 않고 익명으로 범죄 정보를 제보해 수사에 도움을 주는 시스템 ─ 옮긴이)의 무료 통화 번호를 써놓았다. 하지만 공교롭게도 메이데이 은행May Day Bank이 문을 닫는 날이어서 거리가 텅 비어 있었다. 나는 어슬렁거리는 한량과 마주친다면 무작정 한 대 맞을 것 같다는 불안에 사로잡혔다. 마주칠지도 모르는 폭력의 수위가 상식을 넘는 터라, 아이들이 몽둥이를 휘두르며 신호등을 깨부수는 모습마저 늘 있는 일에 불과했다.

　　밀타운 공동묘지Milltown Cemetery에서 나는 아일랜드공화국군IRA(Irish Republican Army, 북아일랜드와 아일랜드 공화국의 통일을 위해 싸우는 비합법적 조직 ─ 옮긴이)의 부지를 방문했다. 1988년, 장례식에 참석한 세 명의 IRA 인사가 얼스터 방위 연합UDA(Ulster Defence Association) 소속 마이클 스톤Michael Stone이 쏜 총에 맞아 사망했다. 사흘이 지나 이들 중 한 명의 장례식이 열렸고, 군중들은 장례식에 우연히 참석한 영국군 상병 두 명을 차에서 끌어내려 그 자리에서 처형했다. 이러한 북아일랜드의 국가 내분the Troubles은 3,500명에 이르는 사람들의 목숨을 찔끔찔끔 희생시켰다.

　　소나기가 이따금 내리다가 금세 해가 쨍쨍 내리쬐는 대낮에도 밀타운에는 위협적인 분위기가 감돌았다. 무표정한 술꾼 두 명이 웃자란 풀로 뒤덮인 빅토리아식 무덤 사이에서 어슬렁거리고 있었다. IRA 부지는 고대의 돌방무덤 같다. 자원병들의 이름을 검게 새긴 대리석이 보트 모양의 부지에 잘 정돈되어 놓여 있고, 뱃머리 부위에는 1916년 부활절 봉기Easter Rising 선언이 돌에 새겨져 있다.

이 도시를 등 뒤로 하고 모나그Monagh 우회도로를 터벅터벅 밟은 다음, 여행자들의 캠프를 지나 어퍼 스프링필드 로드Upper Springfield Road를 따라 걸어갔다. 탁트인 평지에 도착한 나는 산마루를 향해 걸어갔다. 일반인의 블랙 산 출입이 허락된 것은 몇 년 정도밖에 되지 않는다. 그전까지는 영국군이 지키고 있었고, 지금도 디비스 산 정상에는 영국군의 거대한 청음초가 자리 잡고 있다.

전날 저녁, 나는 이곳에 새로 탄생한 공원의 관리인을 만났다. 그는 나에게 도시 거주자들이 구릉지를 잘 써먹고 있다고 말해주었다. 내 경험과는 배치되는 이야기였다. 바람이 쏴쏴 소리를 내며 헤더를 스쳤고, 여행을 온 아이들이 사냥개를 뒤쫓으며 산토끼를 쫓을 때 트랙슈트가 펄럭인다. 불에 타 바스라지기 직전인 헤더를 뚫고 싱싱한 황색 풀잎이 그을린 뿌리 사이에서 뾰족하게 솟아 나왔다. 그 관리인은 해마다 아이들이 헤더에 불을 놓는다고 말해주었다. 하지만 이는 나쁜 일이 아니었다. 불에 탄 이후에 생기는 둥지는 붉은 들꿩이 살 수 있는 몇 안 되는 서식지에 속했다.

구릉지의 풍경은 아름다웠고, 엄청나게 먼 전망을 제공해 남서쪽으로는 스트랑포드 라우까지, 남쪽으로는 원추 모양의 몬 산맥Mountains of Mourne까지 30마일도 넘는 거리가 시야에 들어왔다. 멀리 떨어지지 않은 마을의 외곽에서 흐릿한 색상을 띤 흉물스런 스토몬트의 석재 건물이 내 시선을 사로잡았다. 정치인들을 위해 건립한 거인국 의회는 소인국에만 적합한 느낌이다. 다음 날 토니 블레어와 버티 아헌Bertie Ahern은 새 민주연합당 위임 정부와 신페인당을 기념하기 위해 스토몬트를 기습 방문했고, 서로 등을 두드려주며 침이 마르도록 상대방을 칭찬했다.

하지만 이 거인들은 한동안 이곳을 방문하지 않았다. 그 사이에 이 거대한 구릉지의 등을 두드린 것은 내 부츠였다. 내 발 밑으로 발리머피Ballymurphy(스프링필드

215

로드와 화이트록 로드 사이에 위치한 지역 – 옮긴이)와 스프링마틴Springmartin의 거주지가 보였고, 철망으로 뒤덮인 30피트 높이의 '평화벽'이 두 거주지 사이에 세워져 있었다. 순간 고민이 스쳐갔다. 빅 엔디언(『걸리버 여행기』에 나오는 릴리푸트의 이단파로, 달걀은 굵은 쪽의 끝에서 깨야 한다고 주장함 – 옮긴이) 사이를 걸어가는 게 안전할까. 리틀 엔디언(『걸리버 여행기』에 나오는 릴리푸트의 정통파로, 달걀은 작은 쪽의 끝에서 깨야 한다고 주장함 – 옮긴이) 사이를 걸어가는 게 안전할까.

# 안녕, 툴루즈

1951년 존 휴스턴이 제작한 영화 〈물랭루주Moulin Rouge〉는 프랑스 출신 화가이자 압생트 중독자였던 앙리 툴루즈 로트렉의 일대기를 그렸다. 호세 페레는 여기에서 거의 무릎을 꿇은 채로 주역을 맡았다. 이 작품은 파리의 바에서 시작된다. 툴루즈 로트렉은 치명적인 녹색 구강청결제를 홀짝거리며 앉아 있고, 바텐더는 유리잔을 닦고 있다. 의자에 앉아 있던 툴루즈는 의자에서 내려온다. 갑자기 관객은 그의 시점으로 이동해 징크 소재로 코팅된 거대한 카운터의 경사면을 바라본다. 바텐더는 상체를 기울여 우리를 지켜보고 영화의 첫 대사를 말한다.

"안녕, 툴루즈!"

나는 오스카상을 수상한 페레의 작품에 고무되어 툴루즈까지 걸어가기로 마음먹었다. 나의 이러한 결심은 곧 여정의 대부분을 기차에서 널브러져 있을 것이라는 의미다. 우선 나는 스톡웰의 집에서 나와 사우스 런던을 거쳐 워털루 스테이션의 유로스타 터미널까지 걸어갈 것이다. 이어 가레 두 노르Gare du Nord 발發 기차에 몸을 싣고 마을을 가로질러 가레 몽마르트까지 터벅터벅 걸어갈 것이다. 또한 저 먼 남쪽까지 기차를 한 번 더 탈 것이다.

툴루즈에 도착하면 호텔까지 걸어갈 생각이며, 여가수 마리안 페이스풀과 함께 낭독회를 가진 극장까지도 걸어갈 예정이다. 식당에도 걸어가고, 침대를 향해 비틀대며 걸어가 잠자리에 들 것이다. 다음 날 아침에는 모든 과정을 거꾸로 할 것이다. 1,300마일에 이르는 멋진 주말 산책이다. 내 아내는 늘 이러한 여정에 회의적인 태도를 보이며 이렇게 말한다.

"기차에서도 왔다 갔다 할 생각인가요?"

아내는 리드미컬한 행보와 기차 칸에서의 페르마타가 교차되며 이루는 음악성을 음미하지 못한다.

떠나기 전날 밤, 나는 보비를 만났다. 그 또한 툴루즈 도보여행에 동참할 요량이었다. 그는 플로리다에서 자랐고 수상스키에 일가견이 있었다. 에버글레이드의 호수들을 누비는 한편, 대서양 해안에서 멕시코 만에 이르는 바다를 무대로 삼았다.

"아주 끝내주는 레스토랑에 들러 프라이드 치킨과 검보를 주문할 거야."

우중충한 런던의 하늘은 비가 내릴 기세였다. 벅스홀 철로 아치 밑에 자리 잡은 파이어Fire 주점에서는 밤늦게까지 흥청거리는 사람들이 공기 속에 펀치를 가해 내일 아침을 KO시키려 하고 있었다. 알버트 임뱅크먼트를 따라 펼쳐진 아침 정경을 보면서, 이 땅에 이보다 더한 아름다움이 어디 있겠는가라는 말에는 쉽사리 동의할 수 없었다(윌리엄 워즈워스가 런던의 아름다운 풍경을 예찬한 "Earth has not anything to show more fair"라는 표현을 인용함-옮긴이). 오전 6시 37분에 출발하는 파리행 기차에서 여자 차장이 재잘대고 있었다. 지금 성 판크라스St Pancras로 역사를 옮기는 중인데 이전 작업이 완료되면 그녀의 여행은 끝이 없는 도시 통근이 되고 말 것이다. 그로 인해 내 파리로의 여행 또한 썩 매력적이지 못한 여정이 되고 말리라. 설사 마젠타 거리Boulevard de Magenta(프랑스 파리의 9번 군과 10번 군 사이에 위치함-옮긴이)에 다다르기 전에 런던을 누빈다 할지라도. 1998년, 서른여섯 살 먹은 러시아인이 60킬로미터에 이르는 영불해협 터널을 걸어간 적이 있다. 그는 프랑스 외인부대에 합류하기 위해 이 길을 걸어갔으나 입국을 거부당하지 않았다. 비유하자면, 무릎을 꿇고 망명자로 인정받았던 것이다. 하지만 뭐가 즐겁다고 이런 일을 벌인 걸까.

기차의 창문을 향해 양동이로 물을 퍼붓던 아이올로스가 프랑스까지 따라왔다. 하지만 가레 드 노르를 떠나 센 강을 향해 성큼성큼 걸어갈 때에는 가벼운 보슬비로 변해 있었다. 나는 주변의 지리를 아는 것처럼 지도를 등한시했다. 아마도 내 걸음걸이를 상황주의자들의 목적 없는 데히베dérive로 만들려 했나 보다. 나는 슈트라스부르크 거리Boulevard de Strasbourg에 가기 전에 루 파부르그 세인트 데니스Rue Faubourg St Denis 쪽을 향해 남쪽으로 내려갔다. 이렇게 걸을 때마다 늘 그랬듯이, 두 도시는 내 부츠 밑에서 하나로 융합되었다. 런던에는 이국의 물결이 밀려들었고, 파리는 말로 표현하기 어려울 정도로 세속화되었다. 나는 이러한 변화가 좋았다. 데니스의 문Porte de Denis에서 빗장 다섯 개가 달린 문이 뿜어내는 역사의 반향을 맘껏 음미했다. 어느새 레 홀스Les Halles 주위에서 길을 잃었다. 하지만 곧 추스르고 퐁네프를 한가로이 가로질러 생제르망Saint-Germain을 지나 렌 거리Rue de Rennes로 걸어 갔다. 6유로짜리 에스프레소 한잔을 서둘러 들이켠 다음 향했던 목적지는 흉측한 가레 몽마르트Gare Montmartre였다.

툴루즈에서 역사를 떠나 운하와 인접한 피에르 세마르 거리Boulevard Pierre Sémard를 향해 걸어가니, 넓고 칙칙한 알레 장 조레Allée Jean Jaurès 대로로 꺾어 들어가 플레이스 윌슨Place Wilson으로 흘러들어갔다. 이 아담하고 매력적인 명소에는 프로방스어 시인 피에르 구둘리Pierre Goudouli의 거대한 동상이 있었다. 아, 프랑스의 도시 이름을 보라! 순교한 사회주의 노조 지도자부터 시작해 사회당 총리, 미국 대통령의 이름이 40분 안에 모두 등장하는 나라가 세상에 또 어디 있겠는가. 나는 미국과 가장 친분이 두터웠던 프랑스 혁명가 루 라파예트Rue Lafayette와 함께 걸어 플레이스 캐피톨Place Capitole에 도착해 크라운 플라자 호텔에 투숙했다.

그날 저녁, 플레이스 윌슨의 식당에서 만찬을 가졌다. 내 친구 프랑스와 라바드는 그날 오후 목격했던 놀라운 광경을 말해주었다. 아스테릭스의 콧수염을 기른 프랑스 농부가 우울한 기색으로 트랙터를 몰고, 그 뒤를 게이 프라이드 행렬이 뒤따라가며 툴루즈를 가로지르는 광경이었다. 그동안 같이 저녁을 먹던 친구 하나가 툴루즈로부터 한 시간 거리의 마을에서 샤를마뉴 연대(와펜 SS의 프랑스 지부)가 연례 회합을 열고 있다고 알려주었다. 아주 기묘한 행보다! 그들 덕분에 호세 페레José Ferrer를 향한 내 존경심이 아주 평범해지고 말았다.

# 작은 패배자를 위한 묘비

가장 최근의 여행기를 들려주고자 한다. 북아메리카와 남아메리카를 아우르는 1만 5,000마일의 여정은 엄청난 탄소의 자취를 남겼고, 일체 걸을 기회를 허락하지 않았다. 내 아이들 탓이다. 어린 아들들은 끝이 없는 도보여행을 그만두게 할 충분한 명분을 제공한다. 〈해리 포터〉 영화를 틀어주는 마라톤 스크린이 달린 러닝머신을 걷지 않는 한 아이들을 걷게 할 방법은 없을 것이다.

**첫 번째 여정 : 상파울로 공항. 거리 : 260미터. 소요시간 : 두 시간 30분.**

상대적으로 거리가 짧고 평평하다고 쉬운 여정이 될 것이라 착각하지 말라. 이 여정은 네 단계로 구성된다. 내국인 출입 데스크, TAM 티케팅 데스크, TAM 체크인과 보안 구역이다. 구어식 표현으로 대기 행렬이라 부르는 행보는 브라질 항공 관제사들의 파업의 여파를 맞아 고된 일정이 될 수밖에 없다. 우리 또한 그랬다. 우리는 오전 6시 30분에 멍해진 상태로 이곳에 착륙했지만, 어디 있는지 정신이 든 것은 세 시간을 걷고 나서였다. 지옥에 온 기분이었다.

**두 번째 여정 : 케이블카 머리에서 예수상 지하까지. 거리 : 200미터. 시간 : 휴게소에 머무르는 시간까지 합쳐 한 시간.**

모든 사람들이 리오에 오면 이 거대한 동상을 방문해야 한다. 몹시 거대한 동상을 맑은 날에 산꼭대기에서 바라보면 정말 멋지다. 우리가 동상을 보러 갔던 날은 구름이 많이 끼어 위아래가 보이지 않았다. 일행 중 가장 나이 어린 소년이 안개 속을 뚫고 나오는 예수상을 보고 "오, 하느님!"이라고 외쳤다. 우연히 딱 맞는 표현을 했을지 모르지만, 다섯 살짜리 소년을 속이기는 쉬운 일이다.

**세 번째 여정 : 코파카바나Copacabana에서 이파네마Ipanema까지. 거리 : 1.5킬로미터. 시간 : 두 시간.**

아스트루드 길베르토Astrud Gilberto와, 그녀와 동명이인인 소녀의 모든 생각을 머리에서 지워라. 리오 해변은 1990년대 초반 마지막으로 머물렀을 때처럼 위협적인 곳이 아니다. 하지만 겨울이다 보니 작가의 아내가 계속 바가지를 긁었던 것처럼 서리가 내리는 한편, 으스스하고 지저분해 보였다.

태곳적 본능이리라. 아이들은 해변 위를 좋아라 걷다가 아베니다 아틀란티카 Avenida Francesco 호텔로 돌아오는 일이 지겹지 않은 모양이었다. 나는 아이들을 설득해 루아 프란체스코 오타바카노Avenida Francesco Behring를 출발한 다음 으스스한 천주교의 이코토스타시스(나병 환자처럼 보이는 실제 크기의 플라스틱 성상)를 지나쳐 이파네마로까지 갈 계획을 세웠다. 아베니다 프란체스코 베링으로 진입했을 때 해변에는 말 그대로 개미 새끼 한 마리 보이지 않았다. 대서양의 파도가 밀려들었고, 남쪽으로 보이는 불 밝힌 외곽 지대는 언덕이 솟아 예수가 창천을 일구는 느낌이었다.

계속 걸어가니 끄트머리에서 파르크 가로타Parque Garota가 나타났다. 아내는 시커먼 관목숲과 음험한 이름이 가족들이 산책하기에는 어울리지 않는다고 느꼈던 모양이다. 하지만 나는 '가로타'가 포르투갈어로 '소녀'를 의미하며, 이 명사를 빌려 공원의 이름을 지은 것이라고 짚어주었다. 셀프 여사는 이렇게 쏘아붙였다.

"그렇다면 미혼 남성들이 왜 숲 속에 잔뜩 숨어 있는 거죠?"

**네 번째 여정 : 파라티, 브라질, 마르케사 호텔Marguesa Hotel을 출발한 왕복 여행. 거리 : 2킬로미터. 시간 : 한 시간 30분.**

리오 북쪽으로 세 시간 반 정도 거리에 위치한 파라티의 매력적인 해변을 방문

한다면, 커다란 자갈로 덮인 울퉁불퉁한 거리를 두 발로 꼭 걸어보라. 이 유명한 거리는 네모반듯하고 회반죽을 바른 것 같은 가옥들이 격자무늬로 배열되어 있다. 마카로니 웨스턴(이탈리아 영화사들이 만든 서부극 – 옮긴이)을 본 사람은 이 광경이 익숙할 것이다.

아이들을 호텔에 버려두고, 건장한 길동무들을 만들었다. 정확히 말하면, 리우 데자네이루의 영국문화원 사무실의 전 직원이 《일 골보Il Globo》에서 온 저널리스트, 사진사와 함께 렌트한 지프를 타고 왔다.

나는 그들에게 나와 같이 걸으려 하는 이유를 물었다. 그들은 패러티Paraty에서 열리는 문학 축제에 참가하러 갈 내 비행기 요금을 부담한 사람이 바로 자신들이라고 말해주면서, 나를 한번 만나보고 싶었다고 고백했다. 무척 신선한 경험이었다. 나는 영국문화원과 어떻게든 얽히고 싶지 않았다. 이들은 이교도를 '디블리의 비카'(리처드 커티스가 제작한 영국 시트콤 이름. 1994년부터 2007년까지 방영됨 – 옮긴이) 재방송의 신도로 개종시킬 책임을 맡은 외무부의 부속기관에 불과했으니까. 그들은 차를 타기 원했으나 나는 걸어가기를 고집했다. 결국 내가 이겼고, 빌린 유람선이 기다리고 있는 부두를 향해 출발했다. 매체들의 행렬이 내 뒤를 따랐다.

저널리스트는 나에게 질문을 던지고, 사진사는 마구 사진을 찍어댔다. 영국문화원 대표와 나는 꽤 원만한 분위기에서 대화를 나눴다(《제3자The Third Man》에서 홀리 마틴스Holly Martins가 영국문화원 대표 크래빈을 만나 깨달은 바처럼, 그들과 이것 말고 다른 일을 같이 하기는 불가능했다. 크래빈 역을 맡았던 이는 세상을 떠난 윌프리드 하이드 화이트Wilfrid Hyde-White였다). 우리는 부두에 도착했고, 지독하게 예의를 차린 이후 간신히 그들을 떼어놓을 수 있었다. 만세.

# 우리 시대의 도거랜드

도거랜드Doggerland를 생각해보라. 이 거대한 땅덩이는 마지막 빙하시대가 끝나기 직전, 영국 제도를 네덜란드, 덴마크, 독일까지 잇고 있었다.

나는 뉴욕 주 북부에 있는 동생 집에 들렀다. 동생은 집 안에 설치한 축축한 정원에 앉아 도거랜드에 대한 설명을 늘어놓았다.

"영국과 연결된 대륙을 생각하면 지협地峽을 생각하게 마련이야. 하지만 거대한 평지였다는 게 현실이지. 고고학자들은 이 지역에서 중석기 인간의 흔적을 발견했어. 생각해봐! 북해가 과거에는 사자, 매머드, 하마 등 사냥감이 넘쳐나는 툰드라였어. 정교한 도구를 갖춘 사냥꾼의 흔적도 발견되었지."

이 말을 조금 생각해본 다음, 런던의 집으로 가기 위해 비행기를 탔다. 엄청난 양의 램프 그을음 가운데 나에게 할당된 몫 이상을 공중에 뿌려 하늘을 더럽혔다. 마을로 돌아오니 하늘에 구멍이 뚫린 듯 양탄자 누르개만 한 빗줄기가 떨어졌다. 아직 마흔이 되지 못한 이들은 이러한 비유를 이해하지 못할 것이다. 평생 양탄자 누르개를 본 적이 없을 것이기 때문이다.

정원 뒷마당에 5피트 깊이의 물웅덩이가 생겼다. 유례없는 일이었고, 아이들의 학교 또한 홍수로 문을 닫았다. 나는 자전거를 타고 가 아이들 셋을 태운 다음, 근처에 홍수로 잠긴 지점이 어디 있는지 둘러보았다. 실버손 로드Silverthorne Roads와 퀸

즈타운 로드Queenstown Roads가 물에 잠겨 있었고, 경찰통제선 테이프가 만든 연안과 갓돌 둑은 구정물 호수의 경계를 형성하고 있었다.

아이들은 평소의 환경이 바뀌자 신이 난 것 같았다. 그 어느 아이가 아무 대가 없이 위층에서 아버지와 함께 홍수에 잠긴 영국을 소재로 초현대적·디스토피아적 소설을 타이핑하며 어릴 적 2년을 보내려 하겠는가. 우리는 런던이 완전히 물에 잠길 가능성이 있을지 토론했고, 나는 어리석게도 아이들에게 솔직하게 이야기했다. 오아시스Oasis의 비트 콤보 앨범 제목에서 표현을 빌리자면, 나는 분명 '아마도를 넘어서는Rather than maybe' 수준이라고 생각했다. 아니나 다를까 불안해진 아이들은 어떤 장난감부터 챙겨야 할지 머리를 맞대고 토론하기 시작했다.

집으로 돌아와서 나는 베일 오브 퍼쇼어Vale of Pershore에 있는 친구들을 생각했다. 우리는 곧 주말에 한번 모일 생각이었다. 우리 모두 어느 정도는 급류 수영에 푹 빠져 에번 강을 찾곤 했다. 하지만 에번 강은 물살이 너무 세 급류 수영을 맘껏 즐기기에는 무리가 있었다. 얼마 안 가 홍수가 터졌다는 뉴스가 텔레비전 방송을 하수구 삼아 흘러나왔다. 나는 그들에게 전화를 걸어 아무 일 없는지 확인해보았다. 찰스는 이렇게 대답했다.

"완전히 고립되었어. 하지만 제일 이상한 건 가브리엘이 오후 내내 햇빛이 쨍쨍 내리쬐는 '로드 테스트Test at Lord's'만 시청하고 있다는 거야."

그래, 결국 폭우의 패러다임은 「창세기」 6장 10절에서 찾을 수 있다. 짤막하지만, 강력한 반향을 불러일으키는 대목은 사람들에게 잘 알려져 있다. 성마른 절대자는 경이로운 만물을 쉽게 만들지만 심각한 주의력 결핍 장애에 시달려 인류에게 생명을 불어넣고도 이내 싫증을 내기 시작한다.

"신은 이 땅에 사람을 만든 것을 후회하며 가슴 깊이 탄식했다."

해답은 분명했다. 40일 밤낮을 양탄자 누르개 위에 누워[당시 지구에 거인들이 살고 있었다 할지라도(「창세기」 6장 4절), 계단 양탄자나 러너가 아직 없었던 당시라 이러한 직유법을 사용하는 것이 맞는지는 의문이다] 양심적으로 살았던 600살 노인에게 거대

한 배를 만들라고 지시했다. 암수 한 쌍씩 태워 모든 종족을 보존하기 위해서였다 (하지만 곤충은 예외였다. 1923년에 와서야 베엘 제불이 창조했으니).

이 고대 설화에 대한 일반적인 해석은 영국 총리 같은 착하고 조용한 스코틀랜드 목사의 아들에게 익숙한 내용이다. 무지하고 부패하고 게으른 자는 벌을 받을 것이고(말하자면 홍수가 쏟아지는 벌), 선한 사람은 구원을 받을 것이다. 비둘기가 정착하는 범람원 위에 가장 먼저 거대한 탑을 지을 수 있고, 곧 세상에 등장하는 랭귀지 스쿨 사업에 투자해 호황을 누릴 것이다. 영국 총리는 이러한 생각을 품고 있는 것이 분명하다. 물이 철철 넘치자마자 글루체스터Gloucester를 돌아보며 몇 번이고 종잡을 수 없는 강우량을 탓했다. 지독히도 세속적인 유권자들만 아니었다면, '신의 뜻'이라는 말이 그의 구강을 채웠을 것이다.

내 자리에서는 물에 잠기지 않은 영국의 소돔과 고모라를 볼 수 있었다. 하지만 찰스 같은 친구들은 일상이 거의 초토화되었다. 그가 가꾼 농작물은 휩쓸려 내려가고, 외양간은 물에 잠기고, 여름마다 이삭을 주우러 오는 폴란드 사람(그들 대부분은 신학 교수다)들은 여기를 찾기 위해 노를 저어야 했다. 이 와중에 조류는 다시 무언가를 실어 나른다. 나는 도거랜드에 계절 근로자들이 있었다고 생각한다(중석기시대에 그들은 이동방목을 선호했다). 해수면이 올라오면서 폴란드로 돌아갈 수 없게 되자, 그들 또한 이 문제를 상당히 심각하게 받아들였다.

# 가르뎅주의

"오늘 나는 이 지방에서 가장 높은 산에 올라간다. 벤토섬Ventosum('바람이 심하게 부는'이라는 뜻의 라틴어-옮긴이)이라는 이름으로 불려도 손색이 없는 산이다. 내가 산에 올라간 이유는 오직 이처럼 높은 장소가 제공하는 광경을 보고 싶어서다. 오랜세월 마음속으로만 품어왔던 여정을……"

페트라르카가 프로방스의 뤼브롱 산맥 서쪽 끝에 자리 잡은 방투Ventoux 산을 오르면서 읊은 유명한 시의 도입부다.

뤼브롱이라. 음…… 나에게는 외설적으로 느껴지는 이름이다. 석회석으로 덮인 2,000미터의 민둥산을 오른다기보다는 계곡에서 색을 밝히는 종교인과 노닥거리는 장면이 떠오른다. 하지만 페트라르카는 굳건한 지조를 버리지 않았다. 그는 이렇게 말했다.

"가혹한 고역이 모든 것을 지배한다."

그는 자신이 감행한 1336년도의 도보 여행이 고대 이후로 경치를 감상하기 위해 처음 시도했던 행보라고 주장했다. 다른 사람들이 반론을 제기한 것도 이해는 간다. 페트라르카는 인문주의의 아버지라는 자아를 찾아 나섰는지도 모른다. 노리스 맥허터Norris McWhirter(기네스북의 창시자이자 편집자-옮긴이)는 그렇지 않지만.

또한 그의 화법 곳곳에는 영적인 장려의 메시지가 묻어났다. 자넷 스트리트 포터Janet Street Porter의 입에서 다음과 같은 말이 나오리라고 상상하기 힘들다.

"축복받은 인생을 높은 언덕에서 찾아 나서고, 그에 이르기 위해 좁은 길을 헤쳐가야 한다."

우리들 대부분이 언덕을 오를 때 자연스레 찾아오는 본능을 맘껏 인용하기 위해 아우구스티누스의 『고백록Confessions』을 들고 가지는 않는다.

하지만 나는 뤼브롱에 있었고, 방투 산을 오르는 것이 무리라고 느끼면서 마키에서 벗어나 장Jean으로부터 그의 샘(아니면 마농으로부터일 수도 있으리라)을 빼앗고 싶은 충동에 사로잡혔다(연작 소설 『프롤레트의 장Jean de Florette』과 『마농의 샘』을 인용함 - 옮긴이). 나라고 프티 뤼브롱Petit Luberon을 오르지 못할 이유가 없지 않은가. 완만한 경사를 이룬 석회암을 딛고 방투 산 남쪽을 향해 갈 수도 있지 않을까. 또한 페트라르카에게 부족했던 동기가 나에게도 꼭 부족하란 법은 없지 않은가. 라코스테Lacoste 마을은 출발점으로 스스로를 내세우고 있었다('내세우고 있었다'라는 어휘가 내세울 만한 단어라는 느낌을 늘 받는다). 사드 후작Marquis de Sade이 여기에 살았고 그의 성은 여전히 언덕 꼭대기에 자리 잡고 있기 때문이다. 그의 성은 중세시대의 폐허처럼 보이며, 이러한 경치는 개신교 대 천주교, 천주교 대 개신교, 만인 대 색을 밝히는 종교인 등의 종교적 분립으로 균열이 나 있었다.

낮 최고기온이 37도까지 치솟았고, 이 지역에서 8월은 고된 분투에 적합한 시기가 아니다. 여기 사는 주민들의 생각은 다를 수도 있겠지만. 그 전날 나는 사이클 레이스에 참가해 지그재그로 난 길을 따라 라코스테로 올라갔다. 라이크라 섬유에 꽁꽁 싸인 참가자들의 모습을 뒤에서 보면 〈소돔의 120일120 days of Sodom〉을 연기할 준비를 갖춘 것 같았다. 가여운 영국 사이클리스트 토미 심슨Tommy Simpson은 1967년 투르 드 프랑스에서 방투 산 꼭대기까지 페달을 밟다가 더위를 이기지 못하고 유명을 달리했다. 그의 혈류에서는 암페타민과 알코올이 발견되었지만, 우리들 가운데 그 누가 산악자전거를 탈 때 음주와 속도위반을 한 번도 하지 않았다고 솔직

SAINT AUGUSTINE RECLINING — CHAPTER and VERSE...

히 고백할 수 있겠는가. 투르 대회 또한 다 거기서 거기다.

나는 페트라르카와 마찬가지로 새벽 이전에 떠나기로 마음먹었다. 햇빛이 나뭇잎 사이를 뚫고 흘러나올 때 이미 프티 뤼브롱에 우뚝 서 사드의 성을 뒤로 내려다보았다. 바윗길이 평평하게 펼쳐진 경사로의 최상부를 따라 신비로운 분위기를 풍기는 세드르 숲Forêt des Cèdres으로 진입했다. 실제로 이 근처에 신비로운 것이라고는 아무것도 없었고, 그저 삼나무 숲에 불과했다. 거대하고 텁수룩한 나무에서 떨어진 잎사귀가 땅 위에 자취를 남겼다. 사방팔방에 부러진 나뭇가지로 지은 대피소가 있어서, '이요'(앨런 밀른의 동화집 『곰돌이 푸』에 등장하는 늙은 당나귀—옮긴이) 한 무리를 아슬아슬하게 놓친 것 같다는 생각이 들었다.

고지대의 저편에 다다라 가시덤불로 덮인 봉우리가 점차 낮아지면서 산맥이 내 앞에서 멀어져가는 순간 이런 생각이 떠올랐다. 도나시엥-알폰스-프랑소아 드 사드가 떠올린 발상에 필적할 현대판 도착 행위를 고안해볼 수도 있으리라. 계곡 밑에 자리 잡은 그란데 란도네 코스로 진입한 다음, 날카로운 석회석 노두에 발이 걸리면서 내 선구적인 행보가 될 훌륭한 여정이 내 동기를 북돋았다.

효과가 있었다. 사이클리스트 두 명, 아우구스티누스의 『고백록』 한 권과 커다란 소시지를 동반한 여정이 어디까지 다다를 수 있을지를 고민하면서 외로운 '독수리의 꼭대기'를 지나 반환점 르 타피Le Tapis를 향해 내려갔다. 나는 우물에 아이들이 빠지지 않았는지 확인한 다음 반환점을 돌았다. 돌아오는 길에 위를 올려다보니 지표에 유출된 수분에 의해 경사면이 침식되어 환상적인 아치, 첨탑을 비롯해 제라드 데파르듀Gérard Depardieu와 꼭 닮은 화상을 멋지게 연출하고 있었다.

라코스테를 향해 바윗길을 다시 한 번 내려갈 때(페트라르카라면 '사람들이 짓누른 무거운 몸뚱이'라고 표현했을 것이다) 더운 공기보다도 몸에서 나는 찝찝한 열이 훨씬 뜨거운 것 같았다. 누군가 사드의 성은 이제 80줄에 접어든 디자이너 피에르 가르뎅이 인수했고, 편안한 부르주아식 가정집으로 개조하는 중이라고 말해주었다. 가르뎅주의가 내가 찾아 헤매던 도착 행위인 걸까. 그렇다면 가르뎅주의가 뭘 의미

하는데? 독자들 또한 궁금하리라. 아주 단순하다. 성을 개조하면서 얻는 성적 안도
감을 의미한다. 즐거움을 얻기에는 비싼 방법일 수 있으나, 주택 시장이라는 관점에
서 이 방법은…….

# 알프레도 가르시아의
# 빌라를 가져오시오*

마크는 의기양양하게 말을 꺼낸다.

"그 빌라는 지아니 베르사체와 사담 후세인 사이에 낳은 사생아가 설계한 것 같아요."

생물학적으로 불가능하다는 것을 지적해봤자 지나친 현학주의에 지나지 않는다. 이 빌라가 딱 그렇게 생겼기 때문이다. 더군다나 존재하지 못할 이유가 없다면, 의상디자이너와 독재자가 사랑하는 건축물이 되지 말아야 할 이유 또한 없지 않은가.

빌라를 뒤덮은 둥근 창에는 천 개의 암석정원을 이룰 정도로 많은 돌이 잘게 박혀 있다. 무거운 나무 기둥이 지탱하는 방들은 붉은색과 흰색이 주를 이룬다. 흰색 대리석으로 바닥을 깐 입구 홀에는 무어식 분수가 시선을 압도한다. 샹들리에처럼 생긴 재떨이와 재떨이처럼 생긴 샹들리에가 보이고, 풍부한 인조보석 색상의 실크 소파가 놓여 있다. 주방의 벽에 높이 걸린 판자 앞으로 거대한 황소 머리가 솟아 있다. 정신을 놓는다면 카르파치오를 썰어내고 싶은 충동에 휩싸일 수도 있다. 인조 아도비 점토로 지은 별채의 정원은 야자수와 시우스 박사 스타일의 전정 작품들로 가득 차 있다. 웅덩이는 이비사Ibiza 타운이 있는 남쪽을 향하고 있다. 이비사 타운에

---

* 〈가르시아〉라는 제목으로 국내에 알려진 영화 〈알프레도 가르시아의 목을 가져오시오Bring Me the Head of Alfredo Garcia〉(1974)의 제목을 인용함—옮긴이.

236

서는 십자군 성곽의 요새가 스카이라인을 지배하며, 18세기 풍의 대성당이 요새 위로 우뚝 솟아 있다.

　모든 사람들이 이 가변적이고 몽환적인 섬 위에 자신의 분수에 맞는 빌라를 갖고 있다. 양귀비를 입에 문 사람들이 키르케를 안고 연못 옆에서 어슬렁거릴 때 부유한 멕시코인이 내 눈앞에서 가족의 명예에 먹칠한 딸을 찌르고 나를 향해 알프레도 가르시아의 머리를 당장 가져오라 명령한다. 그때 워렌 오티스는 연못 옆 구조물에 웅크리고 앉아 헤시안 천으로 만든 가방에 넣은 핏덩어리를 향해 속삭인다. 우리는 로지아에서 점심을 먹으며 직장에 MDMA를 숨기는 방법과 권력자들의 기벽을 화제로 삼았다. 그리고 벌들을 위해 쇠고기와 치킨 덩어리를 남겼다. 음식 주변에 모여든 벌들은 사람을 쏘기에는 너무 뚱뚱했는지 연못 옆 암석정원의 지하 둥지로 날개를 윙윙거리며 돌아갔다.

　밤이 깊자 우리는 크라이슬러 MPV 여러 대에 몸을 나눠 실었다. 인조 아도비 건물로 무성한 마을과 배후지의 바싹 마른 언덕을 뚫고 무리 지어 달렸다. 목적지에 다다르기 직전에 임시 주차요원들이 횃불을 들고 먼지 자욱한 배수로 쪽으로 포르쉐와 페라리를 인도한다. 우리는 배수로를 빠져 나와 술에 취한 여배우의 뒤를 따른다. 그녀는 높은 발굽을 이기지 못하는 갓난 망아지처럼 비틀거리며 우리를 인도한다. 세상에 알려지지 않은 돈 많은 소비자들이 외로운 인터넷 쇼핑몰 억만장자를 만들고, 이들을 위해 연 파티에 한 자리 낀다. 바텐더가 한순간도 쉬지 않고 모히토를 제조할 때, 헤어 케어 제품의 대모들과 시급을 받고 일하는 러시아 여성들 사이에 줄을 선다. 이때 한 남자가 내 어깨를 툭툭 건드린다. 그는 새로운 밀레니엄이 도래하기 전에 소호에서 셔츠를 팔았다.

　아! 이비사, 너의 영원 무구한 연못이여! 너의 은퇴한 무용수들은 영원히 춤을 출 거라 믿고 있겠지! 아! 이비사, 너의 끈끈한 해변과 폭신한 무도장! 이토록 순수한 솔직함, 클럽 외에는 아무런 관심이 없는 너를 그 누가 사랑하지 않을 수 있을까. 임차 항공기는 어두운 밤을 날아 맨체스터, 리즈, 버밍햄의 K홀(마취성 케타민을 높

FAUX FUN

게 처방해 몸이 풀어진 상태를 K홀이라고 표현함-옮긴이)로 젤헤드(머리에 젤을 바르고 애버크롬비 차림으로 오토바이를 모는 악동들-옮긴이)들을 데려다놓는다! 어찌 열정이 솟아 나오지 않으랴. 최소한 어떤 감정이라도 솟아 나오리라.

어느 날 오후 딸과 나는 구도심으로 걸어가 60피트에 이르는 두꺼운 요새를 뚫고 갔다. 우리는 카페와 여행자를 위한 저가상점을 지나 올드 메디나의 좁다란 거리를 산보했다. 하시딤 한 사람이 검은색 옷을 입고 발코니에 서 있었다. 성경 구절을 새긴 작은 가죽 상자가 그의 이마에 묶여 있고, 상박을 앞뒤로 흔들며 그는 자신의 신조를 읊조리고 노래했다. 프리블리즈나 DC9과 어울리지 않는 것은 아니지만, 대체 여기서 무엇을 하고 있는 것일까.

다음 날 아침, 약간의 폐소공포증을 이기려 북쪽으로 차를 몰아 이비사의 야생의 모습을 찾아 나섰다. 하지만 이곳에 야생이라는 표현을 쓴다면 리젠트 파크는 유콘Yukon에 가까울 것이다. 정말이다. 산은 약간 높은 정도에 불과하고 빌라 또한 좀 더 여유롭게 흩어져 있을 뿐, 모든 '프리바도' 표지판 뒤로는 시간이 남아도는 밀라노 브라 제조사가 숨어 있다.

나는 아홉 살 난 아들과 함께 나른한 올리브 과수원 사이로 먼지투성이 아스팔트 4킬로미터를 터벅터벅 밟고 지나갔다. 길은 5미터 높이의 대나무밭을 뚫고 이어져 동그랗게 굽이를 돌아 바위가 많은 진입로로 우리를 인도했다. 마침내 아이비사 Eivissa와 산트 안토니Sant Antoni의 북적대는 길거리와 덴 보사D'en Bossa와 베니라스Beniràss의 숨 막히는 해변을 지났지만 어촌 막사 옆에 알몸으로 쭈그리고 앉은 뚱뚱한 프랑스인 말고는 아무도 보이지 않았다. 아무도 없는 것이나 마찬가지였다.

우리는 옷을 벗고 물속으로 걸음을 재촉했다. 그들은 유색인종이 아닌데도 영국 총리의 명료한 정치적 사고와는 담을 쌓고 산다. 물장구를 치기 시작한 지 얼마 되지 않아 나도 아들도 해파리에 쏘였다. 전기에 감전된 듯한 옆구리를 다스리기 위해 바위로 돌아오니 프랑스인이 졸린 눈으로 말해준다.

240    "당신이 간 그쪽 만은 메두사들로 가득 차 있어요……."

하지만 그의 경고는 너무 늦었다. 더 큰 고르곤 괴물인 이비사가 우리 시선에 들어왔기 때문이다. 그녀의 돌체 앤 가바나 선글라스 위에서 뱀들이 몸을 비틀고 우리는…… 돌더미로 변한다.

# 1,300만 캔들파워

8월 말, 글렌코Glencoe의 공기에서는 가을 냄새가 느껴진다. 각다귀가 방울방울 내리는 안개비 사이에서 춤을 춘다. 남부 지방에는 헤더가 여전히 만개해 있으나 여기 스코틀랜드 하일랜드 한복판에서는 삼각지대를 이룬 황량한 황갈색 산맥이 회색 박무에 한 번씩 모습을 숨긴다. 차에서 내려 텐트를 펴는 동안 어린 아들들은 강둑을 향해 달려간다. 꼬마들이 땔나무를 가져오기 바랐지만, 돌아오는 것을 보니 빈손이다. 여름 내내 캠프장은 깨끗이 청소를 한 듯 텅 빈 모습으로 탈바꿈했다. 시골에 사는 불한당들이 오리나무와 자작나무마저 베어 갔다.

나는 커다란 통나무가 돌로 된 절벽을 향해 쏟아져 나오는 하류 쪽으로 발걸음을 향했다. 규모가 보통이 아니다. 나무 뿌리가 한데 얽힌 채 바위에 박혀 발이 묶인 크라켄(북극 바다에 산다고 알려진 거대한 문어 또는 오징어의 총칭-옮긴이) 같은 형국을 자랑한다. 나는 나뭇가지 몇 개를 확 꺾어내 등 뒤로 끌고 온 다음, 손 안에 모은 잔가지 한 움큼을 마지막 불쏘시개로 삼아 불을 지폈다. 새벽 어스름과 구름이 U자 모형의 빙하로 유입되면서 각다귀의 몸짓도 점점 더 사나워진다. 연기를 피워야 할 시간이다.

콜린이 다가온다. 나는 그와 아까 안면을 텄다. 콜린은 회색 트랙슈트 보텀과 체크 울 셔츠 차림으로, 통통한 중년 남성들이 으레 그렇듯이 머리가 동그랗게 빠졌다.

그는 앞을 지나가는 나를 보고 내가 짐작할 수 없는 신세계의 악센트를 담아 "안녕하세요"라고 즐겁게 인사하며 우리가 불을 피운 곳으로 다가와 이렇게 말했다.

"아이들 목소리를 들으니 오지 않을 수가 없었어요. 나도 아들이 있었으면 좋겠네요. 같이 있게 해주세요."

그는 킬킬거리며 이렇게 말했다. 만화에서 나올 법한 웃음소리가 듣기에 거슬렸다.

"전 글래스고에 살아요. 집에 있다가 새벽 6시쯤 이 도시를 견디기가 힘들다는 결론에 도달했어요. 바로 차를 타고 여기까지 달려왔죠."

다시 킬킬거리는 모양새가 뭔가 꿍꿍이를 품고 있는 것 같아 거부감이 일었다. 이 모든 콜린들에서 벗어나기 위해 여기에 왔건만, 이 친구만큼은 내 노력을 비웃듯 끝까지 달라붙었다.

그는 불을 가리키며 이렇게 말했다.

"그렇게 해서 어디 불이 붙겠어요?"

그래, 맞는 말이다. 아까 맺은 불쏘시개와의 약속은 허망한 숯으로 변했을 뿐이다.

"차에 불쏘시개와 통나무가 있어요. 아드님이 도와주면 좋겠는데요."

그는 아홉 살 난 내 아들을 가리키며 자원봉사자로 지명한다.

"가서 가져올게요."

"이반, 같이 가보렴."

나는 같이 가도록 허락했다. 하지만 아들이 아버지 말을 듣고 숲 속으로 걸어 들어가자 갑자기 무서운 불안감에 사로잡혔다. 콜린은 지독한 매너리즘에 시달리는 따분한 한량과는 거리가 있는 사람이다. 그는 아주 치밀한 소아성애자일 수도 있으며 내 아들을 차 뒤에 싣고 유괴할 수도 있다……. 글렌코는 또 다른 유혈사태의 불길한 배경이 될 것이다……. 잠시 스스로를 돌아보니 나 자신이 그토록 경멸해온 이 사회에 만연한 불신 풍조의 희생양이 되고 말았다. 친근하게 군다는 이유로 사람 하

나를 변태로 저주하고 있는 것이다. 나는 쪼그리고 앉아 다시 불씨를 살리려 애써본다. 하지만 아무런 소용이 없다. 조급한 벌레가 내 몸을 뚫고 지나가는 느낌이 든다. 계획한 듯 무심히 숲 속을 훑어보니 콜린과 이반이 통나무를 들고 돌아오고 있다.

공연히 사람에게 죄를 뒤집어씌운 대가로 저녁 시간을 콜린에게 희생했다. 아직 의심이 가시지 않아 말을 시키려 애써본다. 이는 바로 평범한 사람들을 대하는 규칙이다. 그들은 우리가 질문을 퍼붓는 동안에는 우리에 대한 관심을 내팽개칠 것이다. 콜린 또한 마찬가지다. 우리가 불을 피우고(그가 통나무와 숯, 불쏘시개를 가져왔지만 전기 에어 펌프를 쓰기 전까지 불이 붙지 않았다) 아이들이 마시멜로를 굽고 핫초코를 마시는 동안 자기 이야기만 할 뿐, 우리 이야기는 할 틈이 없었다.

콜린의 부모님은 그가 어릴 적 캐나다로 이주했다. 그는 캐나다에서 자랐고 캐나다 해군에 입대해 레이더 작도를 작성했다. 제대하고 나서는 고향인 스코틀랜드로 돌아왔다. 이때가 바로 1990년대 초반이었다. 그는 그 이후로 인생이 꼬이기 시작했다. 여자친구를 만나 아이 둘을 가졌지만 당뇨병에 시달리는 한편, 심장마비가 다섯 차례나 찾아왔다. 그가 나보다 네 살이나 어리다는 말을 듣고 몹시 놀랐다. 겉보기에는 훨씬 나이가 들어 보였다. 그는 글래스고의 집에 앉아서 벽장에 수경 화초를 키우며 살고 있었다. 이 말을 들으니 그의 폐소공포증과 기괴한 웃음소리를 이해할 수 있었다. 이따금 그는 몬데오를 몰고 북쪽으로 가서 캠프장에 쪼그리고 앉아 올라갈 수 없는 산을 쳐다보곤 했다.

쉴 새 없이 끄집어낸 콜린의 인생 이야기에서 슬픔이 밀려와 글렌코를 덮는다. 어둠만큼이나 두껍게 덮인 이 슬픔은 그가 아르고스에서 29.99파운드에 구입한 1,300만 캔들파워짜리 횃불로도 쫓아낼 수 없었다. 꿍꿍이라고는 찾아볼 수 없는 실패한 인간의 자화상일 뿐이다. 결국 아들녀석들은 불 옆에 펴놓은 깔개 위에서 잠이 들고, 콜린은 자리에서 일어났다. 그는 자랑스럽게 이야기했다.

"텐트 안에 노트북이 있어요. 〈다 빈치 코드〉를 봐야겠어요."

# 덤 – 덤이 껌 – 껌을 원해

올해 2월, 조각가 마크 퀸Marc Quinn과 함께 떠난 이스터 섬으로의 여행을 언급하지 않고는 못 배기겠다. 자신의 냉동혈액을 이용해 자기 머리를 조각한 것으로 잘 알려진 퀸은 성격이 둥글둥글하고 위트가 넘쳐 장거리 여행을 같이하기에 안성맞춤이었다. 2006년 여름, 이비사에 머물며 탁월한 솜씨로 사라진 문명을 다룬 제레드 다이아몬드Jared Diamond의 『문명의 붕괴Collapse』를 읽으면서 이스터 섬에 가야겠다는 생각이 떠올랐다.

폴리네시아 사회는 사람이 사는 섬들 중에 세계에서 가장 멀리 떨어진 섬을 무대로 삼았다. 이 사회의 흥망을 다루는 데는 다이아몬드를 능가하는 권위자가 있을 수도 있다. 하지만 그는 질세라 자신이 만든 조각물에 의해 운명이 지워진 사람들의 어두운 가슴속으로 독자들을 인도한다. 토르 하이에달Thor Heyerdahl이나 에리히 폰 다이켄Erich von Däniken 같은 시원시원한 문체의 판타지 작가들은 유명한 모아이 또는 이스터 섬의 거대 석상으로 인류의 기원과 이주의 역사에 대한 특이한 이론을 보강했을지도 모른다. 하지만 지난 반세기 동안 고고학의 힘겨운 여정을 통해 더욱 기이한 진실이 밝혀졌다.

6세기에 이곳에 처음 발을 디딘 라파누이인(원주민과 이들의 주거지를 가리키는 이름)들은 보석 같은 울창한 삼림을 발견했고 곧바로 개척을 시작했다. 800년 뒤

150명 남짓에 불과했던 주민의 수는 1만 명 이상으로 늘어났다. 길이가 15마일 정도밖에 되지 않는 라파누이에 많은 인구가 밀려들다 보니 자원이 급격히 소멸되기 시작했다. 거대한 야자수 모수를 잘라내 모아이를 조각할 때 받침으로 쓸 비계를 만들어, 움직이고 세우기 위한 깔개와 '도로'로 사용했다.

모아이들을 보면 초상화를 보는 듯한 느낌이 든다. 과거의 선조들을 일정한 양식으로 묘사하고, 그들의 후손들이 무엇을 하는지 지켜보도록 '아후'나 의식용 제단 위에 세웠다. 그들이 한 일은 무엇일까. 라파누이인들은 더욱 큰 모아이 상에 집착해 모든 나무를 베어냈다(항가 로아의 채석장에서 대부분의 재료를 조달한 석상을 찾아볼 수 있다). 그 결과 그들은 심해 어업에 필요한 노 받침대를 만들 수 없었고, 더 이상 섬에서 살 수가 없는 지경에 이르렀다.

백인들의 침략과 더불어 총, 균, 쇠의 파괴가 기승을 부리면서 내전과 무정부 상태가 이어졌다(제레드 다이아몬드의 또 다른 저서 『총, 균, 쇠 : 무기·병균·금속은 인류의 문명을 어떻게 바꿨는가Guns, Germs, and Steel』에서 인용한 표현–옮긴이). 수십 년이 지나 남은 것이라고는 쓰러진 석상과 삶의 터전을 빼앗긴 원주민들뿐이었다. 우화에 나올 법한 엄청난 조각상들 말고도 이곳에는 도덕이 존재했다. 이곳을 방문한다는 이유만으로 지켜야 할 의무가 있는지는 확실하지 않다. 이스터 섬은 세계문화유산(무슨 의미인지는 차치하고)으로 지정되었으나, 여기를 방문한다는 것은 이 날카로움이 우리의 정신을 두 쪽으로 갈라놓을까 걱정하는 환경보호론자에게 이렇게 또는 저렇게 해석될 수 있는 역설적 의미를 가진다.

한편으로 우리가 섬을 방문하지 않는다면, 라파누이인들은 두 번째 절멸을 피할 수 없을 것이다. 19세기 페루와 칠레인들에게 노예로 끌려간 이래로 관광 수입에 의지하며 이곳을 다시 한 번 식민지로 만들었기 때문이다. 하지만 다른 한편으로는 유럽에서부터 20시간가량 탄소를 배설하며 비행한 끝에, 사출 방식으로 제작한 최신식 고어텍스 부츠를 신고 성지 주변을 무거운 발걸음으로 걸으면서 지위에 집착한 모아이 건축가들이 개시한 일을 가차 없이 완성하는 셈이다.

마크와 나는 알려진 세상을 가로지르며 낙원으로부터 쫓겨난 모아이들과 하나씩 마주쳤다. 아니, 만화 주인공 같은 형상에 음울한 경고를 담은 익살스런 콘크리트 석상에 불과했는지도 모른다. 모아이는 산티아고의 교통섬에서도 발견된다. 도로의 교통섬에는 장식용 모아이가 줄을 지어 서 있었다. 관광업으로 유지되는 경제체제의 정치적인 포로들이 아니겠는가. 이후 영국에서도 가는 곳마다 속세를 만나 변신한 모아이를 볼 수 있었다. 런던 아쿠아리움의 상어 수조 속에 가라앉아 있는 모아이도 있었고 처갓집 근처의 골동품 가게에서도 모아이 몇 개를 팔고 있었다. 우리집에서 반마일 떨어진 켄싱턴 로드의 '사우스 시' 테마 바 바깥에 설치한 모아이가 마지막이었다.

이 싸구려 모조품들은 4차원의 시공간에서 내 파괴적인 성향을 감시하기 위해 사우스 런던에 떨어진 우리 조상들의 형상인 걸까. 마크는 어린이들을 위한 영화 〈박물관이 살아 있다Night at the Museum〉를 이야기하며 내 주의를 환기시켰다. 영화에서는 뉴욕의 자연사박물관Natural History Museum 전시품들이 등장하고, 그중에는 '덤–덤'이라는 이름의 거대한 모아이도 포함되어 있다. 덤–덤의 선전 구호는 '덤–덤이 껌–껌을 원해Dum-Dum wants gum gum'인데, 이 유머의 진정한 공포는 이스터 섬의 석상이 아닌 우리가 벙어리가 되었다는 현실에 있다. 우리는 지구의 땅덩이와 그 속에 든 라텍스를 조금도 남기지 않고 잘근잘근 씹으려는 간절한 열망 앞에서 꿀 먹은 벙어리가 되고 만다.

# 그리즐리, 사람

랠프는 그림이 최근에 캐나다를 여행하면서 마주쳤던 그리즐리 곰의 사진을 생생하게 묘사한다고 주장했다. 랠프의 말에 따르면 잉크병으로 생명을 위협하는 악마 같은 곰을 쫓아버렸다고 한다. 물론 이는 모두 거짓말이다. 나 또한 얼마 전까지 캐나다에 있었기에 랠프와 그리즐리 곰이 함께 있는 광경을 목격한 몇 명으로부터 모든 이야기를 들었기 때문이다.

랠프가 완전히 착각한 것은 아니었다. 그 반대로 랠프는 조만간 그리즐리 곰과 마주칠 것이 분명했다. 지구 온난화가 먼 북방의 환경을 혼란시키면서 전자(아티피서 캔탠커러스Artificer Cantankerous, 성미 고약한 기능인이라는 뜻을 지닌 작가가 지어낸 인간의 학명 — 옮긴이)와 후자(우르수스 악토스 호리빌리스Ursus Arctos Horribilis, 공포의 곰이라는 뜻을 지닌 회색곰의 학명 — 옮긴이)의 영역이 날이 갈수록 중복된다. 우리 모두 말썽쟁이 곰이 겁도 없이 북미 지역의 도시에 침입해 본능이 이끄는 대로 행동하며 주민들을 괴롭히는 생생한 동화에 익숙하다. 대부분의 사람들은 두 종이 마주쳤을 때 어떠한 일이 벌어질지 생각해본 적이 있다. 하지만 서로 사랑에 빠지리라는 생각은 그 누구도 하지 못했을 것이다.

나는 랠프가 그리셀다Griselda(내가 확인한 그의 곰 같은 애인의 이름)와의 사랑에 왜 그토록 몸을 사리는지 모르겠다. 1년 전, 그가 토론토에서 열린 하버프런트 페스

티벌Harbourfront Festival의 무대에 오를 때만 해도 랠프와 그리셀다는 떨어지려야 떨어질 수가 없는 사이였다. 페스티벌까지 운전을 맡은 짐은(그는 차를 움직이며 랠프에게 '안녕' 하고 인사를 건넨다) 공항에서 둘을 태워 마을로 차를 몰았다.

이후 3일간 랠프는 페스티벌의 무대에 설 때만 빼고 그리셀다와 2146번 방에 함께 묵었다. 곰과 예술가 모두 펜트하우스 층의 접대용 스위트룸에 모인 다른 작가들과 어울리지 않았다. 그러다 보니 다들 랠프가 쌀쌀맞고 까다로운 사람이리라 생각했다.

하지만 카주오 이시구로Kazuo Ishiguro만은 예외였다. 그는 호텔 풀장에서 그리셀다와 같이 수영하고 있는 랠프를 마주친 적이 있었고, 최근에 나에게 이렇게 이야기했다.

"솔직히 말하면 비몽사몽 상태였어요. 나는 마가렛 앳우드Margaret Atwood와 함께 밤을 꼬박 새며 창작에 몰두했어요. 우리는 정신이 오락가락했고 그녀는 '기다란 전자 펜'을 사용해 멀리 있는 사람들에게도 사인을 해주었죠. 유럽 서점에서 사람들의 엉덩이를 꼬집거나 다른 방법으로 치근덕대는 것과 다름없었어요. 유치한 행동이에요. 하지만 나는 그렇게 할 정도로 자부심이 충만하지는 않아요. 어쨌건 새벽 6시경에 사우나를 하고 정신을 차릴 생각으로 5층에 있는 스파로 내려갔어요. 바로 거기에서 거대한 곰 두 마리처럼 보이는 뭔가가 풀장에서 함께 놀고 있더군요……."

"아주 다정해 보이던데요. 뭐랄까…… 스테드먼은 물 밖으로 곰을 들어 올린 다음 곰과 함께 '엎치락뒤치락Toss about' 하고 있었어요. 캐나다식 억양으로는 '어바웃About'을 '어붓'이라고 발음하겠죠. 한 번씩 비키니 상의의 끈을 현악기처럼 당겼다가 놓더군요. 나도 풀장에 수영을 하러 들어간 적이 있는데 염소 성분이 너무 강해서 네 시간 가까이 눈이 침침했거든요. 하지만 스테드먼도 곰도 그런 '당황스런Discomfited' 기색이 전혀 보이지 않아서 굉장히 놀랐어요."

"당황스런Discomfited 기색이요?"

나는 바로 이 어휘가 작가상을 받은 작가의 진지한 증언을 논란의 여지 없이 확인해준다고 생각한다. 하지만 추가적인 확인이 필요하다면 웨스틴 하버Westin Harbour 호텔에서 시킨 랠프의 룸서비스 청구서를 보면 된다. 2146번 방에서는 풀코스 아침식사 17회를 비롯해 클럽 샌드위치 27개, 치즈버거 18개, 포터하우스 스테이크 27개를 주문했다. 게다가 컨시어지에게 '주방에 있는 빌어먹을 바퀴 달린 쓰레기통'을 가져오라고 요청했다.

지금의 캐나다는 과거의 모습과 많이 다르다. 예의바르지만 착 가라앉은 장로교주의에 억압되어 모든 성적인 활동들이 백안시되던 사회 분위기는 과거의 이야기가 되고 말았다. 요즘에는 보수파 캐나다 총리 스티븐 하퍼Stephen Harper가 팔에 올려놓은 비버와 전략상 배치해놓은 캐나다 국기만을 벗 삼아 알몸으로 공식 만찬에 참가하는 모습도 심심찮게 볼 수 있다. 캐나다 사람들은 모든 가치가 재평가되고 있는 현실이 기후 변화(이제 그렇게 춥지는 않다)와 날로 늘어가는 외국인들의 이민 탓이라고 설명한다. 캘거리는 전 세계를 통틀어 브라질 국민이 가장 많이 유입된 도시다. 미국에서라면 마니교의 광신도들이 랠프의 행동에 제재를 가했을 것이지만, 토론토에서는 충분히 이를 봐줄 정도의 관용이 자리 잡고 있었다. 랠프는 그해 9월에 자신의 열정이 다시 불붙기를 희망하며 내 곁으로 돌아왔다. 하지만 그리셀다가 메이저리그 하키 선수와 바람이 났다는 사실을 발견한 다음에 나온 이 그림은 명예훼손의 의도가 다분할 뿐더러 소원이 담긴 환상을 그려냈다. 애인에게 배신당하고 정신을 놓아버린 구혼자의 작품인 것이다.

# 사우살리토에서 휘파람 불기

"코너를 돌 때 빌어먹을 담배를 피워 물고 있는 사내가 서 있다면, 마을로 들어가는 버스를 타리라고 누가 생각하겠어요!"

버스 운전사가 소리친다. 능숙한 운전 솜씨의 흑인 여성으로 내가 1달러 지폐 네 장을 요금 수납기에 넣고 있을 때조차 101번가 경사로를 향해 커다란 네모 상자를 번개같이 들이밀며 북쪽에 자리 잡은 샌프란시스코로 우리를 인도한다. '산업의 도시'라는 슬로건이 전면에 있는 산비탈에 커다란 흰색 글자로 돌출되어 있다. '할리우드'라는 거대 간판에 질세라 내건 느낌이지만, 로스앤젤레스 시민들의 시야가 여기까지 닿을지 의문이다.

버스 운전사에게 평생을 갈색 먹구름 속에서 비행하며 보낸 이후로 하루에 담배를 세 개비만 피우게 되었다는 사실을 설명해보았자 무슨 소용이랴. 나는 예전에 연속되는 시공간을 흡연량에 따라 가늠하는 것이 싫었지만, 하루 세 개비로 줄인 지금에는 변화의 순간이 어지러울 따름이다. 습한 토론토에 마지막으로 몸담은 이후 몇 시간 동안 존재를 잃었다가 흰색 종이관 속을 뚫고 북적대는 캘리포니아에 다다랐다.

행복한 기분을 주체할 수 없다. 내가 선호하는 공항에서의 이동 방식, 걷기를 선택하지 않았다. 그렇다고 택시를 선택한 것도 아니었다. 이는 분명 좋은 선택이었다.

택시는 정말 별로다. 도시에서의 방향 상실은 택시가 주범이다. 택시에 탄다고 차와 택시기사만 임차하는 것이 아니다. 택시기사의 현지 지리에 대한 상식을 빌리는 것이다. 그가 나를 어디로 데리고 가는지 아무리 집중하려 해도 결국 할 수 있는 것은 모호한 추정뿐이다. 여기는 내가 모르는 어딘가이며, 기사는 내 무지의 집합체를 돌아 기나긴 여정을 인도한다.

하지만 버스를 타고 노선도를 보며 내려야 할 정류장을 찾아 도심 중앙의 정류장에서 호텔까지 거리를 가늠해보면서 모든 것이 분명해진다. 코너를 돌아 마켓 스트리트Market Street 쪽으로 향할 때 어스름이 밀려오지만, 길이 어딘지 알 수 있어서 여전히 주체할 수 없을 정도로 행복하며 서점을 향해 방향을 바꿔『위대한 유산 Great Expectations』한 부를 구입한다. 그 이유는 내 자신이 커다란 기대를 품고 있기 때문이다.

다음 날 아침, 더할 나위 없이 화창한 날씨 속에 사우살리토까지 걸어가기로 마음먹었다. 샌프란시스코 도심에서 21마일은 족히 될 것이고, 골든게이트 브리지를 휘청대며 건너야 한다. 물론 내 손에는 지도가 없고 놉 힐Nob Hill이 코앞에 있음에도 그리로 통하는 길을 찾을 수가 없다. 나는 아찔하기로 유명한 거리를 안간힘을 써 걸으면서 두 발 밑으로 강삭철도의 체인이 덜컹거리는 소리를 감상한다. 노스 포인트North Point에 다다르니 〈러브 버그The Love Bug〉(1969년 제작된 디즈니 가족영화―옮긴이)의 허비Herbie가 된 느낌이다. 내 보닛은 헐렁대며, 내 기름은 새고 있다.

일요일이다 보니 산책로는 산책과 조깅을 즐기는 사람들, 자전거를 타는 사람들, 괴짜 같은 성직자들을 비롯해 미국의 도시에서 흔히 볼 수 있는 노숙자들로 가득 차 있다. 질주하는 상업주의에 농락당한 노숙자들은 뭐니뭐니해도 미국의 거주민들 가운데 가장 전형적인 부류이며 빌어먹을 잡동사니들을 잔뜩 쌓은 쇼핑 카트를 밀며 거리를 배회할 수밖에 없다. 난 확신한다. 그들만큼은 자신의 위치를 알고 있을 것이라고.

골든게이트 브리지에는 산책하는 사람이 훨씬 많다. 맨해튼을 제외하고는 미국

FAIL TODAY — GONE TOMORROW

을 통틀어 이처럼 웅장한 행인의 물결을 보지 못했다. 미국인들은 충격요법이 필요해서 이처럼 거대한 인공 보행로를 만들었나 보다. 반쯤 건너니 비상 전화가 보인다. "위기 상담Crisis Counseling", "아직 희망은 있습니다, 전화를 거세요, 다리에서 몸을 던지면 돌이킬 수 없는 비극을 맞게 됩니다."

'비극'이라는 단어야말로 적절한 선택이다. 이 단어는 가장 흔해빠진 자살조차 거대한 비율의 세트장 위에 올려놓는다. 아이올로스가 튕기는 거대한 수금의 현 사이에서 몸을 던지며 엄청난 규모로 신들의 황혼Götterdämmerung을 연기한다. 골든 게이트 브리지에서 자살 빈도가 가장 높은 이유가 바로 이것이 아닐까 싶다. '비극'이라는 단어는 이들을 만류하기는커녕 그들의 극단적 행위를 정당화하는 마지막 방점이 될 수도 있다!

교각 끄트머리에서 되돌아오며 우울한 생각이 밀려온다. 해안 경비대 초소 부지를 가로질러 터벅터벅 걸어가 사우살리토에 다다른다. 필요 이상으로 지붕널을 덮은 가옥과 덮지 않은 가옥이 섞여 있다. 목재 흉물의 향연에 이어 중국산 장식품들과 티셔츠를 파는 기념품 가게가 보이며, 괴발개발 그린 흉측한 그림을 아무렇게나 걸어놓은 '아트' 갤러리가 모습을 드러낸다.

나는 부둣가의 스핀메이커Spinnaker에서 맛이 그저 그런 굴 열두 개를 후루룩 빨아먹는다. 부두에는 어스름이 밀려온다. 기분이 그럭저럭 좋아진다. 최소한 내가 지금 어디에 있는지는 알고 있지 않은가. 갑자기 감정이 폭발해 클램 차우더를 앞에 놓고 시끄럽게 흐느끼고 있는 옆 테이블 여성도 있는데. 샌프란시스코로 돌아오는 페리가 알카트라즈를 지나칠 때, 당일치기로 놀러온 여행자들은 작은 금속 상자 속에 텅 빈 감방을 영원히 가두기 위해 카메라 플래시를 터뜨리며 밤하늘을 밝혔다.

# 뿔이 난 헬멧

최근 히드로 공항에서 글래스고까지 가는 비행기에서 아주 전형적이지만 나를 극도로 우울하게 만드는 말다툼을 겪었다. 나는 창가 쪽 좌석을 배정받았고, 복도 쪽 좌석에는 나보다 20년은 젊어 보이는 청년이 앉아 있었다. 키가 나보다 머리 하나 이상 작아 보이는 그 청년에게 이러한 사실을 환기시키며 나이도 많고, 키도 커 여러 모로 복도 쪽 자리에 적합해 보이는 어른에게 친절을 베풀 수 없겠느냐고 물어보았다. 하지만 그는 시큰둥한 표정으로 목적지를 향해 '빨리 뛰쳐나가야' 한다고 말하면서 내 제안을 거절했다. 나는 짜증스럽게 대꾸했다.

"무슨 일을 하시는데요. 잘난 뇌수술 전문의라도 되시나요?"

물론 그럴 리가 없었다. 그는 '뚱뚱한 10대들이 사냥을 할 수 있을까'처럼 주옥 같은 프로그램을 방영하는 엔데몰Endemol 사의 직원이었다. 내가 속죄의 공간에 머무르는 것을 확인하려는 듯, 그는 창가와 복도의 가운데 좌석에 앉은 친구와 함께 시답잖은 농담을 주고받으며 형법상 연령상한이 늘어난 10대에게도 허락된 보드카와 레모네이드를 섞은 알코팝을 들이마시고 있었다. 하지만 한편으로 그들은 나에게 아량을 베푼 셈이었다. 그들 덕에 무언가를 다시 한 번 천착하게 되었기 때문이다. 첫째, 내 기이한 위선이었다. 나는 두려움을 모르는 심리지리학자로서 대량 운송 체계라는 관습을 공격하려 굳게 마음먹었지만, 가장 편협한 군집 본능의 제물로 전락

해 여기에 갇혀 있다. 둘째, 창밖으로 보이는 경치를 다시 한 번 곱씹게 되었다.

야간 비행이었다. 설령 낮이었어도 영국 제도를 보려면 굉장한 노력이 필요했을 것이다. 영국 제도는 너무 작은데다 구름에 덮여 금방 날아갈 것 같은 휘핑크림에 잠긴 고대의 사막과도 같다. 최소한 나 자신에게라도 이 같은 묘사를 들려주고 싶다. 낡은 카드 같은 내 기억의 목록을 더듬자 하늘 위에서 경험했던 놀라운 전망과 마주칠 수 있었다. 발밑으로 펼쳐진 푸른 이불보 같은 아일랜드의 서부를 아담한 만이 장식하고 있었다. 눈이 덮인 오크니 섬을 보니, 두드려 편 납 조각처럼 생긴 펜틀랜드 해협Pentland Firth에 서식하는 범고래처럼 검고 흰 자국이 나 있었다.

하지만 이러한 광경을 두드러지게 만드는 것은 여기에 깃든 독특함이다. 영국, 특히 잉글랜드라는 단어가 인간의 잔재로 어지럽혀진 침대 같은 독특한 풍경을 상기시키지는 않기 때문이다. 이러한 풍경은 내가 어릴 적 보았던 광경에 가깝다. 물론 세상도 나와 마찬가지로 어렸던 것은 아니다. 나는 지금 그 자리에 다시 왔다. 은하수가 도치되어 보석을 박은 듯한 도시의 평면과 버밍엄, 맨체스터, 글래스고를 따라 자리 잡은 대도시가 투명한 해파리처럼 알기 힘든 촉감을 선사하고 있었다. 나는 이번 여행의 동행들이 지껄이는 저질 뒷담화를 듣기보다는 어두운 만리장천으로부터 이러한 풍경을 선사받으리라 마음먹었다.

비행은 어떨까. 합리적으로 생각해보아도 첨단 기술이 가교를 놓은 가장 흥미진진하고 아슬아슬한 경험[근본적 수술Radical Surgery(림프절이나 병든 장기, 암덩이 등을 제거하는 수술을 의미함-옮긴이)만 제외한다면]이 형언할 수 없는 따분한 삶에 둘러싸인 이유는 무엇일까. 티타늄으로 만든 튜브에 들어가볼까. 6마일 높이의 거대한 제트 엔진에 휘말려 구름이 만든 슬라롬을 타고 활강해 다른 시공간으로 이동해볼까. 복도 쪽 좌석을 차지한 이와 잡담을 나누고, 존 그리샴John Grisham이 화체된 나무 펄프를 섭렵하고, 뒷자리에서 뜀박질하는 꼬마를 바라보고, 소프트 록을 귀에 주입시키면 어떨까. 수백 마일에 걸친 영역을 시속 600마일로 이동하는 것은 신이나 슈퍼 히어로 정도가 가능한 일이다. 한마디로, 이처럼 완벽하고도 혁명적인 모더니스트의 경험에 눈과 귀를 닫을 수 있다면 그 어떤 일도 마다하지 않겠다.

비행기 여행의 모든 면면이 획일화된 공항 구조물, 단조로운 무자크, 무미건조한 방송, 불필요한 판매품을 수반한 지독한 지루함으로 특징되는 이유는 집단 무의식에 깃든 거부감 때문이라는 생각이다. 결국 승무원들이 날개 달린 헬멧을 쓰고 비행기가 활주로에서 속도를 높여 「발퀴레의 기행Ride of the Valkyries」(바그너의 '니벨룽겐의 반지' 시리즈 가운데 발퀴레 제3장에 소개되는 곡 – 옮긴이)이 확성기를 통해 울려 퍼지면 기름칠한 구조체가 중력의 고약한 굴레에서 벗어나기 시작하며 기장 또한 "위!"라고 소리친다. 이 순간 모든 승객들의 잠재적 불안이 해소된다. 우리가 비행에서 살아남더라도, 두 번 다시 하늘을 날지 않을 것이라 다짐하며 착륙할지도 모른다. "비행? 아주 진한 여행이지, 하지만 한 번으로 만족할래"라는 말이 절로 나올 것이다. 그 결과 '일하고–소비하고–여행하고–죽는' 순환의 여정은 급정거를 면치 못하리라.

그도 그럴 것이, 비행에는 인류가 경험할 수 있는 가장 진부한 것과 가장 숭고한 것이 극심하게 병치되어 있다. 우리는 벨트를 매고 앉아 말린 땅콩을 먹으면서 피할 수 없는 필멸의 운명과 옆 좌석에 앉은 사람의 불행한 카르마 사이를 오고 간다. '뚱뚱한 10대들이 사냥을 할 수 있을까'에 몰두할 정도로 마음에 안 드는 상황이지만, 이 프로그램을 시청하다가 죽는 것은 더욱 최악이다. 앉아 있으니 다리가 저려왔고 (10대 불량배들 덕에 무릎이 두 눈에 닿을 지경이었다), 플렉시글라스 두 겹 너머로는 성 브렌든의 경로도가 구불구불 선을 그린 지구의 곡면이 눈가를 스쳐 지나갔다. 이 모든 것 앞에서는 그 누구라도 철학자가 될 수밖에 없다. 아, 잘난 뇌수술 전문의만 제외한다면.

# 겨울의 행보 5선

다시 그 시절이 왔다. 라디오 진행자 리비 퍼브Libby Purves, 코미디 테러리스트 애런 바샤크Aaron Barschak, 유엔 사무총장 반기문을 비롯한 《인디펜던트》의 전문가 위원회가 퀴퀴한 가스 냄새를 풍기며 성을 상업화한 런던의 호텔에 모여 가장 황량한 산책로의 목록을 추려내고 있다. 모든 작업이 그렇듯이 모임의 목표는 합의에 도달하는 것이다. 따라서 골라낸 행보들 자체가 최선이라기보다는 모두가 합리적으로 동의할 수 있는 안이라고 보는 편이 정확하다. 정해진 순서 없이 해당 목록을 나열해본다.

**행보 1 : 헤라트Herat에서 카불Kabul까지. 거리 : 약 400마일. 환경 : 그럭저럭 괜찮음. 요구 능력치 : 초보자.**

여름에는 날씨가 매우 더우므로 한겨울에 시도하는 것이 가장 바람직하다. 좋은 품질의 부츠를 준비해야 하지만 외지에서 만든 티가 나서는 곤란하다. 가난에 지쳐 화가 머리끝까지 난 원주민들이 멋진 장비를 등 뒤에서 약탈할 수도 있기 때문이다. 탈레반 반군의 총탄을 피하거나 적대적인 전사에게 납치되지 않으려면 최소한 다리어Dari와 파슈툰Pashtun이라는 지방 방언을 반드시 익혀두어야 한다. 남다른 수준의 정신력과 체력이 필요하므로 미리 군사 훈련을 받는 편이 좋다. 특수부대 훈련이라면 더욱 좋으며, 항생제가 필요할지도 모른다.

나는 로리 스튜어트Rory Stewart와 함께 이 코스를 걸어본 적이 있다. 그는 '틈새의 장소'에서 탈레반이 도망친 지 6주 후에 시도한 아프가니스탄 여행기를 멋지게 기술했다. 스튜어트의 서술은 너무나 생생해 5년이 지난 지금도 크리스마스 케이크를 집어 먹으며 런던의 침대에 누워 있는 것이 아니라 옆에서 같이 걷고 있다는 착각에 빠질 정도다. 케이크의 덩어리가 없어지고 조각만 남은 시점에는 케이크 겉을 둘러싼 시트지가 끈끈한 부스러기의 늪으로 변해 있었다.

**행보 2 : 네더톤Netherton에서 마더웰Motherwell 도심까지. 거리 : 6마일. 환경 : 열악함. 요구 능력치 : 상급자.**

이 시기에 스콧 러스트 벨트Scots Rust Belt의 심장부에 있는 클라이드 워크웨이Clyde Walkway를 따라 걷는 일은 웬만큼 억센 사람이 아니고서는 해내기 어렵다. 날씨가 춥고 길이 젖어 있을 뿐 아니라, 벅패스트 토닉Buckfast Tonic 와인병 조각들이 이룬 거대한 이동 구름(사막에서 바람에 의해 옮겨가는 모래언덕-옮긴이)을 늘 넘어가야 하기 때문이다. 현지 가이드와 통역자가 필요할지도 모른다.

나는 이번 크리스마스에 이 코스를 두 번 밟았다. 한번은 반기문의 후광을 받아 밤에 걸어보았고, 한번은 리비 퍼브와 함께 낮에 걸어보았다. 유엔 사무총장은 달젤 파크Dalzell Park 발치에 있는 잡초 무성한 묘지에 '질려버렸고' 바론 하우Barons Haugh 자연보호구역에 기가 죽은 눈치였다. 반면 퍼브는 물에 들어간 오리처럼 클라이드까지 단숨에 갈 수 있었다. 사실 물에 들어간 오리는 전혀 비유적인 표현이 아니다. 방송상을 수상한 라디오 진행자이면서도 홍수가 덮쳐 남바리Nambarrie 차 색으로 변한 강을 향해 옷을 벗고 뛰어들었던 사람이 바로 그녀였기 때문이다. 그녀는 하류를 타고 스트라스클라이드 컨트리 파크Strathclyde Country Park까지 헤엄쳐 가 분홍색 바다표범과 조우한 적도 있다. 나에게 깊은 인상을 주기에 충분했다.

**행보 3 : 시딩 레인Seething Lane에서 웨스트민스터 궁전Westminster Palace까지. 체**

OK-GUYS! ONE DAY SOON, ALL THESE WALKS WILL BE YOURS!!
Ralph Steadman 2008

**인지Change 경유. 선 인Sun Inn을 경유해 다시 돌아옴. 거리 : 4마일. 환경 : 1665년 1월 15일(새뮤얼 페피스Samuel Pepys의 『일기Diary』에 따르면 새뮤얼 페피스는 1665년 1월 15일에 왕을 알현하고 추밀원을 방문했음-옮긴이). 요구 능력치 : 승급 추구 단계.**

아침에 눈을 뜨고 화이트홀Whitehall까지 걸어간다. 녹지 않은 서리가 꿋꿋하게 나를 반기지만 컨디션은 매우 좋다. 신께 감사하는 마음이 스민다. 테인저 위원회Tanger Committee가 시야에 들어온다. 여기에서 주지사로 취임한 로드 벨라세스Lord Bellasses가 나에게 다가와 말을 걸었던 적이 있다. 그는 나에게 엄청난 칭찬을 퍼부었고, 그 누구에게도 그러한 칭찬을 하리라고는 상상하지 못할 정도였다. 이처럼 기분 좋은 경험을 십분 활용할 수도 있다. 선 인에 다다르니 퍼브 여사의 모습이 보인다. 그녀를 만나 예전에도 같이 온 적이 있던 특별실로 간다. 예전에 나는 저녁식사 이후의 시간 전부를 그녀에게 할애했고, 아주 즐거운 시간을 보냈다. 특별실은 아주 안락하고 내 아내와 바샤크 씨도 여기에 있다. 두 사람 모두 무어인처럼 자리에서 일어난다. 바샤크 씨와 내 아들 톰은 세 시간도 넘게 악기를 연주하며 더없이 아름다운 선율을 선사했다. 저녁을 먹고 잠자리에 든다.

**행보 4 : 로프트하우스(웨이크필드 시와 리즈 시 사이에 위치한 웨스트요크셔의 마을-옮긴이)에서 와스Wath에 있는 스포츠맨스 암스 호텔Sportsman's Arms Hotel까지. 거리 : 7마일. 환경 : 음울한 분위기가 지배하는 북부 지역. 요구 능력치 : 재닛(영국의 여자 육상선수로 1964년 도쿄 올림픽에서 400미터 계주 동메달을 비롯해 1969년 아테네 육상 유럽 챔피언십에서 세계 기록을 세웠음-옮긴이).**

노스 요크 무어스North York Moors까지 이어진 축축한 길은 고든 브라운의 체제에서 스스로를 영웅적인 현대 영국인이라 생각하고 싶은 사람들이 어느 정도는 반드시 거쳐야 할 코스다. 실제로 이러한 행보를 시도하지 않고는 민주주의의 현장을 지켜보기 어렵다. 케냐와 파키스탄을 보라. 수많은 맨발 차림의 폭도들이 마인들 부츠를 얻기 위해 코츠월드 아웃도어 지점을 약탈한다. 나는 댈로우길 무어Dallowgill Moor를 터벅터벅 걸으며 반기문과 얼굴에 흩뿌리는 빗물만큼이나 많은 이야기를 나눴다. 그는 자신의 생각을 이렇게 피력했다.

"견고한 제도와 투명한 선거 감시, 충분한 양의 켄달 민트 케이크가 없으면 기대하기 힘든 것이 있어요. 그게 뭐냐면……."

나는 그의 입을 서둘러 막았다.

**행보 5 : 업무에 복귀함. 거리 : 무제한. 환경 : 연이율 7.5퍼센트. 요구 능력치 : 노인도 가능.**

# 로사풀사이즈펑스틱

……나의 발기 부전 증상을 예로 들어보겠다. 몇 년 전까지만 해도 나이 든 내 음경은 피 묻은 공성 망치처럼 커다랬다. 발기가 될까 두려운 적도 많았다. 그 이후 벌어진 일들에 대해 나이지리아 주차단속원을 욕하지 않을 수 없다. 말도 못하는 그들은 여기에 와서 어슬렁거리며 움직이는 사물에 무조건 티켓을 붙인다. 아주 겁나는 일이다. 나는 윔슬로Wilmslow의 크로스 키스Cross Keys에서 나오는 길이었고, 집회소 밑에서 어슬렁거리던 녀석 중 하나가 레인지 로버의 앞창에 커다란 황색 스티커를 떡하니 붙였다. 나는 그 불한당과 한판 벌일 요량이었다. 나는 결코 겁먹지 않았다! 나는 여덟 번에 이르는 국제전을 경험했고 마티니 헨리 한 정을 든 피투성이 마우마우인을 제압한 적이 있다! 어쨌건 그는 기가 죽어 붙인 것을 다시 긁어낸다. 하지만 곧 튜닉에 숨어 있던 소름끼치게 생긴 작은 주물을 꺼낸다. 신장 결석 주위에 달라붙은 섬유 위석에 싸인 고양이 발처럼 생겼다. 하! 언어유희를 빌리자면, 소름Willies을 돋우기에 충분했다. 아니, 언어유희를 차치하고 직설적으로 표현하자면, 아무런 소름을 돋우지 못하고, 내 있는 소름마저 앗아갔다(영미권에서는 'Willies'라는 단어를 'Give you the willies'의 형태로 '소름끼치게 하다, 오싹해지다'라는 뜻으로 사용한다. 이처럼 'Willies'는 수축의 의미가 깃든 어휘로 저자는 자신의 'Willies'를 앗아갔다는 비유를 통해 발기 부전에 빠진 처지를 묘사했다—옮긴이). 그 불법이민자 녀석을 호되게 나무

란 이후 내 불쌍한 존 토머스(남자의 음경을 가리키는 영국 속어 – 옮긴이)는 아예 내 몸속으로 숨은 느낌이 들 정도로 쪼그라들었다. 50대의 위기를 겪을 무렵 말라야에서도 같은 경험을 했다. 왈라족 원주민들은 그들의 성기가 몸속으로 퇴화하고 있다는 바보 같은 생각을 하면서 '라타Lattah'라는 단어로 표현했다. 그들에게는 지랄 같은 환상일지 몰라도 나에게는 현실이었다. 아내 또한 나이를 먹어가고 있지만 누구나 품을 만한 기대에서 자유로울 수는 없다. 토리당이 집권하고, 말들이 평화롭게 지나가고, 헝거포드 하이 스트리트가 재개발의 마수를 피하고, 아침 예배 후에 섹스를 즐기는 인생 말이다. 눈에 선하지 않은가. 내가 나이 든 숙녀를 만족시킬 수 없다는 사실을 깨닫고 나자 마음이 몹시 초조해졌다. 부리나케 돌팔이 여의사를 찾아갔지만, 무서운 해리엇 하먼Harriet Harman의 가면을 쓴 어린 티를 벗지 못한 성질 나쁜 여자로 보였을 뿐이다. 내 나이쯤 되면 졸음을 유발하는 리베나와 담배를 끊어야 한다고 말할 정도로 사악한 성질을 보일 수밖에 없었던 걸까. 내 나이라! 내가 빌어먹을 로스트 월드를 탐험하고, 벙어리장갑을 끼고 페이 레이Fay Wray의 엉덩이를 받치며 엠파이어 스테이트 빌딩을 오른 덕에 이 여의사가 학교에서 무상 우유 급식을 받을 수 있지 않았는가(페이 레이는 영화 〈킹콩〉의 여주인공을 맡은 여배우로, 킹콩은 여주인공 앤 대로우를 보호하며 엠파이어 스테이트 빌딩을 오르다가 비행기가 쏜 총에 맞아 사망한다. 저자는 엠파이어 스테이트 빌딩을 올랐던 자신을 킹콩에 비유한다 – 옮긴이). 하지만 망할 계집아이는 내 나이에는 복용이 금지되었다면서 비아그라를 처방해주지도 않았다. 그렇다고 멈출 수는 없었다. 암, 그렇고 말고. 네더리지Netheridge의 보드 이글Bald Eagle에서 내 후원을 담당하는 지미 윔즈Jimmie Wemyss는 인터넷 쇼핑몰을 나에게 알려주며 한 번의 클릭으로 어떻게 물품을 구입할 수 있는지 가르쳐주었다. 그래서 나는 아담한 체구의 프레디 딕슨으로부터 장비를 구입했고, 그는 장비를 배달해주면서 직접 주문 방법을 알려주었다. 물건을 찾아다닐 필요도 없고, 심지어 공손한 친구들이 이메일을 보내 비아그라, 시알리스, 심지어 앰비엔Ambien이라는 이름의 알약 형태로 된 졸린 리베나Ribena를 권한다. 오래 사용해왔던 다이너스클럽

I LOOK AT IT THIS WAY-SURE, THERE'S DISAPPOINTMENTS IN LIFE— YOU JUST HAVE TO GET OFF YER BACKSIDE AND DEAL WITH IT!

신용카드를 배분하기 전까지 나는 그들과의 교류에 푹 빠졌다. 무슨 말인즉, 나는 더 이상 외롭지 않다. 하지만 아내는 위원회 업무에 엄청나게 많은 시간을 할애하고 있다. 2월 초…… 용기를 개봉하기 전까지 두 손이 고생했다. 이밖에도 갑자기 욕구가 분출하면 픽스틱앰플플로이드FuckStickAmpleFloyd 또는 엄청난페니스의아름다움GargantuanPenisBeau을 찾아 나선다. 그래, 이들이 곧 정력제다. 나는 들뜬 공간에서 카렌 누트신Karen Knutsin, 스타니슬로 바츠몽스키Stanislaw Baczmonski, 쿠마르 센틸Kumar Senthil 등 늘 공손한 친구들에게 답장을 보냈다. 사적인 은밀한 대화는 아니며, 그저 무시무시한 그들만의 온실로 기존의 설계 지침을 깨뜨리는 이들, MDMA 액에 담근 양과 섹스하는 자들을 비롯해 그들이 만든 세상에 대한 내용이 주를 이뤘다. 하지만 다른 사람들에게 해를 끼치지는 않을 시답잖은 잡담에 불과했다.

답신에는 '신체일부가확대되다BodyPartEnlarged'같이 아주 흥미로운 제목이 달려 있었다. 숀 앤 바니슈롱보드Shawn and barneySchlongBroad에게서 온 이메일이다. 도대체, 이들은 누구란 말인가. 그들이 만일 집에 있다면야('When~ at home'이라는 표현은 '도대체'라는 뜻으로 쓰이는 숙어이며, 저자는 숙어 표현을 분해해 집에 있다는 의미로 쓰고 있음 – 옮긴이). 나는 그들이 태국의 해변 같은 장소에서 '어슬렁거리며' 욕구를 부풀려 작은 암말 무리와 함께 지내는 모습을 상상해본다. 그들은 '날이 갈수록 물건이 커집니다!Watch it bigger day by day!'라는 선전 문구를 나에게 제공했지만, 어느 정도는 그들과 거리를 유지하고 싶었다. 나는 벤트 파르바Bent Parva의 코크 앤 불Cock and Bull 레스토랑에서 질레스 우드Giles Woode에게 이렇게 말했다.

"그 나이지리아 출신 녀석에게 감사하는 마음이야. 나에게 새로운 세상을 열어줬거든. 내 나이에서는 상상하기 힘든 일이지."

알고 보니 질레스도 페니스플럼펑칼라와 이미 인연을 맺고 있었다. 나는 그가 '남성용 패키지 상품'을 손쉬운 경로를 통해 얻고 싶어 한다는 사실을 전혀 모르고 있었다. 수에즈 위기 중에 그가 이를 통째로 잃어버렸다고 늘 미루어 짐작했을 뿐이다. 풋, 리베나 한 병 더 할까. 아니, 이제 그만 차에 몸을 실을까.

# 빌 게이츠

빌 게이츠로부터 이메일을 받았을 때, 반투명 로고로 형상화한 깃털에 맞아 쓰러질 정도로 고단했다. 처음에 나는 뒤죽박죽된 문법과 무슨 말인지 알아보기 힘든 내용을 보고 스팸 메일이 또 온 모양이라고 생각했다.

"내 친구들에게 알림. 내 호수가 그대들을 위해 반짝이고 있음. 그대들이 빨리 와준다면 모든 비용은 내가 부담할 것임."

나중에 수십억 달러의 소프트웨어 거물이 비아그라를 파는 것이 아니라 '싱크 위크Think Week'라 이름붙인 9,700만 달러짜리 호수변 에코 맨션에 나와 랠프를 초대했다는 사실을 그의 비서가 전화로 알려주었다.

"거의 비현실적인 구조물이에요." 마이크로소프트의 모범생이 이렇게 말했다. "당신과 랠프 씨가 시공간의 미래를 어떻게 보느냐 같은 유의 경험이 될 겁니다."

"지금이라도 말씀드릴 수 있죠." 나는 이렇게 대꾸했다. "시간은 흘러가고, 공간은 더욱 확대될 겁니다."

"아 그렇죠. 역시 훌륭하십니다." 윈도에 얽매인 약골은 기죽을 기색이 보이지 않았다. "시애틀 발 일등석이 익일 특급으로 내일 배달될 겁니다."

"내가 갈 생각이 없다면요?"

내 목소리에는 짜증이 실렸다.

"비아그라를 드셔보세요."

미니독점자Mini-Monopolist는 이렇게 말하고 전화를 끊었다.

문제는 랠프가 이처럼 바보 같은 일을 동경한다는 것이었다. 기업 재편의 문제를 두고 세계은행의 수장에게 조언하기 위해 다보스Davos에 다녀온 직후인데도 그는 이 초대에 응하기를 원했다. 아, 그를 혼자 보낼 수는 없었다. 랠프는 행보를 위한 코스를 고르는 데는 탁월할지 몰라도 방향을 잡는 데는 거의 백치 수준이다.

화창한 겨울 아침, 시택 공항Sea-Tac Airport에서 실패에 감긴 실처럼 촘촘하게 늘어선 콘크리트 건물과 마주서며 택시를 탈 생각을 버렸다. 그 대신 랠프를 태운 다음 빌이 초대한 곳으로 가서 어색한 분위기를 없애보라고 말하고, 나는 걸어가는 쪽을 선택했다. 랠프는 고개를 치켜들며 이렇게 말했다.

"월, 도대체 빌 게이츠에게 무슨 말을 붙이라는 거야?"

"다 빈치 이야기를 공통 화제로 삼아보지 그래. 그가 소장한 레오나르도 다 빈치 작품을 보자고 해봐. 빌 게이츠는 '코덱스 레스터Codex Leicester'를 소장하고 있으니 눈길을 거기에 두면서 펜을 꺼내서 스케치를 해봐. 재미있는 화젯거리가 생겨날 거야."

나는 맥미킨 하이츠McMicken Heights와 크리스탈 스프링 파크Crystal Springs Park 외곽을 가로질러 환희에 차 이름 지은 인터러번 애비뉴Interurban Avenue에 다다랐다. 그린 리버 트레일Green River Trail을 따라 보잉 플랜트Boeing Plant를 가리며 늘어선 포플러 옆으로 터벅터벅 걸어갔다. 나무들이 끝없이 펼쳐진 부드럽고 온화한 기후의 태평양 연안 북서부는 늘 기운을 북돋운다. 한껏 광합성을 시도하는 이 나무들은 폐포의 강장제다.

제4가Fourth Avenue로 향하는 기나긴 발걸음은 지루할지 몰라도 반드시 해야 할 일이었다. 빌은 우리 세 사람이 싱크 위크의 시간/공간과 관련된 스케치, 노트, 기타 정보를 올릴 수 있는 셰어포인트SharePoint 웹 사이트를 개설했다. 나는 태블릿 PC를 휴대하고 값진 원노트OneNote와 원월드OneWorld 소프트웨어를 사용해 내가

가는 곳에서 보고 느낀 것들을 올릴 수 있었다. 내가 올린 게시물에는 빌이 창안한 '창조적 자본주의Creative Capitalism'에 대한 내 생각과 어떻게 이 개념이 엉거주춤한 바지 차림으로 낡은 주철 캔과 플라스틱 가방으로 가득 찬 슈퍼마켓 카트를 밀며 내 앞을 지나가는 사람과 관련되어 있는지에 대한 생각도 들어 있었다.

퀘스트 필드Quest Field를 지나 시내로 들어오자 어둠이 깔리기 시작했다. 기이한 빛을 발해 나를 걸어 다니는 좀비로 만드는 컴퓨터 화면이 없었다면, 굼뜬 노숙자들 일부가 돈을 뺏으려 떼지어 달려들었을 것이다. 실제로 나는 매디슨 스트리트를 지나 워싱턴 파크까지 걸어간 다음, 기다란 혀처럼 생긴 지저분한 에버그린 포인트 플로팅 브리지Evergreen Point Floating Bridge를 건너 레이크 워싱턴을 지나 호수변에 있는 메디나 지구에 다다랐다.

25마일에 이르는 여정을 마치고 나니 거의 자정이었다. 춥고 배고팠지만 순가치 560억 달러의 사나이에게 최소한 치즈를 입힌 토스트와 차 한잔 정도는 기대할 수 있을 것이라는 생각이 들었다. 하지만 현실은 나를 외면했다. 친숙한 보이스카우트의 얼빠진 얼굴이 보안용 루버(목재나 금속, 플라스틱 등의 얇고 긴 평판을 일정한 간격을 두고 평행하게 늘어놓은 것 – 옮긴이) 사이로 보였고 게이츠는 나를 소란스런 컴퓨터 괴짜들의 현장으로 들여보냈다. 마벌 사의 오랜 만화 작품들과 빈 병으로 만든 야쿠르트 만화들이 여기저기 흩어져 있었고 설치대에 있는 아타리 게임 콘솔이 인터넷 접속을 시도하고 있었다. 랠프는 대화 부스에서 코덱스를 그린 종이로 다트를 만들고 있었고, 너그러운 독자들에게 술에 조금 취했던 모양이라고 흥을 본다 해도 꿀먹은 벙어리가 되었을 것이다.

"이 멍청아!" 나는 고함을 질렀다. "네가 몸만 큰 10대처럼 행동하는 동안, 나는 시공간의 연속체를 해결하고 있었어."

"음," 빌은 이렇게 말했다. "미안, 멜린다가 휴가 중이라 손을 놓고 있었어. 네 생각을 이야기해봐. 아주 흥미로울 것 같은데."

"시프트키를 없애버려!"

"왜?"

"이 세상 누구도 다시는 'SharePoint'나 'OneNote'라는 단어를 타이핑할 생각을 하지 못할 테니까."

"SpaceTime도!"

대화 부스에 있는 랠프도 한마디 거들었다.

# 법 앞에서

나는 카프카의 작품 『법 앞에서Before the Law』의 주인공이 된 기분으로, 바람 부는 2월 저녁에 마을을 가로질러 런던왕립법원Royal Courts of Justice까지 자전거를 몰고 갔다. 런던왕립법원은 고딕 양식의 건물이지만, 고딕 양식은 계속 흉내 내며 반복되는 양식으로 영국의 건축 양식에 확고하게 자리 잡은 탓에 법원을 고딕 양식으로 부르는 것은 단순한 암시에 불과할 뿐이다. 이들은 둥글납작하고 자기만족적인 어리석은 고딕 양식을 표방한다. 이 양식은 풍성한 만족감으로 쌓은 첨탑을 엄청난 위선으로 지지하는 한편, 하이 빅토리안 양식으로 장엄함과 정의로움을 정교하게 위장했다. 이 건축물을 설계한 피의자, 조지 에드워드 스트리트George Edward Street가 원래는 변호사였다는 사실이 어찌 보면 당연한 듯 느껴진다.

변호사 말고 그 누가 법원의 대문을 저명한 법관과 변호사들의 두상으로 장식할 생각을 할 수 있겠는가. 예수, 모세, 솔로몬이라야 이들 위에 설 수 있다는 생각, 가난한 소송 당사자들을 싸움질하는 개와 고양이로 영구화하려는 생각을 변호사 말고 그 누가 감히 할 수 있을까. 정의수호부서라는 정신 나간 카프칸적 명칭을 가진 정신 나간 카프칸적 기관, 즉 법무부가 아니라면 그 어디에서 그레이트 홀Great Hall을 시간제로 대여해 런던 금융가들이 맘껏 사치를 즐기며 거대한 탐욕과 미미한 자선의 성과를 자축할 수 있었을까.

1년여 전, 전쟁고아War Child라는 이름의 자선단체로부터 부탁을 받은 적이 있다. 채권 트레이더들의 만찬에서 기금 후원을 할 기회가 주어졌는데, 이 만찬에서 연설할 연사를 찾지 못한 그들은 나에게 도움을 요청했다. 구걸이라는 행위도 괜찮다면 모든 상황이 원만하게 돌아가고 있었다. 일장 연설을 경청한 부유한 작자들은 10펜스짜리 동전을 내가 연 달변의 모자 속에 집어넣었다. 실은 그레이트 홀에 대기 중인 후원금의 규모가 수조 파운드라면, 1인당 몇백만 달러를 분담하는 셈이었다. 나는 정장을 입은《빅 이슈》판매원으로 탈바꿈했다.

　올해도 '전쟁고아'는 내 후원을 원했다. 하지만 이들의 부름에 응답할 용기를 내지 못했다. 분명 나는 전쟁터에 방치된 아이들을 돕고, 음식을 제공하고, 옷을 입히고, 학교를 지어주는 그들의 일을 높이 평가하지만 이러한 일을 해야 할 주체가 반드시 그들이어야 하는지는 잘 모르겠다. 자선기관과 NGO들은 사회학 학위를 지닌 대머리 독수리들처럼 외국의 전쟁터를 찾아 헤매며 썩은 고기로 배를 채우는 정부 기관의 뒤를 따르고 있다. 그들은 몇 달 또는 몇 년을 안착해 유명인이 사인한 팝 CD를 고국에서 판매해 자신들의 노력을 뒷받침할 재정을 확보한 다음, 휴머니즘을 양식으로 섭취하기 위해 다른 곳으로 날아간다.

　하지만 어떤 선행이라도 아예 없는 것보다는 낫다. 법원 울타리 안으로 들어와 검정 넥타이에 레드 와인을 튀기며 그레이트 홀의 기둥에 뿌려지는 형형색색의 조명을 바라보고 있는 나 또한 마찬가지였다. 알고 보니 이 장소는 뭔가 다른 점이 있었다. 지난해 최고의 CEO를 수상하는 자리처럼 웅장하지가 않았다. 이 가련한 친구들은 신디케이트론과 레버리지 금융을 끌어들여야 할 처지였다. 아, 파베르제가 구원투수로 나서지 않는 한 두렵기만 한 신용 한도가 이들을 압박해왔다. 이런, 그래도 이들 가운데 일부는 올해 여섯 자리 숫자의 보너스를 받을 것이다. 이번 만찬은 부채를 조달한 인사들이 '최고의 프로젝트 파이낸스론 기획자', '최고의 터키론 기획자' 같은 산뜻한 명칭의 찬란한 상패를 이용해 자화자찬하는 자리였다.

　기이할 정도로 비정상적이지만, 지금 이러한 분위기에 푹 빠져 전반적인 상황을

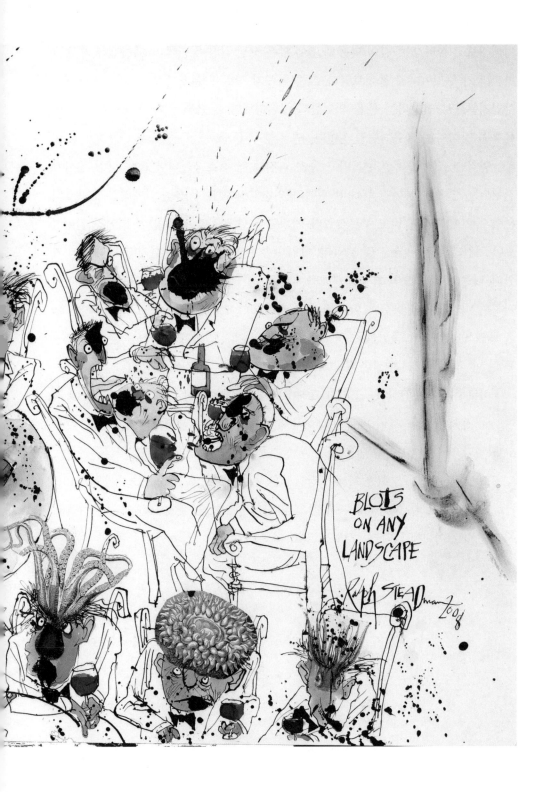

이해해보고 싶다. 의무감이 발동해 옆에 앉은 샌님 같은 청년에게 '메자닌론'의 정확한 정의가 무엇이냐고 물어보았다. 그는 차주가 상환에 실패할 경우 대주의 채권이 사업지분으로 전환되는 론을 의미한다고 설명했다. 간단히 말하면 도둑이 시체의 몸통을 앗아가는 금융기법인 셈이다.

엄청난 크기의 확성기를 타고 울려 퍼지는 팝 히트곡들의 선율에 맞춰 행사가 진행되는 중에 단상까지 뽐내며 걸어가 의기양양하게 "우리는 임페리얼 토바코의 론을 유치했습니다!"라고 부르짖었다. 기껏해야 한 시간 남짓 동안에 벌어진 일이었으나 억겁의 세월이 흐른 것 같았다. 마침내 법원의 문지기에게 다가갈 차례가 다가왔다. 나는 자리에 모인 최고의 부호들에게 20분가량 워 차일드가 이룬 성과를 이야기하며 이라크에 화장실과 학교를 짓고 트라우마에 시달리는 콩고의 소년 병사들을 재교육하는 일에 동참해줄 것을 호소하며 한 가지 일화로 이야기를 끝맺었다. 열두 살 난 아프간 소녀가 삼촌에게 강간당하고 간통죄로 수감된 사례였다.

바로 이때, 웅성거리는 소리가 그레이트 홀 전체에 퍼진 다음 오만한 기둥에 닿아 철썩거렸다. 한두 사람이 아닌 테이블 전체가 리오하를 홀짝거리며 잡담을 나누고 있었다. 나는 잠시 말을 멈춘 다음, 확성기를 통해 큰 소리로 부르짖었다.

"지금 말씀을 나누시는 화제가 강간당한 여자아이보다 더 중요한 내용인가요?"

하지만 바보 같은 질문에 불과했다. 나 역시 알고 있었다. 중요한 것은 돈이었다. 정의는 바로 여기에 있다. 암, 그렇고 말고.

# 피터 그라이미*

오페라 노스Opera North(리즈에 소재한 영국 오페라 회사 이름 – 옮긴이)에서 기획한 브리튼Benjamin Britten의 〈피터 그라임Peter Grimes〉을 보러 새들러 웰스Sadler's Wells 발레단을 찾아갔다. 나는 이 작품에 별로 친숙하지 못하지만(최소한 내가 친숙하다는 생각이 들지 않았다) 알고 보니 기이하게도 이 작품을 내면화했다는 것이 드러났다. 서포크 해변의 조약돌이 리브레토를 내 의식에 박아넣고, 습지에 부는 바람이 내 이속으로 날카로운 고음을 끊임없이 주입한다. 어찌 보면 다행이다. 지난 며칠간 보일러가 고장이 나서 한데 모인 런던 부르주아들이 만들어낸 어색한 온기가 나를 깊은 최면 속으로 밀어넣었기 때문이다.

황갈색 무대, 암갈색 배경, 중경에 시체로 누워 있는 건장한 체구의 남자, 갈매기 울음소리를 흉내 내는 악기. 과연 이것이 내 근원적인 의식 상태라 말할 수 있을까. 꿈에서든 현실에서든? 아버지와 아들일지도 모르는 자들 사이에 파고든 고통스럽고 폭력적인 관계가 내 인생과는 정녕 아무런 상관이 없지 않은가. 오직 내 자아와 공명을 이루는 것은 소심한 알데버그의 주민들뿐이다.

브리튼은 조지 크래브George Crabbe의 「도시The Borough」(1810)를 바탕으로 오

---

* 그라이미Grimy란 '더러운' 또는 '지저분한'의 의미로, 〈피터 그라임〉이라는 오페라 제목을 변형한 표현이다.

GRIM RETURNS

페라를 구상했다. 그는 "사회가 사악해질수록 개인도 사악해진다"는 말과 함께 이 작은 마을의 풍습 가운데 극히 일부가 자신에게 인상을 남겼다고 말했다. 크래브의 원작 시는 다음과 같다.

> 그는 괴롭히고 통제할 상대를 원했다네.
> 자신을 견뎌낼 고분고분한 소년을 원했다네.
> 그의 분노에 찬 손찌검을 견뎌내고
> 그의 편이 된 시간 속에서
> 그의 힘에 복종할 살아 숨쉬는 생명체를 원했다네.

일부는 몬태규 슬레이터Mongtagu Slater의 원작이 어부, 그라임 두 도제 사이의 관계를 노골적인 남색으로 그려냈다고 단언한다. 브리튼과 그의 파트너 피터 페어 Peter Pears는 동일한 테마를 조금 누그러뜨렸다. 유쾌한 오페라 하면 〈마술 피리The Magic Flute〉를 가장 먼저 떠올릴 수 있다. 그건 그렇다 해도, 불이 꺼졌다가 다시 들어올 무렵, 나는 그라임의 신봉자로 개종했다.

그리고 바로 다음 날 알데버그Aldeburgh에 기차를 타고 가기로 마음먹었다. 이 고장은 유명 작곡가를 배출하고도 그와 늘 양면적인 관계에 처해 있었다. 어떤 이는 브리튼 스스로가 사람들과 떨어져 지냈다고 말하고, 어떤 이는 사람들이 그를 피했다고 말한다. 피터 그라임이 오페라의 역사에 핵심적인 요소를 담당한다고 말하는 사람이 있는 반면, 〈선율이 없는 길버트와 설리번〉(빅토리아 여왕 시대에 오페라 대본 작가 길버트와 작곡가 아서 설리번은 팀을 이뤄 오페라를 제작했음−옮긴이)이라 조롱하는 사람이 있는 것과 마찬가지다. 어떤 주장이 진실이건, 조약돌 해변에는 우뚝 박공이 올라간 소박한 가옥들이 낮게 줄지어 있고 보석 상자 같은 집회소는 마지막 세상 같은 느낌을 안겨주었다.

하지만 나는 갈 길을 서둘렀고, 기차는 가는 도중에 입스위치Ipswich에서 잠시

정차했다. 창밖을 보니 기껏해야 서른 살 정도 먹은 몹시 비대한 남자 한 명이 특수 제작된 전동 버기카에 앉아 휴대전화로 통화하고 있었다. 트랙슈트를 입은 차림이 꽤 어색해 보였고 차 정면에는 못 보던 범퍼 스티커가 붙어 있었다.

"내 운전이 마음에 들지 않는다면 0800을 부르고 꺼져버려!"

이 문구를 보니 별로 기분이 좋지 않을 뿐더러 위협적으로 느껴졌다. 두들겨 팰 신참 견습생을 기다리는 현대판 그라임이 아닌지 궁금할 정도였다.

나와 오랜 기간 작업해온 편집자 리즈 칼더Liz Calder는 이곳에 이사해 살고 있었다. 그는 나를 알데버그까지 태워주었고, 우리는 함께 해변을 산책했다. 나는 매기 햄블리의 조개껍질 조각품을 보고 싶었다. 이 작품은 이 지역 사람들의 엄청난 반발에 부딪혔다. 브리튼의 추모비로 세운 조개껍질의 가장자리에는 〈피터 그라임〉에서 비롯된 "물에 빠지지 않을 사람들의 목소리가 들린다"라는 대사가 새겨져 있다. 누군가는 반짝이는 오목한 곡면과 철제 골에 칠한 페인트가 동성애를 혐오하는 사람들이 고인이 된 작곡가를 공격하는 표시라고 말하기도 한다. 한편 그저 지역의 망나니에 불과하다고 말하는 사람도 있다. 한 가지만은 확실하다. 지역 주민들이 해변에서 쿵쿵 뛰는 알데버그의 의식은 나폴리의 행진만큼이나 확고한 의식으로 자리 잡았다. 소프니스Thorpeness에서 알데버그까지 또는 알데버그에서 소프니스까지 이러한 행보가 이어진다. 게다가 서포크 해변에서 팔에 붙인 기다란 장비로 공을 던지고 리트리버에게 가져오라고 시키는 바버 출신 남자를 만나는 것만큼 끔찍한 일도 없다.

오페라의 마지막 막에서 피터 그라임은 막내 도제를 죽인 다음, 나이 든 어부로부터 바다로 떠나라는 명령을 받는다. 그는 작은 집회소마저 보이지 않을 정도로 멀리 나가 배를 가라앉힌다. 채찍 같은 북해의 찬바람, 해변 5마일 바깥에 떨어진 곳에서 명멸하기 시작하는 핵발전소의 불빛, 밀려드는 어스름을 벗 삼아 서 있으니 오페라의 상황을 재연해보는 것도 좋겠다는 생각이 들었다. 그래서 옷을 벗어버리고 햄블링Hambling에 안락하게 끼어 있는 리즈에서부터 내 자랑거리인 느릿느릿한 접영으로 수평선을 향해 힘차게 나아갔다.

그리고 새들러 웰스의 특별석으로 다시 돌아왔다. 친애하는 독자들이여, 맞다, 이는 그저 꿈일 뿐. 단, 트랙슈트를 입은 비대한 남자만 제외하자. 이 남자까지 가공해낸다는 것은 어불성설이니.

# 광명의 심장

런던 브리지에서 기차를 탔을 때, 아몬드 대니시를 집은 손가락이 끈끈해져 있었다. 나는 템스 강 어귀의 평지를 그 어느 때보다도 보고 싶었다. 바로 이 인터존에서 1980년대 후반, 인문 지리학과 자연 지리학을 해체하려는 내 목표가 시작되었다. 나는 템스 강이 북해로 흘러드는 지점을 한 번도 보지 못한, 보아도 직접 두 눈으로 보지는 못한 수백만 런던 시민들에게 뭔가 이상한 구석이 있다는 생각을 버려본 적이 없다.

콘라드의 『어둠의 심연Heart of Darkness』은 "거대한 강…… 꼬리를 땅에 묻고 똬리를 푼 거대한 뱀을 닮았다……"라는 문장과 함께 지옥 같은 여행기를 선보인다. 하지만 이 여정은 템스 강 저편에 자리 잡은 켄트 주 그레이브젠드에서 시작한다. 여기는 말로Marlowe와 그에게 귀를 쫑긋 세운 성원자들이 밀려드는 조류에 몸을 맡긴 돛단배, 넬리Nellie를 기다렸던 곳이다. 탁월한 *기상奇想*(문학에서 수사법 - 옮긴이)이다. 콘라드의 시절에는 더없이 익숙했지만, 그 이후로는 정신의 지도에서 빠져버린 장소에서 아프리카의 어두운 심장을 다룬 가장 유명한 이야기가 들려오는 중이다.

이러한 이야기를 이 지역에 정통한 주민들에게 할 필요까지는 없을 것이다. 이들은 리젠시 테라스를 한가로이 오르락내리락하며, 담갈색 강과 먼 해변에 있는 틸베리Tilbury의 컨테이너항을 이따금 바라본다. 나는 시간을 때워야 했다. 나는 런던

LEAST EXPECTED

브리지에서 안토니를 놓쳤고, 안토니는 내려야 할 정거장을 놓치고 메드웨이Medway 까지 가버렸다. 우리는 음파로 위치를 잡으며 강 하구의 동굴을 펄럭펄럭 날아가는 중년 남성의 얼굴을 한 박쥐처럼, 휴대전화로 서로의 방향을 탐색했다. 우리는 결국 시장에서 만났다. 천정을 덮개로 씌운 시장에서는 디지털 시계와 AAA 크기의 건전지, 스코티 리버 트리트Scottie's Liver Treats(개사료 브랜드 이름 – 옮긴이)와 강아지껌을 팔고 있었다. 이 모든 상품들은 테라코타로 만든 빅토리아 여왕의 돌출된 눈 밑에서 팔리고 있었다. 잭 러셀 종인 내 강아지 마글로리안Maglorian은 구형 배터리의 보루와 철물 소리의 향연 속에서 우리를 데리고 나왔다. 이 와중에 안토니는 몽블랑 산에 오를 계획을 누군가와 전화로 논의하고 있었다. 그의 에너지는 남달랐다. 전날 그는 마을의 화이트 큐브White Cube에서 가장 최근의 작품 〈창공Firmament〉을 공개했다. '확장된 마당'에 덩그러니 홀로 전시된 이 작품은 1,770개의 철제 부속과 1,019개의 철제 공으로 구성되었다. 카탈로그에서는 이를 가리켜 '인체의 형태를 함축하면서 하늘의 성운을 그려낸 집합적 매트릭스 구조체'라고 묘사했다.

내 눈에는 갤러리에서 탈출하고 싶은 거대한 철제 대들보 악동으로 보였다.

강둑은 이스트코트Eastcourt를 둘러 있었고, 우리는 숀Shorne과 하이햄Highham 습지를 당연스레 걸어보았다. 전방의 캔비 아일랜드Canvey Island 정유시설에서는 연기가 따분하게 퍼져 나오고 있었다. 이 장소가 왜 사람들의 시선을 끌지 못한 걸까. 분명 해변에는 플라스틱 포탄이 있지만, 진흙 속을 파는 굴잡이들도 발견할 수 있다. 그밖에도 이곳의 풍경은 영국에서 가장 유명한 문학 소재 중 하나다. 젊은 핍Pip이 『위대한 유산』의 도입부에서 매그위치에게 발견된 곳이 클리프 습지 아니겠는가.

지금, 탈출한 죄수들이 피난처로 삼았던 요새에는 소규모 보트 선단이 물에 잠긴 자갈 둑에 바싹 붙어 있었다. 그리고 2킬로미터 길이의 컨베이어 벨트가 시멘트 작업장을 향해 지면을 가로질러 골재를 운반하고 있었다. 죄수 수송선이 아닌, 거대한 중국 화물선이 하류를 향해 내려가고 있었다. 화물선의 갑판 위에는 VUD, PC, 플라스틱 피아노가 겹겹이 잠자고 있을 법한 컨테이너가 실려 있었다. 이 모든 제품은 상하이에 도달한 다음 잠에서 깨어 연주될 것이다. 콘라드의 소설은 끝을 모르는 세계화의 논리를 공격하는 초기 작품이었다. 소설의 주인공 커츠는 쓰레기로 가득 찬 유령선의 고요한 공포를 너무 잘 이해하고 있었다.

우리는 계속 걸어가 레드햄 습지Redham Marsh에 다다랐다. 푸르른 언덕배기와 짙푸른 골짜기가 실성한 텔레토비를 연상시켰다. 제2차 세계대전 당시의 대공부대가 주둔했던 죽음의 평지였다. 여행자들이 탄 조랑말이 길게 늘어선 규격화된 강화 콘크리트 탄약고 사이에서 풀을 뜯어먹고 있었다. 나는 안토니에게 내가 보유한 C형 간염 바이러스가 너비 50밀리리터의 20면체 방울 형태로 가시광선을 반사하지 못할 정도로 작아서 색을 띨 수 없다고 설명했다. 한때 말라리아가 창궐했던 살랑거리는 습지에서 하기에 딱 적합한 이야기였다.

우리는 내륙을 향해 걸어가 핍이 태어난 클리페Cliffe에 다다랐다. 강아지가 내 발치에서 돌아다녔다. 거대한 평원과 조그만 강아지라. 다시 도심으로 발걸음을 돌렸다.

"수면은 평화롭게 반짝였고 티 없이 맑은 하늘은 보드랍고 깨끗한 빛으로 충만했다. 에섹스Essex 습지에 깔린 속이 비치는 발광 원단 같은 느낌의 안개가 숲으로 덮인 육지의 고원과 속이 들여다보이는 듯한 습곡의 나지막한 해변에 드리워 있었다. 서쪽으로 펼친 어둠만 상류를 향해 나아갈까 망설이며 시간이 갈수록 짙어졌다. 다가오는 태양에 화가 난 것처럼."

# 2008년,
# 거대한 구토의 물결

아침식사를 하면서 이 글을 읽지 않기 바란다!

이 모든 사태가 어떻게 시작되었는지 그 누가 알겠는가. 미국 중서부 어딘가에서 평범한 집에 거주하는 세대주 한 사람이 변기에서 일어난다. 평범한 노동자인 조는 조금 무리했다. 그는 몸이 배출한 찌꺼기를 비우고 일어났다. 떠나보내는 편이 나은 그의 일부가 변기 속에서 회오리친다. 그, 그의 인생, 그의 아내, 그의 자녀, 그들의 이마에 맺힌 땀방울, 이 모든 것이 매입되고 매도하고 거래되는 대출채권의 산물이다. 이 대출채권은 파손 불가능한 블랙박스에 담겨 트리플 A 채권 등급을 획득한 다음, 지구 한 편에서 다른 편으로 여행한다. 우리의 조는 이 대출채권이 바닥나기 직전이라는 사실을 알고 있다. 창밖을 보니 차 한 대가 도로 경계석에서 기다리고 있다. 앞좌석에서 껌을 씹고 있는 두 남자는 다름 아닌 채권 추심원이다. 목이 남달리 두꺼운 이들을 보니 갑자기 비위가 상해 말로 표현하기 힘든 구역질이 밀려온다.

또 하나의 시나리오는 2008년 거대한 구토의 물결이 다른 곳에서 한꺼번에 개시되었으리라는 추측이다. 파리에서는 체기를 느낀 프랑스 은행의 평범한 채권 트레이더가 거래 계좌의 붉은색 글씨를 확인한 다음 생선을 곁들인 점심을 거하게 먹고 퐁피두 센터의 배수구 위로 허겁지겁 올라갔다. 그는 더 이상 보너스를 기대할 수 없었다. 미래의 마임 아티스트가 만든 샐러드, 베네룩스에서 영어를 배우러 온 하이에

나 같은 소녀들의 팔랑크스, 16me 군의 토박이에게 유리구슬을 팔러 지중해를 헤엄쳐온 서부 아프리카인들을 내려다보며 적색·흰색·청색 해류에 몸을 던지고 싶은 충동에 휩싸일 법도 했다.

위에서 아래로, 아래에서 위로, 2008년 거대한 구토의 물결이 계속되고 있었다. 주변에 쉽게 휘둘리는 존재인 인간은 근처에 아픈 사람이 있으면 덩달아 아프다는 느낌에 휩싸인다. 채권 추심원들은 한없는 구렁텅이 같은 자신들의 빚을 절감한 듯, 그랜드 체로키의 창문을 내리고 무작정 욕을 퍼부었다. 이러한 흐름은 교외 거리를 따라 구불구불 늘어진 병자들의 개울로 합쳐졌다. 절박한 주부들은 현관에 나와 독특한 신 냄새를 맡으며 소비지상주의에 대한 통제력을 상실했다. 그들은 기침을 하고, 한숨을 내쉰다. 구토의 양은 점점 늘어나 카펜터 고딕 스타일의 계단에 흘러넘쳐 개울로 흘러들어가 강물이 되고 급류로 발전했다.

파리에서는 채권 트레이더들의 토사물이 고인 거대한 웅덩이가 연인들과 현실주의자들을 강타했다. 자유, 평등, 박애 같은 그들의 섬세한 감정은 안중에도 없이. 토사물이 사방천지를 덮은 마당에 이처럼 고귀한 이상이 무슨 소용일까. 설상가상으로, 진폭을 이루며 밀려든 거대한 구토의 물결은 그랜드 불레바드Grands Boulevards를 따라 철썩거리고, 미국 본토에서는 기자들이 높은 곳으로 몸을 피했다. 그들의 큰 칼날로 콜로이드처럼 끈끈한 토사물을 휘저어 만든 소용돌이 속에 사람들의 행동거지가 녹아 있었다. 이 지역 상점에서는 10대들이 수영복과 버뮤다 반바지를 약탈했다. 거의 몸을 내던지다시피 서프 숍의 쇼윈도를 박살내고 보드를 탈취한 다음 곡면을 만드는 파도의 마루에 양 발가락을 전부 걸쳤다. 미드웨스트에서의 서핑이라! 오직 대재앙 속에서만 일어날 수 있는 일이리라.

기자들은 토하는 돼지가 담긴 사진을 기지국에 전송하고, 기지국에서는 이 사진을 묶어 방송망에 보내고, 방송망에서는 이들을 전 세계에 생중계한다. 아! 어리석은 인간들! 저런! 대체 언제 세계화라는 허상에서 벗어날 것인가! 대체 언제 당면한 일에 먼저 신경을 쓸 것인가! 병자들의 구역질나는 영상 또한 지구를 뒤덮는 구

역질의 물결이었다. 3G폰으로 인터넷을 검색하는 일본의 샐러리맨, 노변 카페에서 맥주를 마시는 브라질의 트럭 운전사, 텔레비전 가게의 쇼윈도 밖에서 어슬렁거리는 키쿠유 원주민 모두가 거대한 구토의 물결이 선사하는 무시무시한 영상을 지켜보며 경련을 느끼고 기침을 하며 한번 소화시켰던 것들이 무섭게 역류하며 풍기는 냄새를 맡았다.

별의별 것을 다 먹는 인간이라는 존재는 과연 무엇인가. 인간 말고 그 어떤 존재가 그저 구토를 다스리기 위해 쓰다듬고, 어루만지고, 보듬고, 안아주는 별의별 도움이 필요할까. 2008년 거대한 구토의 물결에서 가장 끔찍했던 일면이기도 하지만, 서구 사회와 부유한 지역에서 사람들은 가장 게워내기 원치 않았던 것들까지 게워냈다. 그들은 전자제품의 모서리가 식도를 긁을 때 타는 듯한 고통을 느꼈다. 하지만 다른 지역의 가난한 사람들은 게워낼 것조차 없어 헛구역질을 할 뿐이었다.

중앙은행의 고위임원들은 서둘러 유동성 위기를 논의하기 위해 모였고 각자의 토사물에 서로서로 발을 담그고 있다는 사실을 깨달았다. 점점 감당할 수 없는 단계로 치닫고 있었다. 방글라데시, 미크로네시아, 네덜란드는 토사물에 잠긴 상태였다. 특단의 대책을 신속히 발동하지 않는다면 인류 문명이 종말을 고할 위기였다.

쾅 소리가 아닌 '어어어어~' 같은 비명소리와 함께 사라질 것이다! 총리는 다우닝 가 10번지 총리 관저Number Ten Downing Street(다우닝 가 10번지에 위치한 영국 총리 관저를 의미하는 고유명사로 통용됨-옮긴이) 지하의 벙커에서 코브라(Cabinet Office Briefing Room A on Whitehall의 약자로 장관, 공무원, 경찰, 정보기관장이 비상 대응 상황을 위해 소집하는 위원회를 의미함-옮긴이)를 소집했다. 취임 후 몇 달간 그의 통솔력에 흠집을 안겼던 우유부단함의 흔적은 어디에서도 찾아볼 수 없었다. 역사의 평가에 온 신경을 곤두세운 위대하고 강인한 지도자의 모습만 있을 뿐이었다. 그는 경찰 간부들과 군 장성들에게 이렇게 말했다.

"여러분, 우리는 사람들이 구토를 하지 못하도록 막을 방법을 찾아야 합니다. 하지만 우선은……."

그는 말을 잇지 못하고 입을 막은 후 자리에서 일어나 회의실 밖으로 뛰쳐나갔다. 하나같이 구역질을 느낀 수많은 사람들 가운데 첫 타자로.

# 타넷과의 재회

브로드스테어스로의 여정이다. 4월이기에, 멱을 감지는 못하고 그저 바람만 쐬러 간 것뿐이다. 타넷 섬The Isle of Thanet은 늘 나에게 골칫거리를 안겨주었다. 이언 듀리 Ian Dury의 대사가 내 심정을 대변한다.

"나는 자넷과 마주쳤네/타넷 섬 근처에서/그녀는 가넷 같았지……."

킬번 하이 로드의 거장 시인이 영국의 꼬리뼈를 바닷새와 악독한 여인으로 완벽하게 요약했다.

물론, 이처럼 고급화되면서 유행만 따르는 지역은 찾기 힘들다. 이 마을에서 살았던 디킨스가 저술한 『피크윅 페이퍼스Pickwick Papers』에서는 등장인물 중 한 여성이 마게이트로의 일일 여행을 견디고 나서 브로드스테어스의 앨비언 호텔에 당도해 평화롭게 생을 마감한다. 디킨스는 마을의 친구에게 편지를 썼다.

"(이곳은) 과거에도 그랬고 지금도 그렇다. 내가 믿는 한 앞으로도 그럴 것이다. 싫증난 지성과 지친 본능이 선택한 리조트와 휴식처로 영원히 남아 있을 것이다. 선서 증인 디킨스에 따르면 이곳은 북적대는 세상의 모습과 소음을 찾아볼 수 없고 광활한 대양의 달콤한 속삭임과 휴식으로 가득 차 있다."

결국 그는 블리크 하우스Bleak House라는 엉뚱한 이름의 집을 구입했다. 이 집은 아직도 작은 말굽 모양의 만에 서 있다. 우중충하다는 느낌은 조금도 들지 않고,

중세 시대 기사의 가정에 깃든 성벽을 이룬 빅토리아식 환상 같은 분위기였다. 트랙 슈트를 입고 머리에 젤을 바른 마게이트와 람스게이트의 주민들이 흩어져 있는 이 마을로 무엇을 만들 수 있을까. 실제로 해변 전체는 여느 런던 동부의 외곽 같다는 느낌이 들 정도로 북적대는 세상의 정경과 소음으로 가득 차 있다.

모래로 덮인 만은 마을의 주된 정경을 차지했고, 지금까지 백암질 절벽과 테라스를 설치한 가옥들로 둘러싸여 있고, 해변까지 내려가는 엘리베이터는 백색 도료가 벗겨진 화장터 굴뚝 같은 모습으로 제1·2차 세계대전 사이의 미니 유람지와 함께 이곳을 빼곡히 채우고 있었다. 멋진 1950년대 젤라테리아의 외관을 간직한 모렐리라는 이름의 디저트 가게가 보였다. 이 가게에 걸린 기묘한 유화는 홍수가 성 마르코 성당까지 위협하는 베니스를 묘사하고 있는데, 그림을 쳐다보며 재이미 다저 선데이Jammy Dodgers sundaes와 카페인 거품을 살짝 넣은 머그잔 커피를 즐길 수 있다. 이는 아주 즐거운 경험임이 틀림없다. 가파른 하이 스트리트 위로는 튀김 음식 전문점과 중고품 가게, 도일의 심령 가게('마음을 여세요'), 오렌지색 사탕, 스피어민트 씨, 동그란 감초 과자를 파는 과자가게가 등장한다. '잘 보여요See Well'라는 간판을 내건 안경점도 눈에 들어온다.

우리는 칠 타임 카페의 차를 마시며 해변에서 많은 시간을 보냈다. 야심차게 금속을 탐지 중인 노인 하나가 닥터 후의 장비를 앞에 들고 모래밭에 비비며 해변을 걷고 있었다. 또 다른 남자 하나가 연골로 이루어진 귀에 헤드폰을 꽉 끼우고 모래가 뒤덮인 광맥에 시선을 고정시킨 채 걷고 있었다. 이런 재앙이 있나! 한 금속 탐지자가 다른 금속 탐지자를 찾고, 한 보석 탐지자가 다른 보석 탐지자의 지팡이를 찾았으니. 발견한 것을 누가 가져갈지를 두고 두 남자가 싸우는 사악한 활극이 뒤따랐다. 나와 아이들은 해변의 막사에 앉아 이 광경을 지켜보며 가넷처럼 웃음을 터뜨렸다.

행복한 정경이었다. 하지만 밤이 깊어오면서 타이어가 타맥을 긁고 혹독한 불협화음이 어둠 속을 채웠다. 나는 애완견을 데리고 공원을 걸었다. 빛의 흔적을 전혀 찾아볼 수 없었지만 많은 사람들이 여기에 있다는 것을 눈치챌 수 있었다. 대도시에서는 허겁지겁 몰래 무언가를 찾으러 오거나 남몰래 회합을 갖는 사람들이겠지만, 여기 브로드스테어스에 모인 사람들은 잘 깎아낸 잔디밭 위에 서 있는 시끌벅적한 10대들이었다. 휙 돌아 나를 바라보는 그들의 턱 밑에는 휴대전화가 밀착되어 있었고 희미한 조명이 어렴풋이 보이는 얼굴을 기묘하게 비추고 있었다. 한 녀석에게 가까이 다가가자 고르륵거리는 특이한 소음이 지속적으로 들려왔다. '꺼져버려, 꺼져버려, 꺼져버려'라고 읊조리는 수많은 파열음이 계속해서 들려왔다.

나는 브로드스테어스가 고풍스런 정취를 잃은 것이 헹기스트Hengist와 호사Horsa 탓이라고 생각한다. 이 두 덴마크인(독일인일 수도 있다)은 5세기에 켄트의 보르티게른Vortigern 왕으로부터 초청받았다. 경제 이민의 초기 형태였던 셈이다. 그로부터 1,500년이 지난 1949년에 똑같은 모형 배를 타고 당시의 여정을 재현한 현대판 가짜 바이킹들이 이들의 방문을 기념했다. 그들은 디킨스의 블리크 하우스 밑에 자리 잡은 모래밭에 상륙했다. 지역 자치 단체는 뜨거운 수프와 신선한 샐러드를 곁들인 찬 닭고기와 감자 요리를 푸짐하게 대접했다. 곧이어 조셉 무스칸트의 살롱 오케스트라가 반주를 맡은 경쾌한 무도 공연이 이어졌다.

하지만 마을 의원이 메인 베이Main Bay라는 이름을 바보같이 바이킹 베이Viking Bay라는 이름으로 바꾼 것은 불만이었다. 그들은 이 명칭이 영국과 덴마크의 관계를 돈독히 한다고 생각했을 것이나, 내 눈에는 마을의 주민들이 이따금 길길이 날뛰는 광경만 보였을 뿐이다. 런던으로 돌아오는 기차를 기다리면서, 나는 두 타넷 전사들이 승강장에서 나누는 담소를 엿들었다.

"엉덩이를 핥는 창녀와 다름없지. 그자에게 등을 돌리는 순간 입에 마약을 넣어 줄 거야."

그들은 스텔라 아토이스Stella Artois를 마시고 있었다. 이 맥주가 몹시 비쌌다면 얼마나 좋았을까.

METAL DETECTORS AT DAWN — 'Thanet be light!'

Ralph STEADman 2008

# 마글로리안

오스카의 말을 이렇게 바꿔볼 수 있다.

"애완동물을 닮아가는 사람들이 있다. 그 사람들의 비극이다. 애완동물을 닮아가지 않는 사람들도 있다. 이 또한 그들의 비극이다."

나는 이 독일 여성의 말이 제시하는 맥락에서 생각해본다. 나와 두 번 만난 적이 있던 그녀는 지금 내 아들과 함께 학교에서 집으로 가는 버스를 기다리는 클랩햄 교차로 인근의 도로에서 자신의 레온베르거들과 산책 중이다. 분홍색으로 염색한 숱 많은 머리칼이 허리를 두르다 보니 머리가 꼭 사자 같다는 느낌이 들며, 키 또한 5.2피트에 불과하다. 그녀와 산책하는 개들은…… 이 개들이 레온베르거라 불리는 것에는 이유가 있다. 개의 특징에서 벗어나지 못한 사자에게 붙일 수 있는 가장 적합한 이름이다. 이 개가 어떤 새끼를 낳느냐고 물었을 때 나를 향해 "레온베르거죠!"라고 대답했던(너무나 당연한 것처럼) 애완견에 미친 주인은 개들이 싼 똥을 푸기 위해 삽을 들고 외출해야 했을 것이다.

배터시 공원에서 밤에 마주쳤던 애완견에 미친 여성 또한 이보다 더하면 더했지 모자라지는 않았다. 그녀의 흰색 파마머리는 예쁘장한 얼굴 주변에 퍼져 있었고, 그녀의 들창코는 밤공기를 찾아 헤매고 있었다. 그녀의 발목 주변에는 일본의 코믹 만화 캐릭터나 개 모양의 텔레토비와 흡사한 다섯 생명체가 뛰놀고 있었다. 비숑 프리세Bichon Frisees라는 품종이었고, 그녀는 다섯 마리를 모두 지독하게 사랑했다. 너무 사랑해서일까. 남편이 한 마리만 더 키우면 이혼하겠다고 경고한 일화를 이야기할 때 그녀의 목소리에서 한기가 느껴졌다. 지금 여기 서 있는 나는 어느 날 밤 집으로 돌아와 개들이 내 저녁식사, 내 집, 내 가까운 장래의 수입 절반을 앗아간 상황을 지켜볼 수도 있다.

나는 자신이 갖지 못한 모든 가치를 의인화한 애완동물에게 담는 주인이 되지 않기로 맹세했다. 제1·2차 세계대전에서 사망한 동물들을 위해 '그들은 어떤 선택의 여지도 갖지 못했다'라는 추모비를 세우는 질리 쿠페스러운 얼간이가 되고 싶지는 않았다. 물론 죽은 동물들은 빌어먹을 선택의 여지를 전혀 갖지 못했고, 지랄 맞은 추모비에도 아무런 말 한마디 없었다. 하지만 나의 잭 러셀, 마글로리안을 언급하자면, 이 녀석은 개라기보다는…… 털북숭이 아기 같다. 몇 주 전, 《데일리 텔레그래프Daily Telegraph》에는 침대에서 애완견과 함께 잠을 이루는 사람들이 질병의 위험에 노출된다는 기사가 실렸다. 하지만 기사 말미에는 애완견보다는 애들한테서 좋지 않은 것이 옮기가 더 쉽다고 인정했다.

나, 윌 셀프의 집 또한 별로 다를 것 없다. 개, 아이들, 모두가 결국 거대한 이불 텐트에서 지내고 있지 않은가. 우리의 친애하는 신임 런던 시장의 가정생활도 별반 다를 것이 없으리라. 분명 애완견들은 기타 방면에서 아이들보다 우세하다. 이들은 답변하기 불가능한 질문을 반복하지 않는다. 두 단어로 표현하자면 이들은 결코 자라지 않는다. 더욱 좋은 것은 산보 나가기를 진심으로 즐긴다는 점이다.

하지만 고백할 것이 있다. 나는 마글로리안에 관해서라면 잔인무도한 구석이 있다. 이 녀석을 수의사에게 서둘러 데리고 가 고환을 떼어냈다. 이 녀석이 온순하고 가정적이 되기를 바랐기 때문이다. 나는 이 녀석이 꼬리치는 이웃의 헤픈 암캐와 교미하지 않고, 훌륭한 카운터 테너 짖음이가 되기를 바랐다. 이것 말고 다른 의미도 있다. 개는 자신도 축구를 할 수 있다는 망상에 사로잡혀 공원에서 공을 끊임없이 찾아올 것이다. 이 광경을 재치 있게 표현할 수 있다.

'개가 네 공을 원하고 있어…… 음경 아래 달린 공을 잃었기 때문이야.'

아. 공원에서의 삶이라. 나는 이를 지겹도록 경험했다고 생각했다. 그레이터 런던 시의회를 위해 20대를 공원에서 일하며 보냈다. 이후 20년 동안 생산한 자녀들은 아직 학교에 갈 나이도 아니다. 나는 마글로리안을 하루에 세 번씩 산보시키며 공원뿐 아니라 공원을 찾는 단골손님들과도 몹시 깊은 관계를 맺었다. 공원이 있는 곳에는 나 말고 다른 애완견 주인들이 있게 마련이다. 부연하자면 이들은 우리가 사는 사우스 런던에서 장식이 박힌 목걸이를 단 무섭게 생긴 커다란 개를 개줄로 끌고 가는 사람들이다. 문신/금이빨/금팔찌/금목걸이/권총을 찬 개 주인들은(내키는 대로 이 단어들 가운데 몇 개를 지워도 좋다) 이렇게 소리 지른다.

"이리 와!/이 녀석/예쁘지!"

물론 마찬가지로 지우고 싶은 단어가 있으면 지워라. 솔직히 정력적인 개로 위장한 불능의 촌극이 내 분노를 자극하면서 스태포드샤이어 불테리어Staffordshire Bull Terrier와 불마스티프Bullmastiff의 잡종 주인을 기꺼이 안락사시킬 수도 있을 것 같다.

음, 개 주인들에게 말을 걸어보면 아주 온화한 사람들이라는 인상을 받는다. 털북숭이 아이들에 대해 부드럽고, 자애롭고, 사랑스러운 말밖에 할 줄 모른다.

"우리 강아지는 싸움을 할 줄 몰라요. 아이들과도 잘 놀아요. 이 녀석을 보면 너무 즐거워서 눈을 뗄 수가 없을 정도예요."

그래, 눈을 뗄 수 없다 못해 아무것도 보지 못할 지경이다. 게다가 공원의 나무에 껍질이 남아나지를 않는다. 소이탄이 근처에서 폭발한 것 같은 착각을 불러일으킨다. 대공습이 있기 전, 이 탁 트인 공간이 테라스로 덮여 있었다는 것을 상기하면 아주 적절한 비유인 셈이다.

오직 드는 한 가지 의문은 사람이 개에게 육아 기술을 가르쳤는지, 개가 사람에게 육아 기술을 가르쳤는지다. 오스카만이 답을 알 수 있으리라.

# 랠프에게 총을 쏘다

뉴욕에 있는 랠프를 두고 불편한 이야기를 해볼까 한다. 대체 언제쯤이면 랠프를 걱정하지 않아도 될지 모르겠다. 우스꽝스럽게도 그는 맨해튼에서 스테이튼 아일랜드 Staten Island까지 친구들 한 무리를 페리 선에 태워가기로 마음먹었다. 모든 규범을 깨뜨리는 데 혈안이 된 랠프답게, 1970년 처음 미국에 갔을 때 5센트였던 승선료가 500배는 올랐을 것이라 지레 짐작하면서 요금을 내지 않아도 될 방법을 찾고 있었다. 하지만 부끄럽게도 아일랜드 사람들의 자존감을 북돋아 표심을 잡으려는 블룸버그 시장의 보조금 덕에 페리 선은 전액 무료였다.

스테이튼 아일랜드가 '잊힌 자치구'로 알려진 데는 이유가 있다. 제2차 세계대전 중 이곳은 사실상 일본인들이 점령하고 있었다. 뉴욕이나 워싱턴에서는 이러한 상황을 전혀 모르고 있었다. 일본군은 이곳에 상당 기간 주둔했고, 군인들 중 상당수는 무기를 내려놓았다. 당시 섬의 남부에 퍼져 있는 낙농장과 양계 농가에서 일하는 군인들도 있었고, 매디슨 애비뉴에서 더 폼이 나는 일을 맡는 군인들도 생겼다. 체임 메드베데프Chaim Medvedev의 『떠오르는 태양 : 일본 제국군과 비누 가루Rising Sun: The Imperial Japanese Army and Soap Powder』에 이러한 내용이 잘 나와 있다.

하지만 하고 싶은 이야기는 따로 있다. 화제를 돌려보면, 랠프는 자신을 부끄럽게 만들었던 무료 페리 선에서 내려 40년 전에도 그 자리에 있었던 바를 찾아 들어갔다. 신고전주의의 정취를 풍기는 아담한 스테이튼 아일랜드 대법원 건물 밖에서 랠프는 자신을 '존'으로밖에 소개하지 않는 신사에게 말을 걸었다. '존'의 말에 따르면 '변호인의 소임'을 수행하는 중이고, 진행 중인 재판의 휴정 시간을 이용해 담배를 피우고 있었다. 랠프는 야한 베르사체와 타이에 샤프한 이탈리안 정장을 입고 바가지형 선글라스를 낀 그의 말을 곧이곧대로 믿고 클리퍼 바 앤 레스토랑으로 자리를 옮겼다.

오늘날의 립 반 윙클Rip Van Winkle로 표현될 랠프는 섬에 들어선 새로운 건축물에 살짝 정신을 잃을 지경이었다. 그가 마지막으로 이곳에 왔을 때 낡은 아르 데코 빌딩만이 부지를 차지했을 뿐이다. 지금은 '선진국' 어디에서든 볼 수 있는, 철과 유리로 만든 낡은 네모 건물과 별반 다를 것이 없다. 그렇긴 해도, 랠프와 그의 잔당들은 클리퍼에 머무르며 '밥'이라는 이름의 쾌활한 친구와 대화를 나눴다. 겨드랑이 아래로 우람한 가슴이 솟은 그는 가죽 윈드치터를 입고 있었다.

미국 국기가 그려진 맥주잔 받침이 바 여기저기에 흩어져 있었다. '밥'은 이 잔받침에 끊임없이 무언가를 휘갈기는 랠프에게 무척이나 끌리는 것 같았다. 밥은 잔받침이 무더기로 쌓일 때까지 랠프에게 계속 가져다주었다. 이 와중에도 클리퍼 바는 이들 주변에서 영업을 계속했다. 랠프는 햄버거를 주문했고, 한 여자가 들어와 소리를 질렀다.

"햄버거 두 개 주문합니다. 혹시 렐리시 있어요?"

뭔가 도와주려는 생각에 랠프는 손을 뻗어 케첩을 들고 별 악의 없이 이렇게 물었다.

"이게 렐리시인가요?"

"지금 장난해요? 그건 렐리시가 아니죠!" 그 여성은 이렇게 딱딱거렸다.

"미안해요." 비록 입양아지만, 영국인 부르주아 계급에 속한 랠프는 이렇게 대답했다. "몰랐어요."

"꺼져버려요!" 그녀는 이렇게 쏘아붙였고, 이때부터 모든 사태가 시작되었다.

AMERICAN SUNSET

TEN ISLAND BEER MAT    Ralph STEADman 2008

"지금 엄연히 미국 시민권자인 이탈리아인들을 모욕하시는 건가요?"

'밥'은 공격적인 투로 랠프 쪽을 향하며 이렇게 말했다.

"아, 그럴 리가 있나요." 랠프는 이렇게 대답했다. "별생각 없이 말했을 뿐이에요. 하지만 나에게 모욕을 줄 의도였다면 성공했다고 말하고 싶네요."

"네, 모욕을 받아 마땅하죠."

'밥'은 주문 제작된 랠프의 잔 받침 하나를 집어 들고 이렇게 말했다.

"똑바로 보세요. 이 작은 공간에서 당신은 스테이튼 아일랜드를 모욕하고, 성조기를 훼손하고, 미국 내의 모든 이탈리아 여성들을 비하했어요."

"비하라고 하셨나요?"

"네, 비하했죠. 비하라는 말이 어때서요?"

"아뇨, 그저 이 바에서 쉽게 들을 수 있는 말은 아닌 것 같아서요."

"더 이상은 못 참겠으니, 여기서 나갑시다!"

이 말과 함께 '밥'은 재킷 안쪽에서 섬뜩하게 생긴 권총을 꺼내 저쪽을 가리키며 랠프에게 나가자는 의사를 표시했다. 두말할 필요도 없이 랠프의 무임승차 친구들은 조용히 사라졌다.

클리퍼를 나와서는 '존'이 합세했다. 그리고 이들 마피아 단원(이것이 랠프도 인정한 두 사람의 실체였다) 두 사람은 랠프를 플랭클린 델라노 루스벨트FDR 보드워크에 세우고 걸어가라고 명령했다. 랠프는 "FDR까지 보드워크를 이용하는 효용은 무엇일까요?"같이 썰렁한 농담을 풀어냈다. 하지만 성난 스테이튼 아일랜드인의 엉망인 기분을 되돌릴 수는 없었다.

총에 맞을 운명이 곧 다가옴에도, 랠프는 여전히 주변을 두리번거리며 자치구 다섯 곳 중에 가장 큰 교외의 전원에 감탄을 금치 못했다. 라투렛 파크Latourette Park를 지나 토드 힐Todt Hill이라는 으스스한 이름의 언덕을 오르면서 비로소 한번 싸워봐야겠다는 생각이 들었다.

310

"이봐요, 내 말 좀 들어보세요. 아시다시피 내 그림을 보면 국적, 종교, 민족, 성적 성향에 관계없이 모든 사람들을 모욕하고 있어요. 기회의 땅인 미국을 사랑하는 국민으로서 내 목숨을 빼앗을 기회를 다른 단체에게 주는 편이 좋지 않겠어요?"

'존'과 '밥'은 이 말을 듣고 잠시 생각해보았다. 그들은 지금까지도 이 문제를 고민하고 있을 테지만, 랠프는 간신히 도망쳐 쓰레기차 뒤에 몸을 숨겼다. 휴!

# 비버리 힐스의 노숙자

아무도 로스앤젤레스의 노숙자들에 대해 이야기를 하지 않는다. 집단적인 거부감이 있다는 것이 내 느낌이다. 적수가 없이 광대하면서도 희한할 정도로 개인적인 거대도시에서 집이 있는 사람들은 집이 없는 것이 그렇게 나쁘지만은 않다고 생각하는 경향이 있다. 실로 날씨가 늘 좋고, 벤치도 있고 70마일이 넘는 백색 모래밭이 펼쳐져 있다. 집 없는 사람은 밖에서 지내며 거리를 거닐 수 있다. 유가가 치솟으면서 7마일이 넘게 펼쳐진 튜더식 건물, 스패니시 미션Spanish Mission, 유선형 모더니즘 Streamline Moderne을 관리하다가 배를 곯는 사람들도 있지만, 이들은 하버 프리웨이 Harbour Freeway에서 몇 시간씩 방해받지 않고 한가로이 앉아 있을 수 있을 테니.

하지만 현실은 다르다. 도시를 덮고 있는 양탄자가 사막을 향해 뻗어 있는 형국이다 보니, 밤에는 수은주가 급강하한다. 그 결과 노숙자들의 피부는 낮에 달아올랐다가 밤에 냉각되면서 얼굴이 태닝된 가죽처럼 그을린다. 어둠 속에서 그들은 고가도로 밑에 옹기종기 모여 있다가 해가 뜨면 도마뱀처럼 보도의 열을 빨아들이려 하나둘씩 모습을 드러낸다.

나는 로스앤젤레스에서 수많은 노숙인과 마주쳤다. 로스앤젤레스에 머물던 모든 시간을 시속 3마일로 걸어가며 길 위에서 보냈다. 나는 로스앤젤레스 공항에서 출발해 볼드윈 힐스Baldwin Hills, 크렌쇼Crenshaw, 웨스트 아담스Wast Adams와 사

312

우스 센트럴South Central을 거쳐 도심으로 걸어갔다. 그 다음부터는 에코 파크Echo Park, 윌샤이어 거리Wilshire Boulevard, 페어팩스Fairfax와 멜로즈Melrose를 거쳐 할리우드로 발걸음을 향했고, 계속해서 비벌리 힐스를 거쳐 컬버 시티까지 걸어갔다가, 그 이후로는 발걸음을 돌려 걸어왔던 길을 밟았다. 남은 일정이 허락된 토요일에는 할리우드를 가로질러 러니언 캐니언 파크Runyon Canyon Park를 지나 멀홀랜드 드라이브Mulholland Drive에 다다랐고, 여기에서 방향을 바꿔 로렐 캐니언Laurel Canyon에 마지막 발을 디뎠다.

마지막 날이 가장 길었다. 나는 선셋 불레바드Sunset Boulevard에서 산타 모니카Santa Monica로 걸어간 다음 해변을 따라 마리나 델 레이 주변의 베니스에 다다랐고, 발로나 웨트랜드Ballona Wetland를 지나쳐 공항으로 돌아왔다. 집에서 파인우드 스튜디오Pinewood Studio를 거쳐 히드로 공항까지 걸어간 적도 있지만, 이날의 여정이야말로 도시를 두 발로 걸었던 가장 긴 여정이었다. 그리고 800개는 물론이고, 8,000개의 단어로도 이 경험을 완벽히 풀어낼 수가 없다. 아마도 『할리우드까지 걸어가기』라는 제목으로 책을 한 권 써야 할 것이다. 쓰기만 하면 의심의 여지 없이 레오나르도 디카프리오가 주연을 맡는(물론 대역배우가 걷는 행위를 담당하리라) 히트 영화로 제작될 것이다.

여기서 잠깐, 영화의 한 장면을 상상해보자. 여정의 마지막 구간에서, 툭 튀어나온 정박지를 뒤로하고 링컨 불레바드Lincoln Boulevard를 따라 출발해 탐욕을 연상시키는 할리 데이비슨 매장과 대폭 할인 중인 왁싱 숍, 화살 모양으로 만든 거대한 카드보드 부동산 광고지를 빙빙 돌리는 청년들 앞을 지나쳤다. 내리쬐는 햇빛은 손가락으로 변해 내 귀를 집는 것 같았고, 도로 포장재가 신발 밑창을 때릴 때 수천 대의 에스컬레이드가 내뿜는 배기가스가 내 얼굴을 강타했다. 공포가 물밀듯 밀려왔고 보행로가 사라지면서 아스팔트의 검은 숲 한복판에 있는 나를 발견했다.

다행히도 베르길리우스가 자동차의 지옥에서 나를 구해주려 나타났다. 정확하게 말하면 그의 이름은 존이었다. 아담하지만 야무진 몸매를 자랑하는 그는 회색 머

WILL WALKS THE CITY OF DREAMS

리칼, 황색 베스트, 카키 반바지와 가죽 배낭 차림이었다. 그는 적당히 쇼핑을 즐기러 베니스에 다녀왔고 지금은 집으로 걸어가는 중이었다. 그래, 정말로 걸어가는 중이었다.

"걷는 것은 내 생활이에요." 그는 종종걸음으로 길가를 걸어가며 이렇게 말했다.

"캘리포니아에서는 행인이 우선보행권을 갖고 있어요. 운전자들도 이를 잘 알기에 행여 당신과 부딪히기라도 한다면 바로 뺑소니를 칠 거예요. 보행자를 치면 아주 괴로운 상황이 닥치거든요."

존은 습지 위에 솟은 절벽의 끝자락에 살고 있었다.

"나는 이 집에서 27년을 살았어요." 그는 이렇게 말했다. "여기로 이사 왔을 때 늪지가 독을 내뿜고 있었죠. 하지만 로욜라 빌리지Loyola Village를 조성한 부동산 개발업자들이 개발약정의 조건에 따라 늪지를 정비해야 했어요. 그들이 아주 잘해주었다고 생각해요."

정말 그랬다. 몹시 축축해 보이는 습지는 로스앤젤레스의 더러운 콘크리트 속에서 반짝이는 청록색 보석 같았다. 물론 발로나에서는 기묘한 심령의 흐름이 감지된다. 로스앤젤레스 시민들은 불길한 기운이 풍길 수 있다는 이유로 인디언 매장지를 발견한 것이 마음에 들지 않았던 모양이다. 발로나에는 수십 년간 수많은 개발업자들이 드나들었고, 하워드 휴Howard Hughes 또한 이들 중 한 사람이었다. 그는 1930년대에 이곳에 항공사를 설립하고 2마일 길이의 활주로를 건설하는 한편(세계에서 가장 긴 활주로다), 단 한 번 비행하고 말았던 악명 높은 거대 수상비행기, 스프루스 구스Spruce Goose를 직접 몰았다.

존과 내가 절벽을 떠나자 오솔길과 인도가 다시 나타났다. 존은 오솔길로, 나는 인도로 걸었다. 최소한 모텔, 주유소, 골프 코스를 지나 공항으로 걸어가고 있는 사람이 나라고 생각했다. 아니면 레오나르도 디카프리오였을 수도 있다. 그는 마틴 스콜세지의 영화 〈에비에이터〉에서 하워드 휴를 연기하지 않았던가. 그도 그럴 것이, 나는 차에 치여 죽을 고비를 넘기는 것보다 스턴트를 하는 쪽이 조금은 더 재미

있을 것이라고 생각했다. 휴가 머리를 깎고 손톱 자르기를 두려워할 수도 있으나, 그렇다고 그가 정말 노숙자인 것은 아니었다. 그저 종종 집을 떠나는 방랑자의 모습에 가까울 뿐.

# 미친 마스터셰프의 티 파티

노스코테 로드Northcote Road에서 컵케이크 가판대를 펼친 남자가 내게 컵케이크 하나를 권했다. 내가 돈을 주려 하자 그는 이렇게 말하며 손사래를 쳤다.

"아니에요, 당신이 쓴 '사이코지오그래피' 칼럼에 대한 최소한의 보답이에요."

팬들의 선물이 이 이상을 넘어가서는 곤란하다. 일부 작가들은 옷을 벗고 달려드는 여성 팬들을 거느리기도 한다. 나는 달콤한 아이싱을 곁들인 캐러브 컵케이크를 건네받았다. 책망하려는 취지는 아니지만, 나는 랠프가 수많은 팬들로부터 아무런 선물도 받지 못했다는 사실을 알고 있다. 하물며 그가 컵케이크에 관한 글을 읽는다면 분명 자신의 지분을 요구할 것이다. 하지만 이미 늦었다. 나는 명물 꿀가게와 멋쟁이 프랑스 아동복 가게를 섭렵하는 부르주아 부모들을 응시하면서 그 자리에서 컵케이크를 모조리 먹어치웠다.

사우스 런던에서는 클랩햄의 노스코테 로드 인근 지역을 '내피 밸리Nappy Valley'라는 이름으로 부른다. 여기에서는 뭔가 모르게 규격화된 삶의 방식을 권장하는 것 같다. 주변을 둘러봐도 고주망태가 된 사람은 전혀 보이지 않는다. 단, 여기 컵케이크 가판대를 편 사람만은 예외다. 이 사람의 입에서는 전혀 예상치 못한 말이 이어진다.

"몽테뉴가 말한 것처럼 철학을 한다는 것은 곧 죽는다는 것과 마찬가지야."

비슷한 생각을 품었던 적이 있지만, 컵케이크 가판대 주인에게서 이런 말이 나오리라고는 상상하기 힘들다. 하지만 딱 그 정도에서 마무리하는 점이 더 놀라웠다. 그는 사람이 빵만으로는 살 수 없다는 오랜 격언을 덧붙였으나, 그렇다고 형이상학적인 기 수련가가 되지는 않을 것 같았다. 실제로 컵케이크 장수가 언급한 몽테뉴의 말을 곱씹을수록 이런 생각이 들었다. 세계화의 물결이 세상에 대한 인식과 소비의 패턴에 미치는 영향을 철저히 비판하려는 움직임이 있지 않은가. 컵케이크 장수가 이러한 비판의 작은 일부를 가판대 밑에 숨겨놓은 것이 아닐까.

무슨 말인즉, 제이미 올리버Jamie Oliver 같은 요리연구가들이 뚱뚱한 서민들을 위해 호들갑을 떨며 건강식을 권하면서 슈퍼마켓 체인점으로부터 광고비를 챙기는 것이 신경에 거슬리지만, 장인 정신으로 요리에 정직하게 매진하는 컵케이크 장수에게 무엇을 해주어야 할지 고민하기도 싫다. 내 눈에 보이는 컵케이크 장수는 밤을 새며 자신만의 노하우를 갈고 닦는다. 두 손은 아이싱에 덴 화상 자국으로 뒤덮여 있고, 창고의 구석에 놓인 텔레비전(컵케이크 작업대 위쪽에 올려놓았다)에서는 올리버, 램세이Ramsay, 슈타인Stein, 펀리-휘이스톨Fearnley-Whittingstall, 블루멘탈을 비롯한 저명한 요리사들이 에어드리안 염소 치즈로 만든 수플레를 향해 욕을 퍼붓고 있다.

헤스톤 블루멘탈Heston Blumenthal(이름이 아주 가관이다. 그의 부모님이 고속도로 휴게소를 이용하고 나서 아들 이름을 고속도로 휴게소 이름을 따다 지어야겠다는 생각이 들었다고 한다), 그는 자신이 등장하는 텔레비전 쇼에 나를 초청한 적이 있다. 그는 뭐니뭐니해도 이 방송에서 '21세기의 싫증난 입맛을 유혹'하기 위해 옛 요리를 재창조한다. 헤스톤, 하지만 내 입맛은 아직 싫증이라는 것을 경험하지 못했다. 늙고 살찐 얼간이의 생각에는 음식이란 싫어도 꾸역꾸역 먹어 똥으로 변할 것에 불과해, 음식에 너무 많은 신경을 쓴다면 분변기호증을 한 박자 앞서 표출하는 것에 불과하다.

그래도 뾰족한 체더치즈 한 조각, 오트케이크 몇 개, 아삭거리는 사과와 캐러브 컵케이크를 받으면 행복한 사람이 되고 만다. 나는 한때 미식가 친구를 만나 식사 메뉴를 몇 끼까지 미리 생각해놓느냐고 물어보았다. 그는 잠시 생각에 잠기더니 이렇게 대답했다.

"하루 정도 끼니를 미리 생각해놓을 때도 있지만, 대부분 최소 한 주는 계획을 짜놓지."

한 주라! 세상에! 한 사람의 배를 채우기 위해 이 같은 선견지명의 역량을 모은 다는 것은 인류가 60억 마리의 메뚜기가 되어 지구의 동식물군을 먹어치우는 현실 과는 극명히 대비된다.

나는 대서양 어장의 고갈을 기념하는 방편으로 마스터셰프의 티 파티를 열 어 모든 지인들을 초대하고 싶다. 대서양의 어족 자원이 고갈되는 시점까지는 겨우 10년 정도밖에 남지 않았다. 그래서 지금부터 이러한 파티를 계획하는 편이 좋다. 우리는 모든 요리연구가들의 에이전트에게 연락을 넣어 약속을 잡고, 얼음 위에 모 든 종류의 생선을 펼쳐놓을 필요가 있다. 이 모든 작업이 가능할 적합한 장소를 확 보해야 한다. 터봇 홀Turbot Hall(넙치 강당) 같은 넓은 장소라면 안성맞춤이다…… 미 안. 테이트 모던Tate Modern의 '터빈 홀'을 잘못 발음했다.

나는 마지막 남은 대구, 가자미, 가재, 고등어 등이 늙다리 손님의 입으로 들어 가서는 안 된다고 생각한다. 우리들 가운데 최고의 입맛을 가진 이들이 맛보아야 한 다. 다 먹고 나면 이들은 자리를 옮겨 멸종 위기에 놓인 다른 수산물을 맛볼 것이다. 몽테뉴는 틀렸다. 철학하는 사람이 죽음의 길을 걷는 것이 아니라 풍자하는 사람이 죽음의 길을 걷는 것이다. 어느 정도는 맞는 말이다. 한편 위대한 셰프들은 다음과 같은 맛있는 격언의 진리를 몸소 증명한다. 당신이 먹는 것, 그것이 바로 당신입니 다. 그들은 모든 것을 준비하고 모든 것을 먹기에 그들이 바로 이 세상인 것이다. 나 에게도 해당되는 구석이 있을까. 나는 곧 달콤한 맛의 아담한 컵케이크다. 그렇지 않 은가.

# 뜨거운 사타구니

사우나 또는 한증탕은 모든 형태의 여행 가운데 가장 지역화한 여행이라 할 수 있다. 점점 줄어드는 적도의 우림에 가기 위해 비행기를 타는 수고를 감수할 필요가 없다. 여기의 여름 날씨는 최악이기 때문이다. 그저 근처에 있는 레저 센터로 걸어가 탈의실에서 작업복으로 갈아입고 이 기후에 푹 빠져 있으면 된다. 운영이 잘되는 사우나는 사하라나 나미브 사막과 동일한 습도를 유지한다. 콧물로 회칠한 것처럼 보이는 타일, 방향유를 바른 수많은 엉덩이를 지탱해 삐걱거리는 소리를 내는 벤치들만 제외하면, 건조한 눈을 가늘게 뜨고 철망 뒤에 숨은 안전등을 보면 불빛이 작렬하는 둥근 태양으로 보일 것이다. 온도를 확 올리고 돌에 물을 충분히 끼얹으면 실내에 희한한 신기루가 나타난다. 그러면서 시원해 보이는 목욕통의 이미지 또한 사우나의 모퉁이에 나타나고, 이를 보면 당장 뛰어들고 싶은 마음이 든다(하지만 실제로는 떨어진 머리카락 뭉치가 널브러진 축축한 목욕통일 뿐이다). 이 환상을 더욱 펼치고 싶다면 적당한 책을 들고 들어가면 더욱 좋다. 나는 배터시에 있는 래치미어 레저 센터의 사우나에서 로렌스의 『지혜의 일곱 기둥The Seven Pillars of Wisdom』이나 세시저의 『아라비아 사막Arabian Sands』을 몇 시간씩 읽었다.

축축하고 비옥한 우림에 푹 빠져 있고 싶다면, 한증탕을 찾아가는 게 어떨까. 인공 기후가 만든 뿌연 환경은 미심쩍은 마음을 한결 가볍게 만들어준다. 나는 종종 주말 낮에 퀸즈웨이의 포체스터 대중탕에서 시간을 때우곤 했다. 이 대중탕이 새 단장을 하기 전이었는데, 이때만 해도 위층이 갈색 우드 패널로 덮인 채 낡은 전기 샹들리에가 장식되어 있었다. 넓은 실내의 측면에는 침대 겸용 소파가 들어 있는 커튼을 친 부스가 늘어서 있었고, 종종 비대한 이스트 엔드 출신 택시기사가 땀이 맺힌 육중한 가슴을 자랑하며 부스에서 나와 베이즈가 덮인 카드 테이블에 앉아 브래그 한 판을 즐기는 동료 세 명 사이에 합류하는 모습을 볼 수 있었다. 털북숭이 후궁들로 가득 찬 감각적인 후궁의 방을 완성하듯, 젤리나 커스터드 같은 이국적인 샤벳을 창구에서 주문할 수 있었다.

아래층에는 전신욕탕이 설치되어 있었고, 욕탕 너머로는 한증탕이 세 개나 보였다. 각 한증탕마다 발산하는 증기량이 달랐고, 가장 뜨겁고 가장 많은 김을 발산하는 탕에서는 슈마이스의 의식이 거행되고 있었다. 택시기사들이 의식을 행하듯 서로를 뜨거운 비눗물에 담근 라피아야자 섬유 브러시로 밀어주고 있었다. 슈마이스의 의식은 20세기 초 유럽 동부에 거주하는 유대인들이 이스트 엔드로 도입했는데, 브러시가 풀로 엮은 스커트를 닮은 것을 보면 분명 의식은 의식인 모양이다. 슈마이스의 우렁찬 목소리를 듣고, 이들의 건장한 핑크색 갈빗대가 운무 속에 돌아다니는 것을 지켜보며 레비스트로스의 『슬픈 열대Tristes Tropiques』를 읽고 있으면 요포에 취한 보로로족 무리와 더불어 아마존의 심장부에 있다는 상상에 빠질 수 있다.

아나나 다를까, 내 사우나 경험은 장소를 두고 변덕을 일삼는다. 최근 몇 년간 나는 핀츨리 로드에 있는 사우나를 즐겨 찾았다. 이 사우나는 코즈모 레스토랑 옆에 있는데 이곳에서는 마음속에서만큼은 비엔나를 떠나고 싶지 않은 사람들 옆에서 비너 슈니첼Wiener Schnitzel(송아지 고기로 만든 커틀릿─옮긴이)을 즐길 수 있다. 이 사우나 시설은 24시간 문을 여는 터라 1년 가운데 가장 추운 한밤에도 찾아와 리우데자네이루의 사타구니에 고개를 처박고 있을 수 있다. 비유하자면 그렇다는 말이다. 과거에는 그랬고, 지금도 그렇다고 믿고 있지만, 단연코 성매매나 성관계가 이루어지는 곳은 아니다. 섹스 관광을 즐기는 사람들은 외곽의 이름 없는 쇼핑 거리를 찾아 사우나라는 대문자 광고가 붙은 판유리 문을 열고 들어가 얇은 타월 밑에서 손을 이용한 '부가적인' 서비스를 경험할 수 있다. 이는 여느 섹스 관광 이상으로 흥미진진한 일이다.

내가 겪었던 이와 가장 유사한 경험은 전문 마사지사의 매운 손길이었다. 나는 페즈에서 카파도치아를 왕복하는 여정에서 터키식 목욕탕에 들어가 온몸을 난타 당했다. 늘 오븐에 들어갈 준비를 마친 피자 도우가 된 느낌이었다. 지금은 고인이 된 아서 턴블과 함께 델리에 있는 유명한 오베로이 팰리스Oberoi Palace에 머물렀던 적이 있다. 여기에서 우리는 마약의 숙취에서 벗어나기 위해 사우나와 마사지를 하자는 아이디어를 떠올렸다. 장미를 띄운 물에 맘껏 들어가는 등 안수가 시작되기 전까지는 모든 것이 계획대로 흘러갔다. 이어 예쁘장한 소년이 들어왔다. 독자들이여, 그가 나를 조종하려 할 때 나 자신을 자제했다는 말로 얼굴이 붉어지는 상황을 방지해야겠다. 나는 핀츨리 로드에 있다는 단순한 상상을 통해 세시저 또한 인지했을 법한 스토아학파식 금욕주의를 보여주었다.

# 연안의 표류자

나는 이스트 요크셔East Yorkshire의 홀더니스Holderness 해변을 따라 플램버러 헤드 Flamborough Head에서 스펀 헤드Spurn Head까지 걸어가보겠다는 계획을 세웠다. 총 거리는 45마일, 사흘이면 충분할 것이다. 왜 굳이 이 해변을 택했을까. 황토나 진흙 으로 구성된 이곳의 토양은 마지막 빙하시대에 퇴적되었고, 그 이후로 연안의 물결 이 남쪽으로 쓸고 내려갔다. 홀더니스는 사실 유럽에서 가장 빨리 침식되는 해안으 로, 해마다 6피트 정도가 북해로 씻겨 내려간다.

나는 어릴 적 BBC방송의 시사 프로그램 〈네이션와이드Nationwide〉를 시청했 던 기억이 생생하다. 이 방송은 1970년대 헤어스타일(이마 위로 비대칭하게 녹아내린 아이스크림 같은) 차림의 소탈한 진행자, 마이클 바랏Michael Barratt이 진행했다. 그는 방송에서 절반만 남은 방에 앉은 불쌍한 집주인들을 인터뷰했다. 사라진 절반은 허 공으로 날아간 상태였다.

"믿을 수가 없어요."

집주인은 과장된 모음이 특징인 요크셔 사투리로 이렇게 말했다.

"작년에 겨우 UPV 창문을 달았는데 지금 벌어진 사태를 한번 보세요!"

열두 살 어린아이라도 이 질문에 다른 답을 하기는 힘들었을 것이다.

"대체 왜 절벽 끝자락에 있는 집을 샀습니까?"

그래, 텔레비전 화면에 대항하는 차폐 기억일 수도 있으나, 침식 현상은 실제로 벌어지고 있었다. 올해 1월,《인디펜던트》에는 사진 한 장이 실렸다. 사진에 나온 집은 해변의 1/3을 차지하는 스킵시 샌드Skipsea Sands의 절벽 끝에서 무너질 위기에 처해 있었다. 나는 이 사진을 보고서 여기를 걸어가보기로 마음먹었다. 이러한 구렁텅이에서 아우성치는 집주인들을 보는 현실이 참 이상하게 느껴졌다. 하지만 더 이상한 것은, 내가 절벽을 6피트 넓이 범위에서 걷는다면 아무도 다시 못할 걸음을 하고 있다는 현실이다. 이 땅 자체가 몇 달 안에 사라질 것이기 때문이다. 갯벌 위를 걷는 것은 말할 필요도 없다.

플램버러 헤드와 스펀 헤드는 브리들링튼Bridlington의 휴양소로 잘 알려진 이름이다. 하지만 여기를 제외한 해변의 다른 곳은 점점 사라지는 문제와는 별도로 아무런 공식 명칭을 갖지 못했다. 줄기찬 말소가 이 영역을 이토록 비밀스럽게 만든 것일까. 로마 시대 이후로 반마일 이상의 육지가 사라지고, 중세 시대 이후로 수많은 마을이 사라졌다. 작지만 강력했던 앨비언이 점차 사라져가는 것은 감당하기 힘든 현실이 아니었을까.

나는 벰튼Bempton의 기차역에서 내렸고, 무작정 나 있는 길을 따라갔다. 지도에 직접 통하는 길이 나와 있지 않았기 때문이다. 늘 그랬듯이 이러한 상황에서는 죽지 않을까 걱정되었다. 영국의 시골에서는 보행자와 운전자가 어우러져 진흙탕 싸움을 벌인다. 살 대 철의 싸움이다. 보행자가 살짝 제멋대로일 수도 있으나 차의 신수권The Divine Right of Cars에 비할 바는 아니다. 하지만 들판은 익어가는 밀로 가득 차있었고 울타리는 가시나무로 덮여 있었다. 하늘에는 종달새가 날아다녔고, 나는 곧 플램버러 헤드의 끝자락에 자리 잡은 조류보호구역에 다다라 남서쪽으로 방향을 돌려 흰색 페인트를 칠한 등대를 지나 백암 절벽 옆으로 난 풀밭 길을 따라 걸었다.

지금껏 아주 평범한 광경이 펼쳐졌다. 절벽은 수백 피트 높이로 솟아 있고, 페리스 휠과 롤러코스터를 동반한 브리들링튼이 5마일 정도 멀리 운무 속에서 우뚝 서 있다. 종종걸음으로 걸어가자 절벽은 점점 시야에서 사라졌고 외곽에 다다르자

TERRA INFIRMA

빅토리아식 마을이 나타났다. 나는 알 수 없는 귀환자가 되어 휴일의 군중 속을 헤맸다. 달고 기름진 군것질거리를 즐기는 젊은이들과 전동 휠체어에 앉아 있는 뚱뚱한 노인들이 보였다. 휠체어 하나에는 "우드콕이 이동성을 증가시키다Woodcock Assisted Mobility"라는 문구가 새겨 있었다. 하지만 브리들링튼을 벗어나니 '이상한 나라의 앨리스'처럼 모든 것이 점점 이상해졌다. 먹을 감는 사람들과 모래성을 쌓는 팀이 어느새 사라졌고, 반마일가량 펼쳐진 해변이 시야에 들어왔다. 남자 몇 명이 거대한 연을 날리고 있었고, 묶음표처럼 생긴 거대한 연은 푸른 하늘의 일부를 괄호로 묶고 있었다.

플램버러와 스펀 헤드의 형상 또한 아포스트로피 두 개를 닮은 것이, 두 지역 안에 자리 잡은 모든 것을 인용하거나 심지어 비꼬는 것 같았다. 콘크리트로 만든 용의 이빨이 거인국 아이들이 갖고 노는 군사용 집짓기 블록처럼 모래밭 위에 흩어져 있었고 해변 위에 우뚝 선 절벽에는 코가 들친 토치카가 놓여 있었다. 갑자기 나는 이 하늘, 이 모래밭, 이 황토질 땅과 밀밭에 철저히 홀로 남겨졌다.

뜨겁고 긴 오후 내내 걸음을 멈추지 않았다. 초콜릿 색깔을 띤 절벽은 가팔라졌고, 해변 위의 콘크리트더미는 변형을 야기할 정도로 팽창되었다. 6시쯤 되어 진흙 절벽에서 솟아 나온 버팀목과 대들보가 눈에 들어오기 시작했고, 붕괴형 침식이 진행 중인 소금기 없는 땅을 보니 최근에 폭포수의 영향을 받았다는 사실을 짐작할 수 있었다. 버팀목과 대들보는 절벽뿐 아니라 아연 도금강, 리놀륨 뭉치, 붉은색 벽돌이 어우러진 평범한 쓰레기더미에서도 솟아 나왔고, 이는 곧 인스턴트식 고고학의 대상이었다. 두툼하고 둥그런 역청 덩어리가 해변 위에 놓여 있었고, 도로에서 떨어져 나온 비스킷 조각들이 파도에 휩쓸렸다.

# 진실의 침식

홀더니스에서의 첫날이 이상했다면, 둘째 날은 철저히 기이했다고 표현할 수 있으리라. 이른 아침, 해변은 바다 안개로 덮여 있었다. 이 지역에서는 바다 안개를 '프렛 Fret'이란 단어로 부른다. 절벽 끝자락을 따라 늘어선 집들을 뒤쪽에서 바라보았다. 앞마당 정원이었던 부지에는 널찍한 골이 파여 있었고, 집을 듬성듬성 파먹은 모습이 몹시 위태로워 보였다. 하지만 사람들은 발밑으로 슬금슬금 다가오는 공동에 아랑곳없이 여전히 이곳을 떠나지 않았다. 나는 남쪽을 향해 호른시Hornsea 쪽으로 걸어갔고 연달아 자리 잡은 레저 파크들을 헤치고 나아갔다. 레저 파크들은 모두 '고정된(저런!)' 집으로 가득 차 있었다.

나는 이러한 현대의 크누트들 중 한 사람에게 말을 걸기 위해 걸음을 멈췄다. 건장한 그는 흰색 러닝셔츠를 입고 카라반의 작은 발코니 위에 올려놓은 차 한잔을 마시고 있었다. 나는 그에게 점점 앞으로 다가오는 골이 두렵지 않느냐고 물어보았다. 하지만 그는 밝은 표정이었다.

"음, 너무 가까워지면, 겁을 먹고 몇 줄씩 뒤로 밀려가죠." 그는 이렇게 설명했다.

"하지만 아직 우리와 절벽 사이에는 46피트라는 공간이 남아 있어요. 저 옆 공원에 보이는 저 녀석은 겨우 열두 살인데 차에 체인을 묶지도 않았어요!"

그는 이처럼 어이없는 상황에 고개를 절레절레 흔들며, 절벽에 둘러싸여 두 곳

사이에 펼쳐진 만을 가리켰다.

"저기를 보세요. 다음에 옮겨갈 곳은 저기가 될 것 같아요. 며칠 전 가운데가 저렇게 파여 사라졌죠."

호른 시에서는 방어벽 뒤에서 편안하게 절벽을 떠났다. 홀더니스를 따라 늘어선 마을의 주민들은 콘크리트 요새, 철제 방파제와 수문으로 방어시설을 구축한 집을 보면서 바로 옆집이 참혹하게 도려내어질 것이라고 생각한다. 터벅터벅 걸어가 메플톤Mappleton에 다다를 때까지 아무런 방해물도 없었고, 내가 내려간 곳은 또 다른 세상이었다.

절벽은 높았고 밑으로 걸어가는 길은 고딕 양식 건축물의 첨탑과 소용돌이에서부터 사람의 얼굴까지 모든 형상을 재현하고 있었다. 나는 이 길에서 시선을 뗄 수가 없었는데, 바다에 치이거나 이른바 '순환 슬럼프'로 말미암아 황토가 무너진다. 실제로 절벽의 전방 전체가 끔찍이 뒤틀리며 휘감기는 모습을 보면 이러한 명칭이 왜 붙었는지 짐작이 간다. 절벽이 떨어져 나가면 밀려오는 파도가 진흙더미를 동그란 방울로 바꾸어놓는데, 이러한 방울방울마다 다채로운 색상의 자갈이 박혀 있다.

가는 길에 마주친 한 남자가 폐광을 뒤지고 있었다. 그는 해머를 비스듬히 들고 서서 나에게 말을 걸었다. 그 사람의 아들도 우리 옆에 해머를 들고 서서 방울진 진흙더미를 부수었다. 그와 대화하던 중 해변을 따라 이어지는 육지에서 풀썩 김이 나더니 저 앞 30피트 정도에서 절벽 일부가 떨어져 내렸다.

"더 큰 게 떨어지기를 바랐나요?"

그는 전혀 놀란 기색 없이 이렇게 말했다. 오히려 예전에 진흙에 갇힌 들소의 해골을 발굴했던 경험담을 말하는 데 정신이 팔려 있었다. 그와 헤어지고 나서 계속 걸어갔고, 내 오른발 옆으로는 진흙이 불끈거렸다. 절벽 일부가 떨어져 나가는 것을 보고 처음으로 극심한 불안감에 휩싸였다. 내가 여기에서 생을 다해 케레스의 차디찬 어깨에 실려 나간다면?

다음 날 나는 완전한 이방인이 되어 있었다. 홀림Hollym에 있는 올드 플라우 인

Old Plough Inn에서 나와 짙게 밀려온 바다 안개를 헤치고 새벽 발걸음을 재촉했다. 나는 안개 낀 들판을 가로질러 해변까지 걸어간 다음 스펀 헤드Spurn Head를 향해 출발했다. 머리 위에 뜬 동그란 태양 주변에는 해무리가 소용돌이치고 있었다. 조약돌과 거친 모래를 밟으며 걸어갈 때 보이는 사람이라고는 남자다움을 뽐내는 과묵한 어부 몇 명이 전부였다. 이싱톤Eashington에 다다랐을 때 해변 위에는 웅장한 낡은 콘크리트 요새들이 짓이겨져 있었다. 발걸음을 재촉해 세심하게 로프를 친 제비갈매기 서식지를 지나치자, 제비갈매기들이 머리 위에서 삑삑거리며 경고 메시지를 보냈다.

내가 바로 여기 서 있었다. 스펀 헤드는 박무 속에서도 내 앞에 어둑어둑 펼쳐졌고, 이곳의 등줄기는 마람과 가시금작화로 덮여 있었다. 조약돌로 쌓은 옹벽에는 수명이 다한 방파제의 썩어가는 스파를 벗 삼아 싹이 솟아나고 있었다. 헤드는 총 3마일이었고 북쪽 측면이 줄곧 침식되어 험버Humber 어귀에 인접한 남쪽 측면에 퇴적되고 있었다. 발이 물집에 뒤덮였지만, 무슨 일이 있어도 목적지에 도달해야겠다는 맹렬한 열망이 솟아났다. 마침 등대 앞을 지나칠 때 나에게 보상이라도 하듯 곶의 끄트머리가 두 눈에 들어오면서 바다 안개가 뒤로 물러나고 태양이 모습을 드러냈다. 나는 '끝'이라고 혼잣말을 했다. 하지만 동그랗게 휜 스펀 헤드의 정확한 지점을 지적하려 한다면 괄호 부호 같은 육지의 정확한 종점을 기표할 수 있을지 자신이 없다. 이는 곧 여느 인용 문구와 마찬가지로, 내가 여전히 자신이 한 말을 간직하며 그곳에 있음을 의미한다.

# 사라지는 빛에 맞서

이비사의 밤은 예상대로 깊어간다. 우리는 차 몇 대를 꽉꽉 채워 출발한다. 그래, 우리가 참가할 파티는 섬의 반대편에 자리 잡은 호화로운 빌라에서 열릴 예정이다. 우리 일행 가운데 절반은 10대일지 몰라도, 나머지 절반은 일탈을 꿈꿀 나이는 아니다. 하지만 빛이 없다면 이들 또한 예외이리라. 헤드라이트 불빛이 칠흑 같은 어둠을 가르며 아무 쓸모없는 표지판과 급커브를 이룬 도로를 비춘다. 퇴폐문화에 빠진 고래들이 반향정위를 시도하듯 휴대전화가 울리기 시작한다. 이비사 파티는 벽에 스텐실로 새겨 넣은 도마뱀(이비사를 상징하는 동물로, 도마뱀을 새긴 기념품 등을 많이 찾아볼 수 있음-옮긴이)이나 분홍색 풍선을 통해서도 알 수 있다. 하지만 전파로 가득 찬 대기를 통해 확인을 거친 지금, 전략적으로 배치한 흰색 휴대전화 세 대 덕에 이번 파티로의 행로가 뚜렷해졌다.

"전화 좀 잘 봐!"

라디오 조작과 자동차 조종을 담당한 항해사가 차 속의 유희를 담당한 장군에게 훈계를 내린다.

"흰색 휴대전화 세 대 좀 챙기라고!"

그녀는 다시 한 번 소리친다. 웃음소리가 끊이지 않았고, 산 미구엘San Miguel에서부터 밟아야 할 몇 킬로미터의 여정을 마친 다음에는 흰 '돌Stone' 세 개가 우리들 손에 들어왔다. 뭐랄까, 우리가 정말 '만취했다면Stoned' 좋았을 터(마약덩이를 흰색 돌Stone에 비유하며, 취한다는 뜻의 Stoned라는 표현을 중의적으로 활용함-옮긴이). 하지만 우리는 음험한 활기를 동반한 메틸렌디옥시메타암페타민의 구름에 휘말린, 섬 전체만큼이나 거창한 감염도취의 희생양일 뿐이다. 메타암페타민의 구름 밑으로는 렌트한 세아트 이비사Seat Ibiza가 울퉁불퉁한 도로와 밀착하려 안간힘을 쓰고 있다.

곧이어 나는 풀장 옆의 바에 앉아 코카콜라를 마시며 시스루 의상을 입은 부유한 할머니와 대화를 나눈다. 팔을 덮은 고동색 피부는 마호가니 나무를 연상시키고, '눈동자Pupil'는 '학생들School Pupils'만큼이나 커다랗고, 가슴은 어떤 미친 외과 의사가 할아버지의 늘어진 턱살을 떼어 흉곽에 이식한 것 같았다(Pupil은 학생이라는 뜻 이외에 눈동자라는 뜻으로 쓰임-옮긴이). 할머니는 느릿느릿 이야기했다.

"솔직히 말하면 비행기가 추락했을 때 공항을 향해 가고 있었어요…… 최악의 시간이었죠. 난 정말 비행기가 싫어요."

이는 분명 마드리드 활주로에서 불에 타 숨진 152명의 이야기가 아닌 그녀에 대한 이야기였다.

"비행기를 탈 수는 있어요. 하지만 바륨에 취한 채로 헤드폰을 끼고 음악을 켜야 할 거예요."

할머니의 이름은 팻시 번버리Patsy Bunbury인데, 몹시 특이한 이름이다. 그녀 말고도 은행가 남편, 인터넷 세대인 10대 한 쌍은 파티장에서 땅으로 추락하는 연처럼 빙빙 돌며 춤을 췄다. 보이지 않는 도취의 끈 끝자락에 서서 빙빙 돌며 춤을 춘다. 한껏 취해 세대 차이를 허무는 현장, 바로 이것이 이비사다운 모습으로 인공 조약돌 밭이 펼쳐진 풀장과 함께 온전한 미장센을 선사한다. 보헤미안, 귀족, 가난한 척하는 부자들로 바글대는 거대한 파티오와 가대식 탁자 위에 놓인 부드러운 쇠고기를 곁들인 치즈 요리도 한몫 거든다. 굳이 카산드라가 되지 않아도 주정뱅이들에게서 체액을 빨아내 지금 이 자세로 영원히 냉동 건조하면서 이 모든 것이 '부족 사태'에 빠지기 직전이라는 사실은 충분히 예측할 수 있다.

다음 날 나는 북쪽 곶 주변을 걸어볼 생각이었다. 30도의 더운 날씨에 5마일 정도를 걷는 여정이었다. 절벽을 따라 난 칼로 덴 세라Caló d'en Serra에서 출발해 푼타 덴 가트Punta d'en Gat와 칼로 데 푸Caló des Pou를 지나 푼타 데 모스카터Punta des Moscarter 등대까지 가는 여정이다. 여기에서부터 포티낙스Portinatx 리조트까지는 단순한 보행만이 필요한 쉬운 여정이다. 그래, 걷는 것만큼 단순한 행위도 없지. 마크와 내가 길을 찾는 방식은 뒤죽박죽이다. 가시덤불은 우거지고, 바위는 날카롭다. 시속 1마일의 속도로 걸어가는 귀로는 여러 가지 모습으로 우리 앞에 펼쳐진다. 지중해의 수면이 반짝이고, 수평선에 걸친 화물선 상부에는 컨테이너가 높이 쌓여 열기에 아른거린다.

걱정이 스민다. 여기 이비사의 배후지에서 영원히 길을 잃는 것이 아닐까. 야생으로 돌아간 다른 영국인을 만나지는 않을까. 스스로를 'E'라 부르며 알몸으로 기이한 성심리 의식을 거행하는 번버리족을 만나지는 않을까. 하지만 마크는 별 관심 없이 아버지 이야기를 늘어놓았다. 그의 아버지는 채널 아일랜드에 있는 구 영국 국방부 벙커를 매수한 다음 벙커에서 버섯을 재배해 큰돈을 벌었다. 얼마나 기이한 일인지!

그날 늦게 나는 우리 숙소로부터 1마일 떨어진 빌라에 머무는 10대들이 잘 있는지 보러 갔다. 사각설탕처럼 흰색 정육면체를 띤 빌라는 '차이나 화이트'라는 이름으로 불렸다. 이것이 바로 당신을 위한 이비사다. 영국의 서레이를 별 재미없는 유령의 집Not-so-funhouse 거울에 비춰 재현한 듯한 이곳에는 조기 퇴직자들이 각종 헤로인 마약의 이름을 딴 집에서 살고 있다.

태양이 바다로 노곤히 잠기는 아름다운 저녁이다. 빌라에서 언덕까지 내려갈 때 들려오는 「그대 속으로 사라지다Fade into you」의 선율에 취할 것 같았다. 정을 붙일 상대를 찾아 헤매던 지난 여름날, 마지 스타Mazzy Star의 이 노래를 쉬지 않고 들었다.

"그대를 보아도 아무것도 보이지 않네/진실을 보려 그대를 바라보네."

가녀린 여성 소녀가 무한한 실존주의를 노래했다.

사랑하는 독자들이여. 여기 이비사의 언덕에서 나를 떠나도 좋다. 켄트 주의 아틀리에에서 불평을 늘어놓는 랠프 곁을 떠나듯이. 이것이 우리가 선사할 마지막 '사이코지오그래피'이기 때문이다. 안녕, 잘 있으라. 다시 만날 날까지. 그대 속으로 사라져간다……

# 옮긴이의 말

.

이 책은 『사이코지오그래피』 1권에 이어 윌 셀프의 심리지리학 여정을 다룬 두 번째 단행본이다. 런던에서 뉴욕까지 걸어가며 자신의 정체성을 탐구했던 『사이코지오그래피』에 이어, 이번에는 그가 작가 인생의 멘토로 삼았던 짐 발라드의 집에서 두바이의 인공섬, '더 월드The World'까지 걸어가는 여정을 주된 내용으로 기술한다. 그 이후로는 『사이코지오그래피』와 마찬가지로 《인디펜던트》에 실린 '사이코지오그래피' 칼럼이 이어진다.

런던에서 뉴욕, 짐 발라드의 집에서 '더 월드'까지 두 발로 걸어갔던 탐험기와 50편 가까이 누적된 '사이코지오그래피' 칼럼 전부를 읽고 번역하면서 다음과 같은 생각이 떠올랐다. 윌 셀프의 작품들은 그 자체로 하나의 새로운 문학 장르를 형성할 만한 가치가 있으며, 윌 셀프는 기 드보르의 심리지리학을 현대적 의미로 승화시켜 현대 심리지리학의 표본을 제공해주는 작가라는 점이다. 한 문장을 하루 종일 고민하게 만드는 그의 마법 같은 어휘 구사와 비유, 샘솟듯 이어지는 언어유희는 현대 영문학의 새로운 텍스트로 사용해도 좋겠다는 영감을 불러일으킨다. 새로운 틀에서 파악된 사물이 상상의 향연을 만나고, 그만의 언어세계가 새로운 축을 형성해 4차원, 5차원의 세상을 만들어낸다. 예컨대 '에덴에게 거절당하다'에서는 영화 〈설국열차〉의 모티브를 이미 상상했으며, '연안의 표류자'에서는 "묶음표처럼 생긴 거대한 연은 푸른 하늘의 일부를 괄호로 묶고 있었다" 같은 시공간을 초월한 비유가 등장한다. 이름 없는 파키스탄 청년부터 빌 게이츠와 반기문 유엔 사무총장까지 아우르는 각계각층의 지인과 전 세계 각지로부터 발굴한 소재는 이 작가의 세상에 한계가 없다는 느낌을 선사한다. 번역 과정에서 윌 셀프의 '사이코지오그래피' 칼럼 하나하나를 스크랩해두었으면 얼마나 좋았을까 하는 생각마저 들 정도였으니.『사이코지오그래피』와 『사이코지오그래피 2』를 완역하면서 가장 번역으로 풀어내고 싶었으나 한 번도 접해보지 못했던 문체를 드디어 만났고, 번역의 세계를 한 단계 넓혔다는 뿌듯함이 밀려왔다. 부러운 상상력으로 진정한 번역의 즐거움을 느끼게 해준 윌 셀프에게 감사한다. 더 이상 '사이코지오그래피' 칼럼이 연재되지 않는다는 사실이 아쉬울 뿐이다.

사회와 주변을 보는 눈은 어느 단계까지 확대될 수 있을까. 윌 셀프의 세상에서는 판타지 소설처럼 인위적인 환상을 가미하는 어색함을 넘어 모든 사물에 깃든 고유한 본성을 최대한 자연스럽게 비틀고 포장한다. 이 같은 진정한 판타지가 이 책에 담긴 참된 가치가 아닐까.

또한 작가의 방대한 인문학 상식은 주변의 상황 및 비상한 상상과 어우러져 하나의 새로운 정신세계를 만들어낸다. 인문학의 상식을 넓힐수록 심리지리학의 외연 또한 커진다. 이러한 점에서 현대의 심리지리학은 인문학의 새로운 지평을 제시할 수도 있다.

나는 그다지 여행을 좋아하지 않는다. 여행 자체가 주는 즐거움과 나에게만 다가오는 고유한 함의를 발견하지 못했기 때문인 듯하다. 하지만 윌 셀프와 교감하면서 여행과 주변 세상이 주는 새로운 즐거움에 눈을 뜨게 될 수 있다는 기대감에 휩싸였다.

이러한 정신세계의 틀은 우리의 행동, 우리의 지향, 우리의 삶을 더욱 풍요롭게 이끌 수 있을 터, 이 세상을 무미건조하게 흘려보내기에는 덧없는 삶이 아깝지 않은가. 윌 셀프의 세상으로 들어오라. 새로운 세상이 펼쳐질 것이다.

박지훈

KI신서 5349

# 사이코지오그래피 2

**1판 1쇄 인쇄** 2014년 3월 10일
**1판 1쇄 발행** 2014년 3월 17일

**지은이** 윌 셀프  **그린이** 랠프 스테드먼  **옮긴이** 박지훈
**펴낸이** 김영곤  **펴낸곳** (주)북이십일 21세기북스
**부사장** 임병주  **해외기획실장** 김상수
**해외콘텐츠개발팀** 이현정 백은혜  **해외기획팀** 박진희 김영희
**영업본부장** 이희영  **출판영업팀** 이경희 정경원 정병철
**마케팅1본부장** 안형태  **마케팅팀** 최혜령 강서영 김홍선
**출판등록** 2000년 5월 6일 제10-1965호
**주소** (우 413-120) 경기도 파주시 회동길 201(문발동)
**대표전화** 031-955-2100  **팩스** 031-955-2151  **이메일** book21@book21.co.kr
**홈페이지** www.book21.com  **트위터** @21cbook  **블로그** b.book21.com

ISBN 978-89-509-5378-2 03840
책값은 뒤표지에 있습니다.